KB082557

디스토피아

디스토피아

홍상화 소설

한국문학사

초판 출간 10주년을 맞이하면서,
오판과 맹신의 위기 앞에서

정치·사회적 성향의 '대화체' 문학은 오랜 역사를 지니고 있다. 기원전 4세기 플라톤의 『국가론(*The Republic*)』으로 시작하여 16세기엔 '유토피아'라는 단어를 만든 토머스 모어의 『유토피아(*Utopia*)』로 연결되었고, 이 두 고전은 순전히 대화체 문장으로 이루어져 있지만 아직도 어느 고전문학에 못지않게 문학도의, 더 나아가서는 모든 지식인의 필독서로 자리잡고 있다. 1970년대 이후의 한국 정치·사회 현상을 대화체 형식으로 다룬 『디스토피아』도 이런 맥락에서 문학, 아니 소설문학으로 간주되어야 한다고 본다.

이 책은 지금으로부터 10년 전인 2005년, 그러니까 '구글' 회사가 창립된 지 5년밖에 되지 않아 자료 확인을 위한 오늘날의 구글링(Googling)이 부재했던 시절에 씌어졌다. 그 당시에는 언젠가 과거에 읽었던 책의 내용을 인용하고 그것을 다시 하드카피로 확인하는, 시간이 걸리는 과정을 거쳐야 했다. 그런 의미에서 인용 서적의 한계나 논리 전개의 부족함은 어쩔 수 없는 제약이었다.

이번 기회에 가히 혁명적이랄 수 있는 새로운 기술을 이용해 좀 더 광범위한 참고 서적을 인용하여 10년 전에 씌어진 내용을 대폭 수정하거나 확장할 수도 있었는데, 그렇게 하지 않았을 뿐만 아니라 토씨 한 자도 안 바꾼 데는 다음 세 가지 이유가 있다.

첫째, 10년 전 좌경세력이 정점을 이루었던 노무현 정권의 초기에 비교한다면 조금 누그러지기는 했지만, (6년 반의 보수정권이 지난 후인) 지금도 그들 좌경세력이 지식인 내지는 양심세력이라는 깃발 아래 그 위세를 떨치고 있으므로, 그 당시 내가 느꼈던 위기감을 그대로 다시 한 번 전하고 싶다는 생각이 절실했다는 것이다.

둘째, 이 책은 그 당시로서는 주류에 해당하는 강한

자에 대한 저항정신이 밑바탕에 깔려 있어, 적어도 강자 입장에서 주장하지 않는 한 지식인의 양심이 존재했었으므로 그 정신을 살리고 싶었다.

셋째, 10년 전 이 책이 씌어진 가장 큰 이유는 남한 지식인 사회의 좌경화 정도가 북한 당국의 오판을 불러일으킬 수 있을 정도로 심각했기 때문이었는데, 오늘날도 그런 위험성이 끈질기게 존재하고 있다는 것이다. 이 점이야말로 우리 국민, 특히 지도층에 있는 사람들이 반성해야 할 문제라고 생각한다.

따라서 이 책이 우리 사회 지도층 인사들에게 반성할 기회를 주고 그 반성의 결과로 좀 더 적극적인 사회참여가 이루어졌으면 하는 바람이다. 그래서 북한 당국의 오판에 기여할 수 있는 어떠한 좌경 지식인의 행동이나 언어도 혹독한 견제와 질책을 벗어날 수 없도록 해야겠다.

마지막으로, 그러나 매우 중요한 포인트로, 일부 좌경 지식인의 행동이나 언어 못지않게 위험한 것이 일부 보수세력의, 아마도 그 고질적인 사대주의 사상에 뿌리를 둔, 미국 군사력에 대한 맹신이라는 점이다. 핵무기를 사용하지 않는 한(베트남 전쟁이 증명했듯이 핵무기 사용은 실제로 불가능하다), 미국의 최첨단 군사력이 총동원되면 북한의 군사시설은 파괴할 수 있겠지만 미국의 우방인 우리나라의 파멸을 막을 수는 없기 때문이다. (그리고 우리의 파멸 요인은 휴전선 이북에서 날아온 포탄이든지 영변 상공으로부터 바람에 날려온 방사능진이든지 혹은 이 두 가지 다일 것이다.)

결국, 북한 당국의 오판과 우리의 미국 군사력에 대한 맹신이 처음에는 별것 아닌 '팃포탯(tit for tat, 맞대응 전략)' 하는 과정을 거치다가 남북간 전쟁이 발발할 수 있고, 만약 그렇게 된다면 우리 민족은 절대로 재기가 불가능한, 영원히 저주받은 민족으로 인류 역사에 기록될 것이다. (그래서 우리 민족의 존립을 위해서는 비록 일부 표현의 자유를 희생하는 경우가 있더라도, 북한 당국의 오판을 일으킬 가능성을 높이는 남한 지식인 및 지도층의 어떤 언어나 행동만큼은 그 뿌리부터 차단되는 사회적 장치가 마련되어야겠다. 인류 역사상 가장 저주받은 민족이 되지 않기 위해서이다.)

2015년 9월
홍상화

좌편향 사회를 향한 진심 어린 경고

"빈 라덴[1]을 따라 나도 테러리스트가 될 거야…… 원자폭탄을 메고 63빌딩을 폭파할 거야…….." 여덟 살 소년이 2001년 미국의 아프카니스탄 침공 이후 즐겨 부르는 노래의 가사라며, 나에게 소개한 사람은 문단에서 '작은 거인'으로 불리는 시인이었다. 그리고 미군의 텔레반[2] 공격 장면을 화면에서 보며 엉엉 울었다는 그 소년이 바로 자신의 손자임을 밝히면서 그 시인은 침통한 표정을 지었다. 그때 우리는 글로써나마 각자가 이런 사태를 해결하도록 노력하자고 다짐했다.

그러나 그러한 글을 쓰기가 쉬운 일이 아님을 곧 깨달

았다. 1970년대 초부터 시작하여 30년 동안 우리의 학계·문단·사회가 관통한 여러 현상을 추적하기 위해서는 방대한 양의 독서와 다양한 분야의 연구·조사가 요구되었기 때문이었다. 그래서 그 다짐은 미루어지다 2004년에 와서야 글의 윤곽을 잡을 수 있었다. 그러나 발표지면도 여의치 않았고, 그런 글의 유용성에 대한 회의도 찾아왔다. 남한 지식인 사회에 존재하는 좌경사상은 남북 관계의 개선에 어느 정도 도움이 될 수도 있고, 또 일부 남한 상류층의 혐오스러운 행태와 자본주의 사회의 고질적인 도덕적 퇴폐 현상에 대한 자극이 될 수도 있다는 믿음에서였다.

그러던 중 지난 7월 '남북작가대회'[3] 작가단의 일원으로 북한을 방문하게 되었고, 백두산 천지연에서 있었던 행사에서 자작시가 아닌 유일한 시로 "……양키 점령군의 총구 앞에서/자본가 개들의 이빨 앞에서……"로 시작되는 「조국은 하나다」(김남주[4] 작)가 낭송되는 것을 보고 생각을 바꾸었다. 남한 지식인 사회에서 좌경세력의 존재는 남북간의 화해에 도움이 되는 수준을 넘어 북한당국의 오판을 불러일으킬 가능성이 있는 위험한 수준이라는 판단 때문이었다. 그리고 미래의 건전한 남북 관계에 오히려 저해 요인으로 작용하리라는 확신이 섰기 때문이었다.

백두산 천지연 행사의 대미를 장식할 양으로 시 「조국은 하나다」[5]의 낭송이 시작되었을 때, "민중의 해방을 꿈꾸는/식민지 모든 인민이 우러러볼 수 있도록"으로 연결되는 그 시의 뒷부분을 떠올리며, 녹화된 그 시의 낭송 장면을 보게 될 수많은 사람들을 상상해보았다. 그들 중 김정일을 비롯한 북한 지도부에까지 그 상상이 미쳤을 때 걷잡을 수 없는 분노가 치밀어 올랐다. 그곳에 참석했던 대부분의 문인들이 분노를 느꼈을 것이다. 시의 내용으로 보아 북한식 사회주의 체제로의 통일에 남한의 문인들이 동의, 아니 제안하는 것으로 판단할 수밖에 없었기 때문이었다(공식적으로 행사에 참여한 문인 단체는 남한의 모든 문인 단체를 대표하는 것으로 되어 있었다).

이는 북한 당국의 오판을 불러일으킬 위험성을 차치하더라도, 한 사람의 지식인으로서 내가 평생 동안 경험하지 못했던 지적 폭력과 모독이었고, 그것은 어떠한 육체적 폭력보다 가혹한 것이었다. 어떤 형태로든 그것을 문제화해야만 한다는 생각이 들었다. 나는 시 낭송 중에 대열에서 빠져나와 천지연을 뒤로하고 걸어 내려왔다. "그런 나의 행동은 백두산 천지연 행사에 대한 개인적인 보이코트였다"고 행사 후에 지도부에 분명하게 전했으나 아무런 반응을 얻지 못했다.

그런데 더욱 놀라운 일은 이 사건에 대해 그 당시 어느 언론기관도 제대로 문제 삼지 않았다는 것이다. 그만큼 그들은 언론마저 두려워하는 막강한 조직으로 내 눈에 비쳤다. 그리고 최고의 양심적인 지식인으로서 철저한 자유주의 신봉자라 믿었던 문단의 일부 지도자들은 실제로 점잔빼는 위선자, 카메라 중독환자, 독재 사회주의 신봉자에 지나지 않을지도 모른다는 우려가 뒤따랐다.

그래서 결국 나는 그들에 대한 저항의 방법으로 '개인 캠페인(personal campaign)'을 택했다. 검찰청 청사 앞에서 혼자 피켓을 들고 서 있는 사람에게서 아이디어를 얻은 '개인 캠페인'은 다수의 요란한 시위보다 더 인상적이었다. 전자가 민주사회의 자유를 상징함으로써 흐뭇한 느낌을 준 반면 후자는 사회 갈등을 표출함으로써 답답함만 느끼게 했다. 또한 한 사람이 모든 책임을 지는 '개인 캠페인'은 효과면에서도 회의적이지 않다고 판단되었다. 진실의 소리는, 만약 그것이 진실이라면, 여러 사람의 목소리가 합쳐진다 해서 더 크게 들리는 것은 아니다. 단 한 사람이 내도 여러 사람이 내는 거짓된 목소리보다 더 크고 명확한 소리를 낼 수 있다는 믿음이 있었다.

　이러한 '개인 캠페인'은 논리전개형 대화체 소설을 완성하여 내가 관여하는 문예지에 게재하는 것, 그것을 사회의 여론 조성 측에 되도록 많이 배포하는 것, 그리고 마지막으로 인터넷상에 홈페이지('디스토피아'라는 도메인)를 만들어 여론 주도층 인사들 간의 활발한 의견 교환의 장을 마련하는 것, 이 세 단계로 계획하였다.

　현재 두 번째 단계까지 진행되었으며, 세 번째 단계는 준비 중에 있다. 그 후 어떤 단계를 거칠지에 관해서는 어떤 예측도 불가능하다(이 캠페인이 언제까지나 '개인 캠페인'으로 남아 있으리라는 것 이외에는). 현재까지도 이 캠페인을 시작했을 때는 전혀 예측하지 못했던 두 가지 사건이 발생하였다. 『디스토피아』가 문예지에 발표됐을 당시 주요 언론기관으로부터 과분한 조명을 받았다는 사실과, 처음 이 소설의 초고를 동료 문인에게 보였을 때 대한민국에서는 어느 지면도 다루려 하지 않을 것이라는 이 소설이 이제 단행본으로 묶이게 되었다는 사실이 그것이다. 이것은 또한 일단 물꼬가 트이면 사회의 분위기는 변화할 수 있다는 증명이기도 하다.

　현재의 편향된 사회 분위기는 분명히 바뀌어야 한다.

"원자폭탄을 메고 63빌딩을 폭파할 거야"라는 노래를 즐겨 부르는 여덟 살 소년이 있고, 그 소년에게 그 노래를 열심히 가르치는 교사가 있는 민족에게, 도대체 어떤 미래가 기다리고 있겠는가! 무한한 민족의 가능성을 상징하는 백두산 천지연 앞에서 "목을 베기에 안성맞춤인 ㄱ자형의 낫에 '조국은 하나다'라고 쓰겠다"는 시를 낭송케 하는 지식인들이 행세하는 나라가 도대체 어떤 장래를 맞이할 수 있겠는가!

"위대한 승리를 이루었던 그 순간은 동시에 파멸의 씨앗을 심는 순간일 수 있다"는 교훈을 역사는 인간에게 끊임없이 보여주고 있다.

2005년 가을
홍상화

| 차례 |

제1부

잘못된 시대정신

하나 프롤로그

　2002년 12월 중순 어느 날 저녁 7시경 나는 인사동에 위치한 한 전통찻집에서, 대학에서 시문학을 강의하는 정수영 교수를 기다리고 있었다. 정 교수는 대부분의 남자 동료 학자들을 가리켜 '공짜 술 얻어 마시느라' 공부할 시간이 없는 자들이라고 거침없이 비난하는, 내가 아는 한 몇 안 되는 학구파 학자였다. 나는 그녀를 가끔 만나 문학에 관한 대화를 나누곤 했다.

　오늘 내가 정 교수를 만나기로 한 이유는 현재 구상하고 있는, 1980년대 후반을 배경으로 반체제 활동을 하는 대학생을 작중인물로 한 소설에 관한 자료를 확인하기 위해서였다. 정 교수는 현재 30대 후반으로서 작중 인물과 비슷한 연배다.

　약속시간이 조금 지나 정 교수가 왔고 차를 한 잔 나눈 뒤 식당으로 자리를 옮겼다. 우리는 식사를 하는 동안 전위예술에 관한 대화를 나누면서 느긋한 시간을 보냈다. 그러나 식사가 끝난 후 커피를 마시며 내가 한 자료를 꺼내면서부터 우리의 대화는 심각해졌다. 다음은 그 대화의 내용을 내가 기억하는 대로 기록해놓은 것이다.

^둘 증오심

나는 정 교수에게 확인하고 싶은 자료를 꺼내 그 앞으로 내밀었다. 그것은 소위 '반체제 청년동맹' 기관지인 『주체기치』 제2호에 실린 동맹의 강령으로 그 내용은 다음과 같았다.

반체제 청년동맹 강령: 반체제 청년동맹은 김일성 장군님과 한국민족 민족민주 전선의 향도에 따라 나아가는 김일성주의 청년 혁명조직이다. 동맹은 각계각층 민중을 주체사상[6]으로 튼튼히 무장시켜 하나의 힘으로 굳게 단결시킨다. 동맹은 주체형의 새 세대 청년혁명의 기틀을 육성 단련시킨다. 동맹은 미국 제국주의 침략자들과 그 앞잡이를 몰아내고 조국을 평화적으로 통일한다. 1989년 7월 29일.

"저도 언젠가 읽은 적이 있어요."

정 교수가 그 자료를 내 앞으로 다시 밀면서 말했다.

"실제로 대학에서 이 동맹에 가입한 학생들은 어떤 학생들이었나요?"

"잘은 모르지만 당시 학생운동의 지도층에 있는 학생들 중 많은 수가 가입했었다고 봐야지요. 그들 중 몇 명은 저하고 학번이 비슷해 요즘도 가끔 만나는데 그들의 사상은 놀랍게도 학생 때와 조금도 변하지 않았더군요."

나는 놀라움을 감출 수 없었다.

"자본주의의 피폐상과는 비교할 수도 없는 공산주의의 피폐상이 공산주의의 종주국인 소련의 몰락 과정에서 분명히 드러났는데도, 그들 주체사상 신봉자들은 참회하는 기미를 전혀 보이지 않았나요?"

"참회하다니요? 오히려 그들의 잘못된 신념에 대해 보상을 요구하고 있지요. 그리고 그들이 내세운 것은 평화적 통일과 반미주의예요."

"그 평화적 통일과 반미주의가 주체사상과 어떤 연관성이 있나요?"

"아무리 그렇더라도 그들이 주체사상을 앞세울 수는

없지 않습니까? 김일성·김정일 부자와 주체사상은 결코 분리할 수 없고, 주체사상 신봉자란 김일성·김정일 부자 신봉자라는 말과 다르지 않으니까요."

정 교수의 대답을 들은 후 나는 다시 물었다.

"그럼, 또 다른 질문이 자리를 잡는군요. 도대체 그들 주체사상 신봉자 내지 김일성·김정일 부자 신봉자는 남한 지식인 사회에서 어떻게 형성되었을까요?"

"그들을 잉태시킨 책임 없는 난봉꾼 아버지가 존재하고 있었기 때문이지요. 사대주의 사상에 물든 지식인들입니다."

"지식인들을 책임 없는 난봉꾼에 비유한 것은 좀 과하지 않을까요?"

"그들 난봉꾼들이 주체사상 신봉자를 잉태시킨 정액은 바로 증오심이에요."

내 질문에 답하는 대신 정 교수는 '증오심'을 내세웠다.

"지배계급에 대한 증오심이군요."

"그리고 물론 그들을 몸속에서 키운 어머니도 있습니다. 바로 문학이지요."

"문학이라고요?"

문학이 지배계급에 대한 증오심을 키운 어머니라니! 나는 되묻지 않을 수 없었다.

"문학이라는 도구를 이용해 증오심을 전파했지요. 그리고 문학이라는 어머니는 이들 증오심을 임신한 자궁을 가지고 있었죠."

"그 자궁은 무엇이지요?"

"문예지였습니다."

정 교수가 단호한 어조로 말했다. 나는 정 교수의 말, 즉 '주체사상 신봉자-사대주의 사상에 물든 지식인-증오심-문학-문예지'로 이어지는 연결고리를 마음속으로 정리했다. 그런 다음 다시 질문을 했다. 정 교수의 말이 너무나 충격적이었으므로 이해하기 위해서는 설명이 필요했기 때문이었다.

"지식인들의 사대주의 사상이란 독창적인 사상가, 즉 '오리지널 싱커(original thinker)'가 아니라는 거지요?"

정 교수가 고개를 끄덕였다.

"외국 아이디어의 오퍼상 행위를 의미하지요. 서구와 일본의 지식인들, 특히 인문 분야 지식인들의 사고는 좌경에 치우쳐 있었어요. 성숙된 자본주의 사회에서 상아탑의 적절한 좌경 분위기는 어떤 면에서는 사회의 건강함을 보여주는 겁니다. 자본주의의 질주에 제동을 거는 역할을 하니까요. 그러나 우리의 지식인들은 '얼씨구나! 바로 이것이었구나! 이것을 한국에 먼저 소개해 나의 학문적 위상을 단단히 해야 되겠구나!' 하고 생각했어요. 학문적 위상뿐만이 아니에요. 학생들 사이에서의 입지에도 아주 중요했지요. 1981년 이후 북한을 자주 방문한 친북학자인 브루스 커밍스[7]의 저서 내용을 패러디하여 충격적인 주장을 내세우는 한국 학자들이 좋은 예이지요."

"주체사상 신봉자를 잉태시킨 매개체는 증오심이라 했는데⋯⋯."

"마르크스주의[8]의 핵심은 '친구를 찾는 대신 적을 찾게 함으로써 인류를 도울 수 있다'는 것입니다. 다시 말해, '책임 대신 증오심'을 가지는 것이 마르크스주의라는 거지요. 칼 포퍼[9]가 1991년에 이탈리아 기자와의 인터뷰에서 언급한 말입니다. 증오심의 대상은 '있는 자'들이지요."

"'있는 자'들을 향한 증오심이 어떻게 주체사상 신봉으로 바뀌었나요?"

그 과정이 궁금해진 나는 질문을 던졌다.

"당시 '있는 자'들이 가장 겁내는 집단이 김일성 집단이었다는 겁니다. '있는 자'들의 적은 김일성이므로, '적의 적은 친구'라는 논지로 주체사상 신봉자가 되었던 거죠."

"주체사상 신봉자를 임신한 자궁을 문예지라고 했는

데, 문예지가 어떤 역할을 했지요?"

내가 묻자 정 교수는 대답 대신 가방에서 얄팍한 시집을 꺼냈다.

"어느 문예지에서 작가론 청탁을 받아 제가 요즘 텍스트 리딩을 하고 있는 김남주 시인의 시집이에요."

1994년 50대 초반에 췌장암으로 작고한 김 시인은 9년이나 감옥 생활을 한 적이 있고, 민중을 위해 재벌의 집을 털려고 했으며, 남민전이라고 하는 지하조직을 만들어 혁명에 가담해 무기를 든 적이 있다고 실토한 바 있는, 특이한 배경을 가진 시인이었다.

정 교수는 그 시집의 한 페이지를 들췄다.

"이 페이지가 어느 평론가의 발문이지요. 여기 한 곳을 보세요."

정 교수는 책을 내 앞으로 내민 후 그 부분을 읽기 시작했다.

"'이 시집에서는 김 시인 특유의 '촌철살인'의 미학, 투쟁의 미학이 상당히 누그러져 있다는 느낌을 갖게 한다. "낫 놓고 ㄱ자도 모른다고/주인이 종을 깔보자/종이 주인의 모가지를 베어버리더라/바로 그 낫으로"(「낫」)와 같은 시에서 보인 그 예리함과 단순 명쾌함이 사라지고 긴장감을 잃은 채 시의 호흡이 늘어지고 목청이 가라앉는

26

양상을 띤다'라고 평론가가 썼습니다.”

“'투쟁의 미학'이라는 말이 재미있군요. '미학' 즉 'Aesthetics'를 투쟁이라는 단어와 연결시키는 것이 흥미롭네요. 미학이란 자연과 영혼, 실체적인 것과 관념적인 것을 연결하려는 노력을 가리키는 것으로만 알고 있었어요. 자연에서 겸손을 알게 되고 겸손을 알게 됨으로써 자연과 조화를 이룰 수 있다는 것이지요.”

“'이데올로기'와 '미학'이라는 단어를 붙이면 파렴치하거나 추한 것도 고귀하거나 아름다운 것으로 변화시킬 수 있다고 믿는 지식인이 한국에는 많은 것 같습니다. 특히 젊은 학자들이 그렇지요.”

“왜 젊은 학자들이 그렇지요?”

“워낙 편향된 독서를 하니까요. 제대로 한 독서라곤 대부분 마르크스의 『자본론』[10]과 마르크스·엥겔스의 『공산당 선언』[11]과 『독일 이데올로기』[12]와 헤겔[13]의 철학서 몇 권밖에 없을 거예요.”

“왜 편향된 독서를 할까요?”

“좌경에 치우친 상아탑 정치판에서 큰 목소리를 내려면 그럴 수밖에 없지요.”

“이런 편향된 독서를 한 지식인들이 문예지의 지면을 통해 시인을 혁명투사로 변모시키고 있군요.”

내가 말했다. 정 교수가 시집의 발문 한 곳을 다시 가리켰다.

"여기를 보세요. '김남주 시인 스스로 말하기를 "나는 우선 혁명하는 사람이다. 그리고 나의 시는 내가 수행하는 혁명적 실천의 자연스런 산물로서 그것은 다시 혁명에 이바지할 것이다"라고 하였다'라고 되어 있지요."

나는 정 교수가 방금 읽은 부분을 다시 읽었다. 정 교수가 말을 이었다.

"시인 본인이 시인이라기보다 혁명투사라고 인정했는데도, 이 발문을 쓴 평론가는 그것으로 만족하지 못하고 김 시인에게 더 투쟁적이길 요구하고 있습니다."

"놀라운 일이군요."

"여기 이곳을 보십시오."

정 교수가 발문의 한 곳을 다시 가리키며 말을 이었다.

"'세상이 자신을 좋을 대로 버려두지 않고 자신에게 더 강하고 높은 목소리를 요구하는 것을 부담스러워하고 있다'라고 평론가가 언급했지요."

그렇게 말한 후 정 교수는 시집 앞쪽의 한 부분을 펼쳤다.

"이 시집의 두 번째 시로 「예술지상주의」라는 시지요.

김 시인이 투쟁적이지 않은, 소위 순수파 동료 시인을 비방하는 시인데, 한번 읽어볼까요?"

정 교수가 시를 읽기 시작했다.

"'현실은 네미씹이었다/……/제 애비도 몰라보는 후레자식이 예술지상주의였다/……/부르주아 새끼들의 위선이 거만이 구역질나서/……/에끼 숭악한 사기꾼들/죽으면 개도 안 물어가겠다/그렇게 순수해 가지고서야 어디 씹을 맛이 나겠느냐'로 끝이 나지요. 이렇게 투쟁적인 시를 썼는데도 이 평론가의 입장에서는 '투쟁의 미학이 상당히 누그러져 있다는 느낌을 갖게 한다'라고 불평을 했지요. 놀랍지 않습니까?"

"충격적이군요."

"더 충격적인 것은 이 시인의 초기 시를 접할 때일 겁니다. 이 시인의 초기 시는 아주 응축미도 있으면서 암시적이었고, 훌륭한 서정 시인이 될 자질을 보여주었습니다. 그런데 이 시…… 여기 한 곳…… ."

정 교수가 다시 시집의 한 곳을 펼쳤다.

"'있는 자'를 공격하는 시를 보십시오. '……거머리 같고/……진드기 같고/……도야지 같고/……괴물 같은 놈 흡혈귀 같은 놈!'이라고 했지요."

"그런 시인을 이런 욕설을 쓰게 하는 시인으로 변화시

켰는데도, 그것도 만족하지 못해 더욱더 소위 '투쟁의 미학'을 보이라고 재촉하는 자들은 도대체 어떤 자들인가요?"

"바로 주체사상 신봉자를 잉태하는 자궁인 문예지 소속의 학자들입니다. 그들은 문학평론가의 탈을 쓰고 예술가의 자해를 강요하는 홍위병들이라고 할 수 있지요. 재능과 시심을 가진 김 시인은 자해행위를 하면서, 자신의 투쟁적인 시작이 자해행위에만 그치지 않고 예술 자체를 살해하고 있음을 깨달았을 것이고, 그것이 무엇보다 견디기 힘들었을 겁니다."

정 교수는 말을 마치면서 또다시 시집의 한 곳을 펼쳤다.

"여기 보십시오. 「밤길」[14]이라는 이 시는 원로 시인인 '고은'[15]이라는 실명을 거명하면서까지 자기에게 '조심해서 글을 쓰라'고 한 사실을 시로써 변명하고 있지요. 시인과 학자의 차이를 극명하게 보여주는 경우입니다. 동료 시인은 조심하라고 충고하고, 평론가인 학자는 투쟁적이지 않다고 나무랍니다. 시인으로서 어느 쪽 충고를 따라야 할까요?"

"동료 원로 시인의 충고를 따라야겠지요."

내가 당연하다는 듯 대답했다.

"그러면 시인의 명성은 묻혀버립니다. 평론하는 그들이 대학생 독자층과 문예지 지면을 장악하고 있으니까요. 그들의 말을 잘 따르면, 참여 문학인에게도 사후명예가 올 수 있음을 은근히 과시하고 있지요."

"그들 학자들이 어떤 사후명예를 시인에게 줄 수 있겠습니까? 예술가의 사후명예란 자신이 죽은 후 남긴 작품에 의해 정해지는 것이 아닙니까?"

"원칙적으로는 자신이 남긴 작품에 근거해 독자들이 정해주는 거겠지요. 그렇지만 한국 사정은 다릅니다. 혁명투사에게 사후 부여하는 훈장처럼, 일단의 좌경 학자들이 시인에게 훈장을 수여하는 것이 한국의 실정입니다. 시인이 생을 마감하면, 대학교 교정에서 대학생을 동원한 거창한 장례식을 치러줄 능력이 있는 사람들이 그들 좌경 학자들입니다. 그들이 학생회를 장악하고 있고 학교 당국은 학생회의 눈치를 보는 처지가 되었으니까요."

정 교수는 잠시 사이를 두었다가 어처구니없다는 미소를 지으며 말을 이었다.

"훈장도 종류가 있지요. 장례식이 치러지는 대학교 교정에 민족시인·국민시인·민중시인 등으로 큰 현수막이 내걸리면, 그 시인은 단번에 민족시인·국민시인·민중시인이 되어버리는 겁니다. 그렇게 되면 그가 남긴 시는, 비록 그것이 시라기보다 시정잡배도 입에 담지 못할 욕설의 나열이라고 해도, 문학의 월계관이 씌워지지요."

그 순간 나는 8년 전 김 시인의 추도식이 치러졌던 날을 떠올렸다. 실제로 대학생들이 교정을 꽉 메웠고 '민족시인'이라는 대형 현수막이, 어느 국장(國葬)을 연상시키듯, 건물 양쪽에 늘어뜨려져 있었다.

"욕설의 나열인 그런 시가 읽힐까요?"

내가 물었다.

"민족시인이나 국민시인이나 민중시인이 남긴, 문학의 월계관이 씌워진 시는 읽히게 되어 있어요. 물론 그 시인의 시집을 계속해서 출판하고 또 평을 덧붙여 순진한 젊은이들에게 위대한 문학으로서 계속 읽힐 수 있도록 하는 역할을 문예지가 충실히 하고 있기 때문이지요."

"그래서 주체사상 신봉자들을 양산한 것이 문예지라는 거군요."

"그것뿐만이 아닙니다. 그들의 이념투쟁에 도움이 될 만한 사람들이면, 몇 개의 짤막한 시를 문예지에 게재하면서 '시인'이라는 방패를 준 다음에 방패 값을 하라며 은근히 투쟁을 부추기지요. 그중에는 정치 지망생도 있고 목사도 있고 노동자도 있고 별의별 사람이 다 있습니다."

"그래서 그들이 의식 있는 정치인, 행동하는 종교인, 울부짖는 노동자로 행동하는군요."

"그러나 그들의 실체는 그것이 아니지요. 그들은 기회주의 정치인, 몽상하는 종교인, 이용당하는 노동자예요. 그들도 사후명예를 얻을 수 있다는 환상에 사로잡혀 투쟁적이 되지요."

"그런 시인들도 사후명예를 기대할까요? 사실 사후명예란 세상에서 가장 잔인한 것 아닙니까?"

"왜 그렇지요?"

"사후명예가 있는 사람은 죽은 후에도 그 명예가 그대로 남아 있기보다 그 명예에 대한 도전을 받게 되지요."

"비록 그것이 사실일지 모르지만, 사후명예를 위해서는 무엇이든지 하는 것도 예술가들의 특성 중 하나라고 할 수 있습니다."

정 교수가 확고한 어조로 말했다.

"그건 그렇다 치고 그 시인들이 사후명예를 얻어 그들이 남긴 악에 받친 시가 계속해서 읽힌다 하더라도, 소위 주체사상 신봉자들이 얻는 것이 무엇이겠습니까?"

^셋 분노와 희생

"혁명입니다. 사회주의 혁명이지요. 혁명은 어떻게 보면 어려운 것이 아닙니다. 아주 간단하지요. 순진한 젊은이들로 하여금 분노를 느끼게 하고, 그 분노가 희생을 가져오면 됩니다. 희생이 참혹하면 참혹할수록 혁명을 일으키는 데 도움이 되지요."

나의 물음에 정 교수가 대답했다.

"다시 말해 노동자가 농성 중인 크레인에서 추락해 사망하든지, 데모하던 대학생이 경관의 각목에 맞아 머리가 터졌다든지 하는, 그런 희생을 바라는 거군요."

"그런 희생은 사회주의자의 고전적인 수법이었습니다."

"그러면, 악에 받친 시가 그런 분노를 일으킬 가능성이 있다고 봅니까?"

나는 정 교수에게 더 구체적인 설명을 요구했다.

"문학의 월계관이 주어진 한 시의 내용을 훑어볼까요. 노동자 시인으로서 가장 각광을 받은 시인의 시 중 기억하는 두 소절을 인용해보지요."

정 교수가 시를 읊기 시작했다.

"이 땅에 노동자로 태어나서/……/이빨만 까는 놈은 좆도 헛물/……/쎈방이라고 다 쎈방이 아녀/바이트가 달려야 쎈방이지/노동자라고 다 노동자가 아니제/……/포크레인 삽날 정도는 되아야/진짜 노동자지 (「진짜 노동자」¹⁶⁾)"

"시라기보다 민중 선동용 정치구호 같군요. 이 시를 쓴 시인이 진정한 시인이라고 생각하십니까?"

나는 정 교수의 의견을 듣고 싶었다.

"이 시를 쓴 시인도, 김남주 시인과 마찬가지로 시인으로서 재능은 분명히 있었을 겁니다. 그 재능 때문에 좌경 지식인에 의해 차출되었다고 봐야지요. 그런 이유로 아마 이 시인은 매우 괴로워할 겁니다. 시심이 있는 사람이라면, 부추김에 속아 빠져 있던 자기도취에서 나왔을 때는 자신의 시에 대해 환멸을 느꼈을 테니까요."

"그럼, 이런 시가 과연 노동자에게 영향을 미칠까요? 그래서 극렬한 투쟁에 가담하는 데 도움이 될까요?"

내가 다시 물었다.

"마르크스·엥겔스의 짤막한 글, 40쪽도 안 되는 『공산당 선언』의 마지막 절을 기억하십니까? 공산주의의 성경격인 『공산당 선언』은 이런 말로 끝을 맺습니다. '지배계급이 공산당혁명 앞에 떨게 하라. 무산대중이 잃을 것은 쇠사슬 외에는 아무것도 없다. 얻을 수 있는 것은 온 세계. 모든 나라의 노동자들이여 단결하라!'였습니다. 이 말, 지배계급을 타깃으로 한 이 증오심, 비록 한국의 노동시와 비교한다면 너무나 고상한 표현이지만, 이 말은 한때 세계 인구의 반을 움직이게 했고, 또 세계 수많은 젊은이들이 이 부르주아와의 성전(聖戰)을 위해 팔다리를 잃고 눈이 멀고 사랑하는 가족을 버리지 않았습니까?"

정 교수의 말에 나는 고개를 끄덕였다.

"불행한 일입니다. 아주 불행한 일이었지요. 인간의 증오심은 사랑보다 훨씬 더 강하고 더 빠른 속도로 감염되지요."

"셰익스피어[17]는 꼽추인 '리처드 3세'의 독백을 통해 증오심을 이렇게 형상화했지요. '아 아! 나란 사내는 조물주의 실수인지, 삐뚤어지고, 절름발이이고, ……옆을

36

지나가는 개까지도 짖어댄다······ 이렇게 좋은 날에도 사랑을 할 수 없는 나란 인간, 멋쟁이인 체 즐길 수도 없는 일, 그렇다면 길은 하나, 마음껏 악당이 되어주는 거다. 모든 이 세상의 기쁨을 저주해주는 거다'라고······."

"읽은 기억이 납니다. 영화에서 리처드 3세 역을 한 로렌스 올리비에의 명연기도 생각나고요. 그러니까 우리 모두가 리처드 3세의 후예라는 거군요. 리처드 3세는 왕의 삼촌이라는 직위를 가진 권력 있는 왕족이면서 동시에 불구의 몸을 가진 불행한 남자지요."

"그렇습니다. 인간은 누구나 리처드 3세처럼 자신의 좋은 입장은 당연한 것으로 받아들이고 나쁜 입장은 억울하다고 생각하는 성향이 있습니다. 그런 성향은 저명한 교수나 일개 노동자나 구별 없이 마찬가지지요. 교육, 윤리, 종교, 관습, 법 등 여러 가지 사회적 장치가, 억울하다고 생각하는 이를 억누르지요. 순진한 젊은이의 경우, 이런 사회적 장치를 뒤집도록 부추기는 것은 바로 짤막한 정치구호나 충격적인 단어입니다."

"어떤 구호나 단어가 사회적 장치를 뒤집을 수 있지요?"

나는 정 교수에게 더 구체적으로 말해줄 것을 요청했다.

"방금 언급한 「진짜 노동자」라는 시를 예로 들어보지요. '이빨만 까는 놈은 좆도 헛물'이라는 구절에서 '좆도 헛물'이라는 단어는 지면에서 튀어나와, 안일한 노동자의 안면에 가해지는 매서운 손바닥입니다. 그리고 마지막 구절인 '포크레인 삽날 정도는 되아야 진짜 노동자지'라는 구절은 노동자들이 '삽날'이 되도록 등 뒤에서 밀어붙이는 역할을 하지요."

"그런 짤막한 구절과 충격적인 단어가 그렇게 큰 영향을 줄 수 있다고 생각해본 적은 없습니다."

내 말에 정 교수는 고개를 저었다.

"인간의 마음을 움직이는 것은 짤막한 구절이나 단어입니다. 복잡한 논리가 아니지요. 제2차 세계대전의 참전을 거부하는 영국 국민의 마음을 움직인 것은 라디오를 통해 영국 국민의 자존심을 건드린 처칠 수상의 한 마디였습니다. 'What kind of people they think we are!(그들[독일 나치]이 도대체 우리를 어떤 사람이라고 생각하겠느냐?)'라는 거였지요."

"그 말이 처칠의 입에서 나왔기 때문에 효력이 있지 않았을까요?"

"물론 처칠의 개인적 역량도 무시할 수는 없지요. 그에 못지않게 「진짜 노동자」 같은 한 편의 시에도 문학의 월계관이 씌워졌을 때 그 호소력은 대단한 힘을 갖게 됩니다. 그래서 문학 분야의 학자들은 약속이라도 한 듯 앞다투어 그런 종류의 악담을 담은 모든 시에 문학의 월계관을 씌워주었지요. 문학의 월계관이 씌워진 시는 처칠 수상의 카리스마보다 더한 힘을 가지고 '있는 자'를 향해 주저 없이 증오심을 품게 하고, 그 증오심을 표출할 기회를 기다리게 하지요."

"그러니까 인간성의 어두운 면을 억제하는 사회적 장치를 문학의 월계관이 무력화한다는 거군요. 그래서 노동자가 행동하게 된다는 거고요. 그런데 왜 노동자들을 대상으로 했지요?"

내가 논의를 더 전개시키고자 물었다.

"노동자가 기존 사회를 뒤집을 수 있는 유일한 힘이라는 것을 누구보다 잘 알고 있으니까요."

"그럼, 도대체 그런 학자들의 행동을 어떻게 설명할 수 있습니까? 물론 그들도 리처드 3세의 후예임에는 틀림없겠지요. 하지만 그들은 높은 지성을 갖추고 있고 사회적으로도 존경을 받는 위치에 있지 않습니까?"

"순진한 젊은이들이 리처드 3세의 방계 후손이라면, 그런 학자들은 리처드 3세의 직계 후손이라고 할 수 있습니다. 리처드 3세가 조카를 죽이고 자신이 왕위에 오르기 전 왕의 삼촌이었던 것처럼 그런 학자들은 지적한 대로 높은 사회적 지위를 가지고 있지요. 그렇지만 리처드 3세가 자신의 왕족 지위는 상관치 않고 자신의 불구만 생각하듯이, 그들은 학자로서의 사회적 지위는 괘념치 않고 그들보다 훨씬 높은 수준의 경제적 지위를 향유하는 자들에 대해 불만을 갖지요."

"모든 인간이 그런 불만을 품지 않을까요? 그런 학자들이 특히 큰 불만을 품은 이유가 뭘까요?"

나는 고개를 갸우뚱하며 물었다.

^넷 시대정신

"얼마 전에 『시기심(*Envy*)』[18]이라는 책을 읽은 적이 있어요. 그 책 내용 중에 미국의 많은 인문 분야 교수들이 좌경화된 이유를 설명한 부분이 있었죠. 대부분 인간은 학교를 졸업하고 사회에 나감으로써 학창세계를 떠나게 됩니다. 그러나 졸업 후에도 학교를 떠나지 않는 사람들이 있으니 그들이 바로 학자라는 겁니다. 그들의 사회 진출 장소는 여전히 상아탑이고, 그 안에서 자신들의 우수성을 확실하게 증명했으므로 그런 우수성이 다른 면에서도 인정받기를 원하게 된다는 거지요. 그런데 현실이 그렇지 못할 때 그들 학자들은 자신보다 나은 조건에 처한 상대를 향한 질투심을 품는데, 저자는 그 질투심을 인문 학자들의 좌경화 경향의 이유로 내세웠지요."

정 교수가 다소 장황하게 설명을 했다.

"우리나라에서는 그 논지가 그대로 적용되는 데 무리가 있지 않을까요?"

"그렇지만 한국에서도 인문 분야의 많은 학자들이 사회와 사회제도에 대해 불만을 품을 확률이 많은 것은 사실이지요."

"어느 정도 불만이 있다 하더라도, 악담으로 된 정치구호에 문학의 월계관을 씌워주고, 그것을 이용해 노동자들로 하여금 사회를 뒤집어엎으라고 선동하는 것은 학자의 양심으로 용서할 수 없는 일이군요."

"그들 학자들은 자신들이 노동자들을 고의적으로 선동하고 있음을 무의식에 감춰두어 마음이 편안할지 모릅니다. 지식인의 나쁜 점은 무엇이든 정당화할 능력이 있는 사람들이라는 것입니다. '문학은 시대정신을 반영해야한다' 같은 주장을 내세우는 것을 봐도 그렇습니다."

"'시대정신'이란 'zeitgeist'를 의미하나요?"

"그렇다고 봐야지요. 옥스퍼드 사전에 의하면 zeitgeist란 'zeit(시대)와 geist(정신)의 복합어로 어떤 시대의 사상이나 감정을 대변하는 정신'이라고 했지요."

"그러한 시대정신이 한국의 지식인 사회에서 어떻게

42

나타났나요?"

"세계의 사회주의화는 시간문제일 뿐 '불가피한 것(the inevitable)'이라는 이론은, 1989년 베를린 장벽이 무너지기 전까지 서방 세계의 지식인 사회에 무시하지 못할 자리를 차지하고 있었지요. 특히 1970년대 초 베트남 전쟁[19]에서 미국이 패배함으로써 그러한 사상적 조류는 한층 더 힘을 얻은 것 같아요. 베트남이 한국과 유사한 민족 분단 상태에 있었으므로 한국 지식인 사회에서는 그러한 사상적 조류가 급물살을 탔지요."

잠시 사이를 두었다가 정 교수가 말을 이었다.

"한국의 지식인이 취해야 할 시대정신은 불가피한 것, 즉 한반도의 사회주의화가 가장 빨리 도래하도록 도움을 주는 것이라는 거지요."

"그러니까 지식인의 창작물인 문학을 그 목적, 즉 한반도의 사회주의화에 이용해야 한다는 거군요."

"그런 이론이지요."

잠시 침묵이 찾아왔다. 우리는 서로가 각자의 생각에 잠길 여유를 가졌다. 나 자신이 생각해도 매우 충격적인 이론으로 그 침묵을 깬 것은 나였다.

"한국 좌경 지식인의 사상적 아버지 격에 해당하는 헤겔은 '자유의식(consciousness of freedom)'의 확산이 역사의 발전이라고 했지요. 자유의식의 확산이 지식인의 시대정 신이어야 한다는 겁니다. 절대빈곤[20]의 상황 아래서 '자 유의식의 확산'이란 절대빈곤으로부터의 탈출을 의미합 니다. 절대빈곤의 상태에서는 자유란 존재할 수 없으니 까요."

잠시 사이를 두었다가 내가 말을 이었다.

"사랑의 격정이 어떤 희생을 감수하더라도 만족을 요 구하듯이, 절대빈곤은 무슨 일이 일어나든 공복을 채울 음식을 요구하게 되지요. 만약 그것이 사실이라면, 그 당시로서는 한국에서 가장 능률적이고 강력한 조직이 국 민의 공복을 채울 책무를 맡아야 하지 않았을까요?"

"그 당시 가장 능률적이고 강력한 조직은 군대였으며, 그렇기에 박정희의 쿠데타도 '시대정신'이라는 개념하에 서는 정당화될 수도 있다는 건가요?"

"정당화될 수 있지요."

내가 자신 있게 말했다.

"1961년의 군사 쿠데타로부터 11년 이후가 바로 1972 년입니다. 박정희의 유신정권이 탄생된 해이지요. 유신 정권 아래서 희생된 사람들이 제 주위에도 많이 있거든 요. 제가 아끼고 존경하는 사람들이기도 하고요……."

정 교수가 말을 끌자 내가 그 뒤를 이어받았다.

"……1972년의 유신정권도…… '시대정신'과 관계가 있지 않나 하는 생각이 문득 들었어요."

"어떤 근거에서 그런 생각이 들었지요?"

정 교수가 정색을 하며 물었다.

"1972년은 베트남 전쟁에서 세계 초강국인 미국의 패배가 예견되었을 때고, 아까 정 교수가 언급했듯이 그당시 한국 지식인 사회는 베트남과 같이 사회주의하의 한반도 통일이 '불가피한 것'으로 받아들이고 있었으니까요. 그리고 아까 말씀드렸다시피 불가피한 것을 촉진하도록 돕는 것이 지식인의 의무라 생각했지요."

"그러니까 한반도의 사회주의하의 통일을 잘못된 예견으로 만드는 데 박정희의 유신헌법이, 비록 수많은 사람들의 희생이 따르긴 했지만, 결정적 역할을 했다는 거군요. 김일성식 사회주의하의 통일이 자유의 억압을 수반하므로 '자유의식의 확산'이라는 시대정신에 어긋나니까요. 제 말이 맞나요?"

"네, 맞아요. 그래요. 경제적인 관점에서 본다면, 유신정권의 존립 기간인 1972년부터 1979년까지 한국의 경제는 전후 일본의 경제발전과 비교해도 손색이 없는 성장을 했지요. 7년이라는 짧은 기간 동안 1인당 GNP는 319달러에서 1천6백40달러로 성장을 했어요. 그 기간 중 연평균 11퍼센트의 경제성장을 한 겁니다."

"그러한 숫자가 무엇을 의미하는지, 워낙 경제면에 무지해서 저는 잘 모르겠는데요."

정 교수가 나에게 설명을 요구했다.

"한 마디로 한국의 경제가 이륙, 즉 테이크 오프(take off)를 했다는 것을 의미하지요. 비행기가 활주로를 전속력으로 달려 이륙한 후에 순항을 할 수 있듯이, 경제에서는 일국의 경제가 테이크 오프 단계를 지나면, 성장의 속도나 질 문제일 뿐 추락하지 않고 성장이 계속된다는 이론이지요."

"그럼, 그 시기가 경제적으로 아주 중요한 시기였다는 거군요."

정 교수가 말을 마친 후 잠시 생각에 잠겼다가 다시 말을 이었다.

"그러니까 두 가지 '불가피한 것'을 지적하고 있군요. 첫째는 절대빈곤으로부터의 탈출을 위한 가장 강하고 능률적인 조직의 등장이고, 또 둘째는 사회주의하의 한반도 통일을 막기 위한 유신정권의 출현이고요."

"충격적인 주장이지만 그런 결론을 버릴 수 없었어요. 그리고 두 가지 불가피함은 세 번째 불가피함의 출현을 가져왔지요. 즉 1987년 6월 민주화 항쟁[21]입니다.

이 항쟁은 불가피함뿐만 아니라 불가역성(不可逆性), 즉 'Irreversibility'까지 수반합니다. 즉 경제가 테이크 오프 단계를 지난 후에는 민주화는 불가피한 과정일 뿐만 아니라, 무슨 일이 있어도 독재로 다시 돌아갈 수 없다는 거지요."

"아무리 이론적으로는 설득력이 있다 하더라도, 박정희의 쿠데타와 유신헌법까지 정당화한다는 것은 충격적이군요."

정 교수가 내 말에 동의하지 않는다는 듯 말했다.

"다시 말하면 첫 번째와 두 번째의 불가피함, 즉 박정희의 군사 쿠데타와 유신헌법은 세 번째의 불가피함인 민주 회복을 가져오기 위한 필수 불가결한 것이었다는 거지요. 즉, 헤겔이 말하는 '자유의식'의 확산은, 한반도에 있어서는 절대빈곤으로부터의 탈출과 공산화의 방지가 선제 조건이어야 했다는 겁니다. 그러므로 한반도에서 적용되어야 하는 '시대정신'은 1960년대에서는 절대빈곤으로부터의 탈출이었고, 1970년대는 공산화의 방지였으며, 1980년대는 민주화라고 결론지을 수 있습니다. 그리고 1990년대는 선진국 진입, 2000년대는 세계화된 문화시민 의식의 창달이 시대정신이 아니었을까 생각합니다. 물론 1990년대 말에는 문민정부의 잘못된 통치로 오히려 IMF 사태라는 추락이 찾아왔지요."

"너무나 과격하고 비이성적인 이론이 아닐까요?"

정 교수가 여전히 내 의견에 반박하며 말했다.

"박정희가 죽은 지 사반세기가 지난 지금쯤은 정 교수 표현대로, 과격하고 비이성적인 이론이 학계나 지식인 사회 일각에서 대두할 때도 되었습니다. 그런 현상이 우리가 민주주의를 영위할 자격이 있다는 증표지요."

내가 미소 지으며 말했다.

"아무리 그것이 진실이라 하더라도 박정희의 독재와 학정은 선뜻 받아들이기 어려워요."

"소련의 스탈린[22]은 그가 펼친 학정에도 불구하고, 그리고 중국의 마오쩌둥[23]은 문화대혁명을 일으킨 장본인임에도 불구하고 많은 역사가들이 한 나라의 한 시대 지도자로서 인정하고 있어요."

^{다섯} **시기심**

　그 말을 끝으로 우리에게 잠시 침묵이 찾아왔다. 그 순간 한 가지 의문이 나를 끈질기게 물고 늘어졌다. 저질 시를 정치적인 구호로 이용해 순진한 노동자들을 선동할 수 있다고 하면, 좌경 학자들은 애초에 어떤 경로로 그렇게 대량으로 생성되었느냐 하는 의문이었다. 나는 정 교수가 1960년대 중반 생이므로 1980년대 중반쯤 대학생활을 시작했음을 알고, 정 교수가 어떤 반응을 보일지 궁금해하며 질문했다.

　"저질 시로 노동자를 선동할 수 있다는 사실도 잘 이해가 안 되지만, 소위 지성인은 어떻게 선동할 수 있었나요? 아무리 독서량이 적다 하더라도 대학 교육을 받은 지성인은 바보가 아니잖아요?"

다소 의심스러운 표정으로 내가 물었다.

"포섭 대상의 지적 수준에 따라, 그리고 끌어내려는 행동에 따라 사용하는 도구가 달랐지요."

"어떻게요?"

"먼저 노동자 경우부터 얘기하면 이렇습니다. 순진한 노동자에게는 읽기 쉽고 직설적인 시가, 특히 문학의 월계관이 씌워진 욕지거리의 시가 효과적이라고 이심전심 판단이 된 모양입니다."

정 교수가 잠시 사이를 두었다가 미소를 지으며 다시 말을 이었다.

"노동자를 사주할 목적뿐만 아니라 다른 목적도 있었을 겁니다. 그러한 시를 읽으면서, 돈 있고 잘난 놈이 글로나마 무자비한 공격을 당하는 것에서 왜곡된 스릴을 느꼈을 수도 있지요. 시의 공격이 무자비할수록, 더 달콤한 미소를 지으면서 더 찬란한 문학의 월계관을 씌워주기로 마음속으로 결정하면서요……."

"그러나 그들 학자들이 달콤해하는 스릴에도 비용이 들지요. 그 비용을 분담하는 사람은 결국 노동자들입니다. 사회는 뒤집어지지도 않고 불황만 올 수 있으니까요. 실업자가 되는 것은 노동자이고, 대학에서의 자리는 불황이 빼앗아가지는 않으니까요."

"좋은 지적입니다."

나의 말에 정 교수가 동의를 표했다.

"대학에 다니는 미숙한 지성인 그룹이나 보다 높은 수준의 지식인들은 어떻게 설득되지요?"

"대학 재학생도 전공과목이나 수준에 따라 사용하는 도구가 다릅니다. 일단 필독서로서 『난장이가 쏘아올린 작은 공』[24]을 빼놓을 수 없지요. 1970년대가 배경이니까 노동자가 박해받는 시대상도 잘 반영되어 있습니다. 독자의 공감을 끌어낼 수 있는 좋은 연작단편집으로서, 젊은이들에게 읽힐 가치가 있는 글이지요. 그 다음 필독서는 『공산당 선언』쯤 될 겁니다. 『난장이가 쏘아올린 작은 공』도 연작 단편이고 마르크스·엥겔스의 공저인 『공산당 선언』도 40쪽밖에 안 되니까 어렵지 않게 읽을 수 있습니다."

잠시 사이를 두었다가 정 교수가 다시 말을 이었다.

"『공산당 선언』은 짧은 글이지만 결국 공산당의 성경격이 되었어요. 그렇게 된 이유는, 이론서와는 달리 성경처럼 쉽게 읽을 수 있어서였지요. 실제로 『공산당 선언』은 일반 대중이 공산주의를 쉽게 이해하도록 씌어진 책이니까요. 독서량이 적은 대학생에게 적합한 책이지요."

"참 놀라운 일이지요. 40쪽밖에 안 되는 얇은 책인『공산당 선언』이 인류에게 얼마나 많은 유혈을 가져왔습니까! 지금 생각하면 모두에게 무용한 유혈이었지요.『공산당 선언』외에 어떤 책이 필독서로 꼽혔나요?"

내가 물었다. 오랫동안 나 자신이 이 점에 대해 궁금해하고 있었기 때문이었다.

"좀 진지한 학생들에게는『역사란 무엇인가』를 읽게 합니다. 이 책은 1961년 E. H. 카[25)]가 케임브리지 대학에서 강의한 내용을 엮은 얄팍한 책이에요. 1961년이면 공산주의 사상이 정상에 달해 있을 때이지요. 1954년에는 베트남 '디엔 비엔푸'의 55일간의 전투에서 프랑스가 패했고, 1957년은 소련이 인류 역사상 초유의 인공위성인 스푸트니크(Sputnik) 발사에 성공했고, 피의 숙청을 감행한 스탈린이 죽은 후 1958년부터 융화주의자인 흐루쇼프가 집권을 하고 있을 때이지요. 무엇보다 중국이 안정된 공산주의 세력으로 주위 나라에 세력을 뻗어나가고 있고, 남미에서는 쿠바의 카스트로[26)]가 공산주의 혁명에서 성공한 때가 1959년이었지요. 그런 면에서 1917년 볼셰비키 혁명[27)] 후 공산주의가 절정에 달했을 때입니다."

정 교수가 말한 후 잠시 여유를 가졌다. 내가 정 교수의 말을 이어받았다.

"그때만 해도 세계의 지식인 사회에서는 세계가 공산화되는 것은 시간문제라고 생각하는 사람이 많았습니다. 그로부터 40여 년 후 공산주의가 이렇게 철저히 붕괴될 줄은 상상도 못했지요."

"그렇습니다. 그러한 시기에 E. H. 카가 강의한 내용의 핵심은 이겁니다. '세상은 바뀌어야 하고 그 목표는 계급 없는 사회다. 그것의 빠른 도래를 돕는 것이 지성인의 의무'라는 거지요. 이런 공산주의 절정기에 한 강의내용 묶음을 공산주의가 멸망한 지금도 대학에서 필독추천도서로 사용하고 있고, 열 개가 넘는 출판사에서 경쟁적으로 번역 출판된다는 사실이 얼마나 놀랍습니까!"

"또 한 가지 중요한 필독서가 있지 않습니까? 『태백산맥』[28)이라는 대하소설이 있지요. 중년 이하 전 국민의 필독서처럼 되어 있는데 그 이유는 뭘까요? 그리고 그 소설에 대해서는 어떻게 생각하나요?"

나 자신이 이 대하소설의 1, 2권을 읽은 후 젊은이들의 필독서가 된 이유에 대해 오랫동안 의문을 품어왔던 터라 내친 김에 정 교수의 답을 듣고 싶어서 물었다.

"1980년대 초반부터 『태백산맥』이라는 대하소설이 문예지에 연재되기 시작했지요. 그 소설의 초반은 1948년의 여수·순천 반란을 배경으로 하고 좌익은 양심인, 우익은 비양심인으로 철저히 이분화하는 것을 플롯으로 삼고 있지요. 이 소설을 '그들' 학자들이 떠받든 이유는 이러한 이분화 이외에, 이 소설이 반미감정을 부각하고 있기 때문입니다. 여수·순천 반란 사건이 미군정시대에 일어난 일이었고 반란군과 정부군의 대치는 민중과 미군정 및 그들의 추종자와의 대결로 비쳐질 수 있으니까요."

잠시 사이를 두었다가 정 교수가 다시 말을 이었다.

"베트남 전쟁 중 미국이 저지른 군사적 잔혹함이 드러났고 1975년에 드디어 미국이 패배한 이후로, 1980년대 초반에는 반미감정이 세계의 지식인 사회는 말할 것도 없고 한국의 지식인들 간에도 이미 형성되어 있었지요. 이 소설은 이러한 지식인들 간의 반미감정을 젊은이들에게 확산시키는 데 한몫을 했습니다. 1948년의 미군정시대에 일어난 국내 사건으로 미군의 베트남 전쟁 잔학상을 한국화했다고 할까요…… 그전까지는 미군기지 근처의 생활상을 그린 소설로써 반미감정을 조성하려고 했으나 성공하지 못했어요. 그런 소설은 재미도 없고 아무리 문학의 월계관을 씌워주어도 읽는 독자의 범위는 일정한 선을 넘지 못했지요. 그러나『태백산맥』은 달랐습니다."

"어떻게 달랐지요?"

정 교수가 잠시 숨을 돌리자 나는 답을 재촉했다.

"첫째로 이 소설이 흥미 있게 씌어 있어서 버스나 전철 안에서도 부담 없이 읽힐 수 있기 때문이지요. 그보다 더 중요한 것은 '그들' 학자들에 의해 서로 다투어 최상의 찬사가 주어졌기 때문에 독자는 문학성뿐 아니라 재미까지 느낄 수 있는 이 소설에 대해 야릇한 자긍심을 가졌어요."

정 교수가 미소 지으며 말했다.

"그 소설의 무엇이 젊은이들로 하여금 재미를 느끼게 했을까요?"

"대중소설이기 때문입니다."

"국내의 몇몇 최정상 문학평론가들이 금세기 문학의 금자탑이라고 일컫는 소설을 왜 대중소설이라고 생각하지요?"

"그 소설이 대중소설 범주에 속하는 이유 몇 가지만 들겠습니다. 첫째, 좌경 지식인의 미화와 반미감정이 주제고, 그렇기 때문에 '그런' 학자들에 의해 문학의 금자탑이라 찬양되었는지는 모르지만, 작가의 사설이 너무 강하고 너무 많습니다. 소설에서 작가의 강한 사설은 무덤을 파는 것과 같습니다. 둘째로, 끊임없이 이어지는 구수한 전라도 사투리 욕지거리나 심심찮게 등장하는 섹스 신 묘사로 독자가 재미를 느끼는 데 한몫했지요. 그런 작가의 노력이 성공해서 누가 읽어도 재미있는 소설이 탄생된 거지요. 그 이상도 그 이하도 아닙니다."

"누군가 나서서 어떤 희생을 당하더라도 더 늦기 전에 바로잡아야 하겠습니다."

내가 강한 어조로 말했다.

"아주 절실한 일이지요. 5년 후, 10년 후, 20년 후 전철 안에서 『태백산맥』이라는 소설을 읽으며, '미국 놈은 참 나쁜 놈들이구나! 바다에서는 군함에서 함포사격을 하고, 육지에서는 비행기에서 폭탄을 터뜨려 불쌍한 군인과 민간인들을 죽인 자들이 미국 놈들이구나!'라고 맹목적으로 이해하고, '그것도 제주도에 있는 동족을 죽이러 가라고 했는데 가지 않는다고 이런 만행을 저질렀구나!' 하고 속으로 분노하며 반미감정을 갖게 될 청소년을 생각해보세요."

"그들은 이렇게 생각할 겁니다. '최고의 문학평론가들에게서 오랫동안 검증을 받은 최고의 문학작품이 거짓이나 과장된 내용을 전할 리 없다. 모든 것이 진실임에 틀림없다. 이 책의 내용을 믿지 않으면 세상에 믿을 수 있는 게 무엇이겠는가!'라고요. 이후 그 청소년이 그런 확신에 근거해 좌익을 흠모하여 반미 대열에 나서고, 그 결과가 비극적이라면 그때 책임질 사람은 어디에 있겠습니까?"

내 어투에 분노가 어려 있음을 느꼈다.

"아마 대부분 이 세상 사람이 아니겠지요. 대부분의 과격한 정책의 주창자가 그러하듯이 나쁜 결과가 나올 때쯤에는 이 세상에 없을 사람들입니다. 그런 사람들이 악담으로만 엮인 글을 최고의 시로 둔갑시킨 사람들이지요."

정 교수도 역시 화난 목소리로 말했다.

나는 잠시 생각에 잠겼다. 아무리 따져보아도 그런 무책임하고 증오심에 가득 찬 좌경 학자들이 한국사회에서 양성될 수 있었다는 사실을 믿을 수 없었다. 문득 어떤 생각이 떠올라 말문을 열었다.

"이런 현상은 없었을까요? 한국사회에서는 헤겔이나 마르크스에 관해 공개적으로 토론할 장소나 상대가 별로 없으므로, 각자가 철학자들의 사상을 여과 없이 받아들여 믿게 되고 무분별하게 전수한다…… 다시 말해 자신만이 은밀히 저축한 지식을 과시하고 그것을 젊은이들에게 전수하는 데 야릇한 우월감을 만끽하는 행위가 '그런' 학자들을 대량 생산하지 않았나 하는 느낌이 듭니다."

잠시 사이를 두었다가 내가 다시 말을 이었다.

"미국이나 일본 지식인의 경우 헤겔이나 마르크스의 이론에 관해 활발한 공개토론의 장이 있으므로, 두 철학자의 이론에 대한 신비감은 많이 사라졌어요. 두 인물은 철학자인 동시에 미래 세상에 대한 예언가이기도 했습니다. 그러나 마르크스가 예견한 자본주의의 몰락은 일어나지 않았고, 오히려 영원불멸할 것으로 예언한 공산주의는 70여 년 만에 붕괴해버렸습니다."

"한국의 학자들은 철학자들의 말을, 마치 기독교인이 성경 말씀을 받들듯이 맹신하는 경향이 강하지요. 사실 철학자들이란, 인류에게 끼칠 영향에는 상관없이, 자신의 독창성이 부각되는 이론이면 무엇이든 들고 나오는 사람들입니다. 어떤 면에서는 인류의 복지는 안중에 없는 사람들이지요."

정 교수가 단호한 어투로 말했다.

여섯 이상주의자

"그런 악영향을 끼칠 위험성이 헤겔이나 마르크스주의에도 있다는 거군요?"

"그렇습니다. 특히 오랜 식민지 생활에서 벗어나 얇은 지식인층을 형성하고 있는 한국과 같은 나라가 그런 위험성이 높지요. 헤겔이나 마르크스의 관념론에 어느 수준을 넘어 심취하면 벗어나기 힘듭니다. 또 꽃 같은 젊은 시절을 투자한 자신의 노력이 아까워, 그들 이론을 객관적으로 판단하기보다 자신이 힘들여 획득한 이론을 무조건 인용하려 하거나 순진한 젊은이들에게 전수하는 데 급급하게 되지요."

"마르크스의 저서 중에서 어떤 책이 그런 부류에 속하

지요?"

나는 마르크스의 저서에 대해 더 알고 싶어서 질문을 던졌다.

"마르크스의 주요 저서 중 한국의 '그런' 지식인들이 자주 인용하거나 젊은이들에게 전수하려는 책으로『자본론(*Das Kapital*)』과『독일 이데올로기(*German Ideology*)』가 있습니다. 사실『자본론』만 하더라도 마르크스가 반평생을 들여 쓴 책이니까 그것을 통독하고 이해하려면 오랜 노력과 시간이 요구됩니다. 그런 노력과 시간이 아까워서라도 애정을 갖게 되지요."

"『독일 이데올로기』경우는 어떻습니까?"

『자본론』보다는 덜 알려진『독일 이데올로기』의 내용이 궁금해 내가 질문을 했다.

"『독일 이데올로기』의 경우는, 책 말미에 실린 이상적인 사회주의 사회를 그린 부분이 환상적이고 시적이고 목가적이지요. 이상에 젖은 젊은이들의 혼을 빼앗기에는 아주 적합한 부분이고요.『자본론』이나『공산당 선언』과는 정반대의 테크닉이지요. 전자가 이론적이거나 투쟁적이라면, 후자는 시적입니다. 노동현장이 아닌 대학 강의실에서는 후자가 전자보다 더 효력이 있을 수 있지요. 상상력이 있는 젊은이들이면 어느 누가 매료되지 않을 수 있겠습니까?"

"『독일 이데올로기』가 그렇게 영향력이 컸나요?"

"제 학번에서는 좌경화된 동문의 대부분이 『독일 이데올로기』에 관한 강의에 매료되었기 때문이라고 생각합니다."

"왜 매료되지 않을 수 없지요? 단순히 목가적인 사회 풍경 때문인가요? 한국의 대학생들이 그렇게 감상적일까요?"

나는 『독일 이데올로기』가 과연 그렇게 매력적인 저서인지 의심스러웠다.

"한국의 젊은이들, 특히 감수성이 예민한 젊은이들은 한국 특유의 암기 위주인 대학입시 준비로 인한 혹독한 경쟁 생활을 경험했지요. 그들 젊은이들은 대학에 입학하면서 한국 특유의 자유스런 대학 생활을 맞이하게 됩니다. 미국이나 서구 선진국과는 거의 반대의 현상입니다. 그들은 오히려 새로 주어진 자유가 감당하기 힘들어 누군가에 의해 방향이 정해지기를 바라는 지경에 처해 있습니다."

"그러니까 젊은이들의 백지 같은 두뇌에 멋대로 마르크스 사상을 낙서할 수 있었군요."

"그렇게 말할 수 있지요. 거기다가 새로이 접한 사회

는 도덕적 피폐가 만연해 있고 부정·부패에 심하게 오염되어 있음을 깨닫게 됩니다. 감수성이 예민한 젊은이들의 정신적인 방황이, 혹은 젊음의 고뇌가 시작되는 시기지요. 그런 의미에서 그들 젊은이들은 감상적일 수 있습니다. 『독일 이데올로기』의 말미에 첨부된 사회주의 예언자들의 글이 그들 젊은이들을 완전히 매료시킬 수 있고요."

"예컨대 어떤 글이 있습니까? 다르게 말하면, 어떤 학자가 한국의 대학 강의실에서 감수성이 예민한 학생들을 앞에 앉혀놓고 어떤 구절을 인용하기에 대학생들이 매료되었나요?"

나는 구체적으로 더 알고 싶은 마음에 질문을 던졌다.

"「사회주의의 주춧돌」이라는 논문에서, 마르크스·엥겔스가『독일 이데올로기』에 인용한 부분을 그대로 인용해보지요. '구세계의 토대가 무너지면, 인간의 열망에 찬 애정은 이미 행복을 이전해놓은 다른 세계로 도피처를 구한다. [중략] 인간은 지구를 행복의 땅으로서 다시 한번 맞이할 수 있을까? 그가 또다시 지구를 자신의 고향으로 인정할 수 있을까? 그렇다면 인간은 왜 아직도 인생과 행복을 분리해야 한단 말인가? 왜 인간은 지구상의 삶을 절대적으로 반분(半分)하는 마지막 장애물을 부숴버리지 않는가?'"

잠시 사이를 두었다가 정 교수가 계속 읊어갔다.

"……유쾌한 화초, [중략] 크고 장엄한 떡갈나무……
인간의 만족과 인간의 행복이 화초와 떡갈나무의 탄생과
자람과 개화함에 함께 존재하고 있고 [중략] 초원에 있
는 수많은 작은 피조물과 산림의 새들과 기개가 있는 말
들은 다른 행복을 알지 못하고 원하지도 않았다. 그들의
삶을 표현하고 향유하면서 앞에 놓여 있는 행복 이외에
는!"

정 교수가 인용을 끝냈다.

"'지구상의 삶을 절대적으로 반분……'이란 구절에서
그 반분이란 무엇을 의미합니까?"

"삶과 행복, 이 두 가지입니다. 이때까지 인간은 삶과
행복을 이분화했는데 그것이 잘못되었다는 거지요. 진
정한 사회주의가 이루어지면 삶 자체가 행복이랄 수밖에
없다는 겁니다."

"전형적인 이상주의의 오류를 보여주고 있군요. 그러
나 순진한 젊은이들이 현혹당할 수 있는 이론입니다."

나는 그런 허황된 이론에 현혹당하는 젊은이들의 순진
함이 안타까웠다.

"마르크스·엥겔스는 이 「사회주의의 주춧돌」이라는

논문에 대해 논의하면서 『독일 이데올로기』에서 이렇게 서술했습니다. '진정한 사회주의는 삶과 행복을 이분하는 것을 멈추는 것에서 시작한다'라고요. 삶이 바로 행복일 수밖에 없다는 겁니다. 매력적이지 않습니까?"

"이상주의자에게는 그럴 수도 있지요. 그러나 대학생을 가르치는 지식인은 현실주의자 입장에서, 그렇게 목가적이고 훌륭하다는 사회주의가 왜 저 모양 저 꼴이 되었느냐? 하는 질문을 했어야지요. '저 모양, 저 꼴'이라는 말은 공산주의의 몰락만을 의미하지 않습니다. 훨씬 이전, 공산주의가 왕성할 때 스탈린 치하의 소련을 두고 하는 말입니다. 소련이 병든 사회라는 것은, 자본주의 사회의 피폐와는 비교할 수 없을 정도로 중병에 걸린 사회라는 것은, 서구 지식인 사회에서는 이미 1930년대 말에 진상의 일부가 알려졌지 않습니까?"

내가 반문했다.

"그렇지요. 열렬한 공산주의자였던, 『좁은 문』의 작가 앙드레 지드[29]가 소련을 방문한 후 쓴 『소련 기행』이라는 책이 발간된 것이 1936년이었으니까요."

정 교수가 내 마음속을 훤히 보고 있기라도 한 듯 내가 할 말을 대신해서 했다.

"소련이 비밀경찰과 당 관료의 나라이고 일반 국민은

말할 자유나 공정한 재판을 받을 자유도 없는, 이웃끼리 감시하고 하물며 가족끼리도 감시하는, 인류가 지구상에 가져온 최악의 암흑향(暗黑鄉)임이 드러난 것이 그 시기였지요."

"바로 그 점입니다. 공산주의 종주국으로서의 소련 사회의 약점이 드러난 이상 마르크스주의자들은 자신들의 이론이 살아남으려면, 소련 외에 다른 나라,『자본론』외에 다른 이론서를 필요로 했습니다. 그들이 들고 나온 것이 마르크스와 엥겔스가 30대에, 그러니까『공산당 선언』을 공저하기 2년 전에 썼지만, 사후에서야 출간된『독일 이데올로기』였지요. 이 이론서를 방패 삼아, '소련은 마르크스주의를 잘못 구현한 사회이고, 진정한 마르크스 이론은『독일 이데올로기』에 서술된 대로이며, 그 이론은 미국과 소련과는 상관없이 인류가 지향해야 할 사회라는 주장을 들고 나왔지요. 특히 방금 전 인용한 목가적 풍경을 그린 부분이 큰 역할을 했습니다."

정 교수가 빈정대는 투로 말했다.

"그럼, 우리나라의 '그런' 학자들이『독일 이데올로기』를 강의실에서 이용한 것은 놀라운 발상이군요. 특히 한국 학생이 처한 환경을 고려하면, 그 이론서의 내용에 학생들이 매료될 가능성이 매우 높았으니까요."

"그것도 알고 보면 그렇지만도 않습니다. 미국이나 서구 인문대학 강의실에서 좌경 학자들에 의해『독일 이데올로기』가 많이 인용되어왔으므로 그곳에서 배운 걸 겁니다. 아니면 미국이나 서구에서 베껴온 일본의 강의실에서 배웠든지, 둘 중에 하나일 겁니다. 창피한 말이지만 그것마저도 독창적인 사고, 즉 '오리지널 싱킹'이 아니지요."

그렇게 말하는 정 교수는 어이없어하는 비웃음을 짓고 있었다.

"그러니까, 그것이 인문 분야의 학자들이 미국·서구 선진국의 상아탑에서 유학 시절 배운 것이거나 그것을 모방한 일본의 상아탑에서 경험한, 오퍼상이나 사대주의 사상의 표현이라는 거군요. 너무나 놀랍습니다."

"문제는 '그런' 학자들이 선진국 유학 시절 경험한 대학의 그런 분위기를 철저히 이해하지 못하고 한국의 상아탑에 그대로 전하는 것을 마치 학문의 선구자적 역할로 착각하고 있다는 데 있지요. 예컨대 미국 명문대학의 경우, 인문 분야인 철학과, 사학과, 경제학과, 문학과 등을 전공으로 택한 학생들은 약자편이 되어 자본주의 제도에 저항하는 집단이 될 수 있습니다."

정 교수가 미국의 사례를 들어 얘기를 끌어나갔다.

"왜 그렇지요?"

"그렇게 함으로써 미래 자본주의 제도에 안정을 기하는 균형추 역할을 담당하게 되지요. 육체의 약한 부분을 방어 메커니즘이라 하여 그것이 오히려 전체적인 건강을 유지하게 한다는 생각과 유사합니다. 자본주의 제도에 문제가 있을 때 적신호를 보내는 이들이 그런 대학생 집단이지요. 베트남 전쟁 때의 반전시위가 좋은 예고요."

"사실 지금 생각해보면, 미국 젊은이들의 반전시위가 없어 베트남 전쟁이 계속되었더라면, 비록 미국이 승리했다 해도 장기적으로 미국의 국익은 크게 손상되었을 것입니다. 아마 그랬다면 지금쯤 공산주의보다 자본주의가 도덕적으로 먼저 몰락했을지도 모르지요."

"자본주의의 몰락까지는 몰라도 미국의 리더십은 영원히 사라졌을 겁니다. 그런 의미에서도 일부 미국 대학 인문 분야의 학문 경향은 위험한 것은 아니었습니다. 더구나 대부분 젊은 시절 진보적인 경향을 띠다가 나이가 들면서 보수적으로 바뀌지 않습니까? 젊은 시절 적어도 인문 분야를 전공으로 택한 젊은이들이라면 한 번쯤 젊음의 이상을 가질 기회를 주는 것도 교육상 의의가 있습니다. 그래서 미국 사회도, 미국 대학의 경영자 측에서도, 그리고 우익 성향의 학자들마저도 좌경 학자들의 그

런 교육 방법을 나서서 비난하지 않았습니다. 사회에 위
협이 되지 않으니까요."

정 교수의 목소리는 확신에 차 있었다.

일곱 지식오퍼상

"그러니까 한국의 인문 분야 학자들이 미국이나 서구 그리고 일본과 같은 선진국에서 유학을 하면서 이 점을 잘못 이해했다는 거군요. 전공 분야와는 상관없이 그런 교육 방법이 좋은 것이고 그 내용도 진실한 것이라 착각을 했고요."

"그렇지요. 좌경화해야 양심적인 학자이고, 마르크스주의가 학자가 추구해야 할 진실에 가장 근접한 것으로 믿는 경향이 유학을 한 한국 학자들 사이에 일반화되었지요."

정 교수가 씁쓸한 표정을 지으며 말했다.

"그 이유는 어떻게 설명할 수 있지요? 그들 학자들은

지성적인 사람들 아닙니까?"

나는 의구심을 떨쳐버릴 수 없었다.

"한 마디로 사대주의 사상 때문입니다."

"공산주의가 몰락한 지금 이 시점에서 그들 학자들은 참회는 아니더라도 후회하거나 적어도 창피해하겠군요."

"아니요. 더 큰 부가가치를 인정해달라고 요구하고 있어요."

정 교수의 말에는 빈정거리는 기색이 진하게 묻어 있었다.

"많은 학자들이 사대주의자 또는 오퍼상이라는 칭호를 가지고 있는 이유를 알 것 같습니다."

"그들의 행태가 단순히 자신의 개인적 불명예로만 그칠 수 있다면 별문제가 없지요. 그러나『독일 이데올로기』의 문제는 거기서 끝나지 않습니다. 심각한 문제는 여기서부터 시작되었어요. 젊은이들에게 폭력적인 저항을 부추겼지요."

"어떻게요?『독일 이데올로기』에 나오는 사회주의 사회의 목가적인 풍경을 학생들에게 전해주었다고 해서 그들을 당장 공산주의 테러리스트로 만들 순 없지 않습니까? 그런 목가적인 풍경 묘사에 감동을 받을 정도로 감수성이 예민하다면, 애초에 테러리스트가 될 수 없는 젊은이들이지요."

"결코 테러리스트가 될 수 있는 사람들은 아니지요. 하나 테러리스트를 부추길 수 있는 사람은 될 수 있습니다. 그것은 사상의 노예가 된 사람들의 몫이고, 감수성이 예민한 사람들이 사상의 노예가 될 확률이 높지요."

"어떻게 그들이 사상의 노예가 될 수 있나요?"

나는 정 교수의 말을 이해할 수 없었다.

"문학의 월계관이 씌워진 소위 저항 시인들의 시에 씌어진 욕설이 기억나지요? '거머리 같고, 진드기 같고, 도야지 같고, 흡혈귀 같은 놈…… 구멍이라는 구멍에서 피를 토하고 사지를 쭉쭉 뻗으며 뒈져갈 놈!……' 일단 이런 시가 노동자에 의해 읽히면, ……문학의 월계관이 씌워졌으므로 읽힐 수밖에 없고요. ……첫 단계로 고용주에 대한 신뢰가 없어지고, 그것이 심화되면 증오심으로 바뀌게 됩니다. 좌경 지식인에 의해 문학의 월계관이 씌워진 욕설 시는 노동자에게 증오심을 심는 데 아주 효과적이지요."

잠시 숨을 고른 후 정 교수가 말을 이었다.

"반면에『독일 이데올로기』의 목가적 풍경 묘사는 지성인에게, 특히 감수성이 예민하고 내성적인 젊은이에게 동경을 불러일으키기에 충분했습니다. 자본주의에 환멸을 느끼고 마르크스주의에 동경을 갖게 하는 거지요."

"흥미로운 분석이군요. 상대에 따라 이용하는 수단과 목적이 다르군요. 노동자의 경우 '시'라는 수단을 사용해 고용주에게 증오심을 갖게 하고, 예비 지식인의 경우 '목가적인 풍경 묘사'라는 수단을 이용해 마르크스주의에 동경을 품게 하는 거군요. 그런 예비 지식인들은 그 시점부터 어떤 행보를 취하게 되었지요?"

나는 예비 지식인들의 이후 행로가 궁금해졌다.

"그들의 일부는 상아탑 안에 머물렀고, 또 다른 일부는 반체제의 행동대원으로 변신해 현장에 나섰지요. 그런데 이 반체제 행동요원들은 그로 인해 불이익을 당하고 희생을 감수했다는 면에서는 양심적이라 할 수 있지요."

"상아탑 안에 머문 학자들이 문제군요."

"그렇지요. 상아탑 안에 자리를 잡은 층은 문학을 사상 전파의 도구로 이용할 겁니다. 그들은 증오심을 심어주는 문학에 주저함이나 양심에 가책을 느끼지 않고, 월계관을 씌워주면서 테러리스트가 되기를 사주하지요. 그들은 '목가적 풍경'을 들려준 선배들보다 더 과감하고 적극적이어야 한다는 사명감에 사로잡혀 있습니다."

"어떻게 그런 예비 지식인들이 그렇게 간단히, 선생에게서 마르크스 저서 내용을 듣고 물들 수 있지요?"

내 상식으로는 이해되지 않아 정 교수에게 물었다.

"자연스레 마르크스가 반평생을 바친 『자본론』을 읽게 되고, 일단 그것을 읽으면 공산주의 사상에서 빠져나오기 힘듭니다. 공산주의 종주국인 소련의 병든 사회가 적나라하게 드러나도 마찬가지입니다."

"왜 그렇게 됩니까?"

"일부러, 열의를 갖고 『자본론』을 독파한 독자는 대부분 마르크스주의자라고 할 수 있습니다. 기독교인이 성경을 정독하는 것과 별로 다르지 않아요. 문제는 『자본론』을 읽고 묘한 우월감을 느끼는 지식인들이 많다는 거지요. 제가 좋아하는 어떤 학자는 요즘도 술에 취하면 '나는 마르크스주의자야!'라고 소리를 치곤 합니다."

"공산주의의 종주국인 소련이 몰락한 지금도 그렇단 말이지요?"

"예, 지금도 그렇습니다. 저는 그의 행동을 다르게 받아들입니다. 그가 '나는 마르크스주의자야!'라고 소리쳤을 때 실제로 말하고자 하는 것은 '나는 『자본론』을 정독하고 다 이해했어. 나만큼 『자본론』을 이해한 사람은 이곳에는 없을 거야!'였을 거라고 생각합니다."

"'나는 마르크스주의자야!'라고 술에 취해 말하는 학자보다는, 어쩌면 '나는 주체사상주의자야! 왜냐하면 김정일이 잘난 체하는 놈들을 해결해줄 테니까!'라고 말할 수 있는 용기를 가진 학자가 있다면, 그런대로 인간의 일면을 솔직히 보였다는 면에서 더 가치가 있다고 봅니다."

내 말이 끝나자 우리 사이에 잠시 침묵이 흘렀다. 침묵을 깬 것은 나였다.

"마르크스라는 머리 좋은 철학자가 서른 살에 시작해 죽을 때까지 끝도 내지 못하고 30여 년을 쓴 책이니까, 그 학자가 『자본론』을 정독했다면 최소한 1년의 소중한 시간을 투자했겠지요. 비록 그 이론이 틀렸더라도, 그의 인생 중 가장 빛나는 1년을 투자했으니 버릴 수 없다는 건가요? 그런 말씀입니까?"

"반드시 그런 것만은 아니에요. 마르크스가 『자본론』을 쓸 때 그의 정직함이나 진지함은 부정할 수 없지요. 학자로서 그런 점에 대해 진정 존경의 마음을 품을 수도 있겠지요. 게다가 『자본론』의 방대함은 그 시도 자체로도 다른 학자들을 압도할 수 있어요."

정 교수가 『자본론』의 긍정성을 짚어 보였다.

"『자본론』의 방대함은 인정합니다. 그리고 죽음을 맞이하는 순간까지 사력을 다해 원고를 쓴 마르크스의 노력도 인정해야겠지요. 그런데 그 노력이 진지함이라기보다 어떤 과대망상증의 증표라 볼 수는 없나요? 마르크스는 자신이 『자본론』을 쓰면서 그것이 소위 성경을 대체할 수 있다는 믿음을 갖지 않았나봅니다."

"가당치도 않은 믿음입니다. 『자본론』은 경제 위주로 사회를 분석한 것에 불과해요."

"바로 그겁니다. 마르크스주의의 약점은 모든 것을 경제 위주로 분석했다는 거죠. 인간에게는 경제 이외에도 중요한 것이 많습니다. 그리고 마르크스주의의 치명적 약점이 또 한 가지 있습니다."

"그게 무엇이지요?"

"모든 자본가들을 이익만 극대화하려는 악인으로 내세웠다는 겁니다. 하지만 모든 자본가들이 악인인 건 아니지요."

나는 잠시 사이를 두었다가 말을 이었다.

"사실 『자본론』을 이해하려면 『자본론』이 씌어진 배경을 알아야 합니다. 1848년 1월 마르크스가 40세 때 엥겔스와 함께 『공산당 선언』을 출판했지요. 바로 그 해 독일에서 민중혁명이 일어났습니다. 그러나 곧 실패했지요. 독일 혁명의 실패에 매우 실망한 마르크스는 실패 이유를 분석하다가, 혁명은 역사적으로 경제 사이클과 관계가 있음을 발견했지요. 경제 사이클이 하강 곡선을 그릴 때는 혁명 분위기가 조성되고, 상승 시에는 반대의 현상이 나타난다는 거지요. 그것이 마르크스가 『자본론』을 쓰게 된 동기입니다. 그 동기부터가 문제를 내포하고 있어요. 모든 것을 경제적으로 설명하려는 이유가 이 동기에서 연유된 것입니다. 하지만 세상에는 경제보다 중요한 것 내지는 경제만큼 중요한 것이 많습니다. 인간은 경제적 동기만으로 행동하지 않아요. 가족, 명예, 문화, 종교, 나라, 우정 등등…… 여러 가지가 있지요."

나는 잠시 사이를 두었다가 말을 이었다.

"그럼에도 불구하고, 여하튼 마르크스의 활자화된 글은 현실세계에서 행동으로 나타나지 않았습니까? 예를 들어 1848년 1월에 출판된 『공산당 선언』은 그해의 독일 혁명과 연관이 있고, 1867년 1월에 출판된 『자본론』 1권은 1871년 공산당 시정부를 세운 '파리 코뮌(The Paris Commune)[30]으로 연결되지요."

"'파리 코뮌'은 아주 잔혹했어요. 정부군이 파리를 재탈환했을 때 손에 굳은살이 있거나, 캡을 쓴 사람은 누구나 그 자리에서 다 총살을 했다니까요."

정 교수가 순간적으로 몸을 움츠리며 말했다.

"그 후 100년이 지난 후, 그와 비슷한 사건이 생각납

76

니다. 캄보디아에서 폴 포트가 이끄는 크메르 루주[31] 공산당 정권이 1975년 정권을 잡았을 때는 이제는 정반대로, 손에 굳은살이 없거나 안경을 썼거나 안경을 쓴 자국이 있거나 한 사람이면 인텔리로 간주해 다 잡아 죽였지요."

"공산주의의 종주국인 소련이 존재하지 않게 됨으로써, 그것도 전쟁에서 진 것이 아니라 소련이 자진해서 해체된 현시점에서 보면, 그 모든 것이 다 의미가 없는 희생이었군요."

정 교수의 말에 나는 고개를 끄덕였다.

"전혀 의미가 없는 희생이었을 뿐만 아니라 필요도 없는 희생이었지요."

"앞으로는 그런 일이 다시 일어날 가능성은 없겠지요?"

"주체사상 신봉자가 있는 이상 재현될 가능성은 있습니다."

"왜 그렇죠?"

"주체사상이란 궁극적으로 새로운 것이 아니고, 마르크스주의의 일부를 '김일성 부자화(化)'한 것이거나 '한반도화(化)'한 것으로 볼 수 있습니다. 그런 의미에서 마르크스주의가 인류에게 가져온 잔혹상의 역사가, 마르크스

주의가 몰락한 지금 한반도에서 재현될 수도 있는 일이
지요."

정 교수의 물음에 내가 답한 후 우리는 잠시 침묵을
지켰다. 뚜렷한 대안 없는 어두운 현실에 가슴이 답답해
졌기 때문이었다.

잠시 후 우리는 얼마간 시간을 가졌다가 다시 논의해
보기로 하고 자리에서 일어났다.

^{여덟} 에필로그

정 교수와 만난 다음날부터 나는 대부분의 시간을 도서관에서 보냈다. 다음 소설의 구상은 뒷전으로 미루고, 일단 정 교수와의 대화에서 언급되었던 책부터 찾아 읽기 시작했다.

맨 먼저 읽기 시작한 책은 『시기심』이었다. 시기를 '자신에게 열등감을 느끼게 하는 상대를 향한 증오심'으로 정의한 저자는, 정 교수가 언급한 부분에서는 비교적 자세한 설명을 곁들였다. 미국 인문대학의 많은 교수들이 좌경화된 이유는 이렇게 설명되어 있었다. "상아탑을 나와 사회로 진출하는 보통 사람들과는 달리, 자신들이 가장 우월했던 상아탑이 그들의 사회 진출 장소이므로, 과거 젊은 시절 상아탑 안에서 자신들이 증명한 우월성을 인정받으려 한다."

그런 이론이 왜 하필 인문 분야의 교수에게만 적용되느냐 하는 질문에 대한 답은 제시하지 않았다. 인문 분야 특유의 학문적 성격과, 이공 분야나 직업학교 교수들에 비해 취약한 경제적 여건이 그 이유일 것이라고 나 나름대로 생각해보았다.

그 다음 칼 포퍼(Carl Popper)의 책을 찾아 읽어보았다. 특히 정 교수가 언급한 1991년에 이탈리아 기자와 한 인터뷰 내용도 우여곡절 끝에 찾을 수 있었다. 그 인터뷰 내용 중, 저자가 공산당에 반대의 기치를 들게 한 동기를 묻는 기자의 질문에 대한 답이 인상적이었다. "공산당의 역할이란 공산주의의 도래를 촉진하기 위해 가능한 한 많은 증오심을 일으키도록 권리를 행사하는 것이었다(The Party's function was such that it had the right to arouse as much hatred as it could in order to hasten the coming of communism)"라는 것이 저자의 답이었다.

그리고 『자본론』의 주요 장(章)과 『역사란 무엇인가』를 다시 읽었다. 『자본론』을 순진한 젊은이의 입장에 서서 다시 읽어보니, 정 교수가 말한 대로, 일단 오랜 시간을 투자해 정독을 했다면 저자의 이론을 쉽게 포기할 것 같지 않았다. 『역사란 무엇인가』라는 책에 대해서는 흥미로운 사실을 발견했다. 서양 대학의 좌경교수는 『역사란 무엇인가』보다 슈펭글러의 『서구의 몰락』[32]을 택한다는 것이었다. 아마 『서구의 몰락』의 방대함과 심오함에 비해 『역사란 무엇인가』의 간결함이 한국에서 그 책이 택해진 이유인 듯하다.

그리고 정 교수와의 대화에서 언급된 시인의 시집을 읽어보았다. 거칠고 투쟁적인 시어들이 눈에 꽂혀왔으며 특히 「민중 1」의 마지막 구절이 인상적이었다. "……이제 빼앗는 자가 빼앗김을 당해야 한다/이제 누르는 자가 눌림을 당해야 한다/바위같은 무게의 천년 묵은 사슬을 끊어 버려라/싸워서 그대가 잃을 것이라고는 아무 것도 없다/쇠사슬 밖에는 승리의 세계가 있을 뿐이다"

가장 강력한 투쟁을 벌인 소위 '민주투사'는 결국 사회주의 혁명을 위해 투쟁한 것일지도 모른다는 생각이 들었다. 증오심이 정의보다 더 열정적이고 더 투쟁적이라는 사실은 아주 슬픈 깨달음이었다.

마지막으로 『North Korea』(브루스 커밍스 저)를 읽어보았다. 그 책 한 곳에서(p.172, The New Press 판) 저자의 소름 끼치는 인종차별 언급을 대했다. 북한의 김일성 부자의 권력승계를 변호하기 위한 수단으로 한국가정에서의 남아선호사상을 설명하는 대목에 이런 문구가 있었다. "(미국) 평화사절단으로 내 친구들은 한국 가정에서 살면서 기대하지 못했던 대접을 받았다. 그것은 그 가정의 어머니와 잠자리를 같이하는 것이었다(Friends of mine in the Peace Corps found that living with Korean families offered an unexpected treat : sleeping with the mother of the house)." 요컨대 한국남자는 사내아이를 낳기 위해서만 성교를 함으로써 부인들을 성적으로 만족시키지 못하는데, 이러한 부인들의 성욕을 만족시키기 위해 미국 평화사절단원들에게 성을 제공했다는 것이다. 이 이상 더 인종차별적인 언급을 어디에서 찾을 수 있겠는가!

더구나 이런 외국 학자가 전개한 조잡스러운 맥아더 비하 이론에 현혹되어 자기가 가르치는 대학생들을 인천에 세워진 맥아더 동상 제거 운동에 동원시킨 한국의 일부 학자들은 도대체 어떤 자들인가! 하는 한탄을 쉽게 떨칠 수 없었다.

더욱 한탄할 일은, 이런 궤변의 학자와 교우가 있다고 기회 있을 때마다 자랑하는 한 소설가는 한국 최초의 노벨문학상이 자기 몫이 되어야 한다고 주장하고 있는 것이 현재의 한국문학계 상황이다.

제2부

주체 사고 (邪敎)

하나 프롤로그

정 교수와 만나 대화를 나눈 지 2주일이 지났다. 그 사이 대통령 선거도 무사히 치러졌다. 대부분의 지식인이 진보 성향을 풍기는 젊은 대통령을 실보다 득이 많으리라는 판단에서 받아들였고 그런 의미에서 나 자신도 예외가 아니었다.

2003년을 사흘 앞둔 어느 날 저녁 나는 윤준학 교수와 만나기 위해 여의도에 위치한 한 일식집으로 가고 있었다. 윤 교수는 11년 전 내가 쓴 소설을 일본어로 번역한 것이 인연이 되어 여덟 살이나 차이가 났으나(윤 교수는 1932년생이고 나는 1940년생이니까) 교분을 맺게 되었다. 윤 교수는 언제나 세속을 등지고 풍류를 좇아 유유자적 생을 사는 조선시대의 선비를 연상시키는 털털한 분위기를 자아내는 사람이었다. 그러나 윤 교수의 배경은 그런 분위기와는 전혀 딴판이었다. 대학시절 한국전쟁이 발발하자 군대징집을 피해 일본으로 밀항한 후 일본문학의 한 구석인 조선문학 연구에 터전을 잡고 좌익운동을 한 경력 때문에, 남한 정권에 의해 입국금지되었다가 1980년대 초에야 해지되었던 것이다.

약속 장소로 발길을 옮기면서 1991년 12월 말경, 그와 만나 나눈 대화 내용을 바로 엊그저께 나누었던 대화처럼 또렷이 떠올렸다.

"이번에 일본에서 번역 출판되는 소설에 너무 기대하지 마세요."

그날 밤은 구소련의 종말을 알리는 고르바초프[33]의 성명이 텔레비전 화면을 통해 세계에 전해졌던 날이었다. 그 성명과 연관된 대화를 이어가다가 잠시 뜸해진 사이 윤 교수가 한 말이었다. 그가 언급한 '소설'이란 윤 교수가 번역을 마치고 출판 준비 중인 내 소설을 의미했다.

"윤 교수님, 심려하지 마세요. 저는 그 소설이 번역되어 일본 독자에게 소개된다는 자체에 의의를 갖고 있어요. 내용상 대중에게 인기 있는 소설이 될 수 없다는 걸 잘 알고 있습니다."

나는 윤 교수가 내 소설 때문에 신경을 너무 많이 쓰는 것 같아 안심시키려 하였다.

"한국소설은 일본 시장에서 초판 3천 부도 팔리기 힘들어요. 아, 글쎄 이문열[34]의 『사람의 아들』도 그렇게 기대를 갖고 출판을 했는데 겨우 초판을 넘길 정도였으니까요."

"그 이유가 어디 있을까요?"

다소 의외라서 나는 묻지 않을 수 없었다.

"다 우리 책임이지요. 김석범[35]과 이회성[36], 그리고 내 책임이에요. 앞으로 한국문학이 일본 지식인 독자에게 인정받는 데 적어도 10년은 더 걸리게 됐어요. 그게 다 우리 세 사람 책임이라고 할 수 있지요. 소위 '마르크스 보이'들의 잘못이에요."

그가 젊은 시절 한때 공산주의에 심취해 아직도 자신을 염상섭[37]의 소설 「삼대」에서 따온 '마르크스 보이'라고 부르기를 좋아한다는 것을 나는 알고 있었다.

"김석범이라면 제주도 사건을 다룬 대하소설을 일본어로 써서 일본문단에서 확고한 위치를 확보한 작가고, 이회성은 재일본 조선인을 다룬 소설로 문학성을 인정받은 재일동포 작가로서 일본문단에서 성공한 작가라 할 수 있잖아요. 그런 작가들과 윤 교수님이 한국문학에 도움이 되었으면 되었지, 책임이라니요?"

"1989년 베를린 장벽이 무너질 때까지 일본 주요 일간지의 문화부 기자들이 한국문학을 소개하는 데 주로 우리 세 사람의 의견을 따랐지요. 그래서 우리 세 사람은 약속이라도 한 듯이 저항시인들을 추천했어요. 원로 시인부터 중견 시인까지, 시의 본질적인 문학성보다 무조건 정부 욕을 하면 추천했지요. 우리 모두 '마르크스 보이'였으니까요."

윤 교수가 쓸쓸한 미소를 지으며 말했다.

"일본의 일간지가 한국의 저항시를 소개하는 데 왜 적극적이었지요?"

나는 그들 사이에 어떤 관련이 있는지 알고 싶어졌다.

"일본 주요 일간지의 문화부 핵심 인물들은 과거 일본 좌익 지식인들의 후배나 후손이 대부분이었어요. 일본문단의 '나프(NAPF: Nippon Artist Proretariat Federation)'[38]는 한국의 '카프(KAPF: Korea Artist Proretariat Federation, 조선 프롤레타리아 예술인동맹)'[39]보다 쉽게 일찍 붕괴해버렸습니다. 좌익 지식인들을 전향시켜 대부분 일본 만주 철도회사로 보내버렸거든요. 반면 '카프'는 전향하지 않고 희생을 감수하면서 투쟁을 계속했지요. 그 점에 대해서 죄책감을 느끼고 있던 일본 좌경 지식인들이 한국의 좌경 지식인들을 가능한 한 도와주려고 했지요."

11년 전 카프에 관해 윤 교수가 한 말을 회상하던 나는 몇 주 전 창작실기 강의에서 한 학생이 한 말을 떠올렸다. "자신이 창작을 하려는 유일한 목적은 카프(KAPF)를 재건하는 데 있다"라는 말이었다. 공산주의 국가의 피폐함이 백일하에 드러나고 공산주의 종주국인 구소련이 패망한 지 이미 11년이 넘게 지난 이 시점에, 아직도 공산주의의 유토피아 환상에서 헤어나지 못하고 있는 젊은이가 있다는 사실이, 아니 어쩌면 계속해서 순진한 젊은이들을 그런 환상에 빠지도록 하는 세력이 상아탑 안에 존재하고 있을지 모른다는 사실이 너무나 이해되지 않았다.

곧이어 약속 장소에 도착한 나는 이미 와서 앉아 있는 윤 교수와 반가이 인사를 나눈 후 그의 옆에 자리를 잡았다. '스시' 몇 점을 곁들여 정종 대포 서너 잔씩 끝낸 후 나는 느긋한 기분이 되었다. 알코올의 힘도 있었지만 그것보다는 윤 교수의 털털한 분위기가 더 큰 역할을 한 것 같았다. 우리는 자연히 며칠 전 끝난 대통령 선거에 관해 대화를 나누었고 뒤이어 차기 정권의 이데올로기의 색깔에 관한 의견을 교환했다.

나의 의견은 차기 정권이 일단 집권하고 나면 예상과는 달리 국제정치 현실에 적응하여 급속도로 좌경화할 확률은 매우 희박하다는 내용이 주류를 이루었다. 반면에 그런 내 의견이 국내 좌익 세력의 존재와 결집력을 감안하면 너무 안일하다는 것이 윤 교수의 주장이었다. 그런 그의 주장을 뒷받침하기 위해 윤 교수는 이틀 전 어떤 시인과 나눈 대화를 나에게 전해주었다. 한국 문단에서 '작은 거인'으로 알려진 이 시인은 우리 두 사람 모두 존경해 마지않는 문인이었다. 또한 새로 선출된 대통령이 누구보다도 존경한다는 소문도 있고 한국의 전통적 좌경 지식인 사이에서도 어느 누구보다 떠받들어지고 있을 뿐만 아니라 과거 군사독재 정권 때 가장 강력하게 항거한 지식인 단체를 실제로 이끌었던 적도 있는 원로 시인이다.

다음은 윤 교수가 나에게 전해준 원로 시인과의 대화 내용을 그대로 인용한 것이다.

"요새도 초등학교에 다니는 외손자가 그렇게 귀엽습니까?"

혼자 아파트에 사는 원로 시인의 적적함을 평소 한동

네에 사는 외손자가 자주 들락거려 풀어주곤 한다는 말을 많이 들어왔으므로 그 외손자에 대한 원로 시인의 사랑이 각별함을 익히 아는 터라, 윤 교수가 한마디 했다는 것이었다.

"그럼요. 점점 더 귀여워져요. 초등학교 2학년이 되었는데 그놈 때문에 살맛이 나요. 이놈이 어떤 날은 하루에도 서너 번씩 친구를 데리고 나한테 놀러 와요."

그런데 그 말을 한 다음 표정이 어두워지며 원로 시인이 '그런데 큰일 났어요'라며 말을 이어갔다는 것이었다.

"그러니까 작년 10월 중순경 미국의 아프가니스탄 침공이 일어나고 있었을 때지요. 외손자 녀석이 친구들 몇 명과 내 아파트에 와서 텔레비전을 보면서 모두가 엉엉 우는 거예요. 방 한쪽에 있는 책상에서 글을 쓰다가 손자 녀석과 친구들이 우는 것을 보고 깜짝 놀랐지요. 그래서 자리에서 일어나 왜 그러느냐고 물었어요. 그랬더니 손자 녀석이 뭐라고 그랬는 줄 알아요?"

"뭐라고 했는데요?"

"텔레비전 화면을 가리키면서 '탈레반이 망하게 되었다'며 다시 우는 거예요. 그때 화면에서는 미군기의 아프가니스탄 폭격이 방영되고 있었지요."

"너무나 충격적이라 말문이 막히는군요. 어린애들이

뭘 안다고 그럴까요?"

"학교에서 다 배운 거겠지요, 뭐."

"도대체 어떤 자들이 어린애들에게 그렇게 가르칠까요?"

"1970, 1980년도에 대학 교육을 받은 주사파[40]들이겠지요."

"앞으로 큰 문제군요. 그런 과격분자가 어린애들을 가르치고 그런 과격분자들에게 배운 애들이 성장하면 어떻게 될지…… 너무나 겁나는 일이군요."

"그것뿐만이 아니에요. 그 일이 있은 후에 외손자 녀석과 친구들이 부르는 노래를 들어봤지요. 내 입으로 전하기도 두려워지는군요."

"어떤 노래 내용인데요?"

"'빈 라덴을 따라 나도 테러리스트가 될 거야!'라든가 '원자폭탄을 메고 63빌딩을 폭파할 거야!'라는 내용이 있더군요."

윤 교수와 원로 시인이 나눴던 대화 내용을 듣고 난 다음 잠시 동안 나는 침묵에 잠겼다. 침묵 속에서 정종을 들면서 머릿속에서 내 나름대로 이론을 정리하고 있었다.

"어린애들에게 그렇게 가르치는 자들은 증오주의자라고 할 수밖에 없겠지요."

내가 침묵을 깼다. 나는 잠시 사이를 두었다가 말을 이었다.

"그런데 불행한 일은 이러한 증오주의자들이 과거 민주화운동의 연장선상에서 양심적인 지식인으로 잘못 인식되고 있다는 겁니다."

"어떻게 그런 인식을 바꿀 수 있지요?"

윤 교수가 고심하는 듯한 표정을 지으며 물었다.

"과거 민주화운동을 주도하거나 적극적으로 참여한 지식인을 동기면에서 냉철하게 분류할 시기가 되었다고 생각합니다."

"어떻게 분류할 수 있습니까?"

"네 가지로 분류할 수 있지요. 첫째 사회주의를 자본주의 체제보다 선호한 사회주의자, 둘째 인권 회복을 지상목표로 설정한 인권주의자, 셋째 자신의 입지 확보를 위한 기회주의자, 그리고 마지막 네 번째로 자신보다 더한 행복을 누린다고 생각되는 자들을 무조건 증오하는 '증오주의자'로 분류하면 큰 무리가 없을 겁니다."

"그들 네 부류의 사람들은 사회에서 어떤 역할을 했나요?"

윤 교수가 나의 분류론에 흥미를 보이면서 물었다.

"첫째 사회주의자들은 1989년 베를린 장벽의 붕괴로 충격을 받았다가 1991년 사회주의 종주국인 구소련이 몰락하면서 그들 사회의 피폐상이 여실히 드러나면서 사회주의의 선호가 망상임을 깨닫고 투쟁현장에서 대부분 물러났지요."

"그래도 그들은 양심적이라고 할 수 있군요. 그런데 인권주의자들은 어떻게 변화했나요?"

"1990년대 초 군사정권이 소위 문민정권으로 바뀌면서 그리고 또 다른 정권으로 평화적 교체가 이루어지면서 투쟁 현장에서 물러나 본연의 업무에 복귀한 사람들이 대부분이지요."

"그 다음 기회주의자는 어떤 경로를 거치게 되나요?"

"기회주의자는 정권이 바뀌면서 과거의 민주화 투쟁 경력을 바탕으로 권력 핵심에 직접 또는 간접으로 선을 대어 출세의 기회를 십분 이용했거나 그들 고유 분야에서 입지 강화를 계속하고 있는 듯합니다."

"이제 남은 건 증오주의자들이군요."

"'증오주의자'는 정권이 바뀌어 인권 회복이 이루어지고 있는데도 그 투쟁의 치열함을 조금도 늦추는 것 같지 않습니다. 그들보다 더 큰 부를 누리는 자들을 모두 증오의 대상으로 삼고 있으니 자연히 적은 늘어날 수밖에 없다는 '증오주의'의 속성 때문입니다. 이러한 증오주의 자들은 주체주의 신봉자나 때로는 핍박계층의 수호자를 자처하고 있으나 많은 경우 그것은 가면에 불과하고 증오심이라는 중병에 걸린 중증환자들에 다름 아니지요. 이제 이 중환자들이 그들의 균을 우리의 미래를 짊어질 순진한 어린이들에게 옮기려 하고 있어요. 더 이상 좌시할 수 없는 위험수위에 다다른 것 같습니다."

내 말이 끝나자 우리 둘 사이에는 무거운 침묵이 찾아왔다. 잠시 후 윤 교수가 침묵을 깼다.

"캄보디아 수도 프놈펜에 있는 폴 포트[41] 시대 고문 장소로 쓰인 초등학교가 생각나는군요. 그곳에서 인류 역사상 가장 잔인한 고문이 행해졌는데, 그 고문을 행한 자들 대부분이 폴 포트 패거리로부터 증오심을 사사받은 열서너 살 정도의 캄보디아 소년들이었어요."

나도 몇 년 전 그곳을 가본 적이 있었으므로 윤 교수의 말에 전율을 느꼈다.

"한반도의 증오주의자들이 우리의 천진난만한 소년들을 그렇게 변화시킬 가능성이 전혀 없다고 누가 단언할 수 있습니까? 초등학교 2, 3학년 순진한 어린애들에게 '빈 라덴을 따라 나도 테러리스트가 될 거야!'라든지 '원자폭탄을 메고 63빌딩을 폭파할 거야!'라고 소리 높여 노래하도록 만드는 증오심에 찬 젊은이들이 존재하고 있다는 것이 엄연한 사실이라면……."

내가 말끝을 맺지 못하자 윤 교수가 내 말에 동의하는 듯 고개를 끄덕였다. 잠시 사이를 두었다가 내가 윤 교수에게 질문을 던졌다.

"윤 교수님께서는 그런 젊은이들이 어린애들에게 반미 감정을 갖게 하는 동기가 뭐라고 생각하십니까?"

"글쎄요……. 그들이 주체사상 신봉자이기 때문이 아닐까요? 김일성, 김정일 집단의 적은 미국이므로 '친구의 적은 적이다'라는 논리가 적용된다고 볼 수 있지요."

지난번 정 교수를 만났을 때도 비슷한 말을 들었음이 상기되었다.

"그럼, 그런 젊은이들이 어떻게 주체사상을 신봉하게 되었을까요?"

나는 윤 교수의 이론 전개가 정 교수의 그것과 비슷한지 궁금해 다시 질문을 던졌다.

"상류층에 대한 증오심 때문이지요."

"누가 그런 증오심을 불어넣어 주었지요?"

"좌경 지식인들, 특히 문학 관련 지식인들이었습니다. 1970, 1980년대 대학의 인문 분야 과정을 수료한 젊은이들은 그런 좌경 지식인들의 영향권에 놓여 있었지요."

"그럼, 그런 좌경 지식인들, 특히 문학 관련 지식인들
은 어떻게 생성되었습니까?"

"그 주범을 찾는다면 아무래도 료스케를 첫째로 들 수
있을 겁니다."

"료스케라니요?"

'료스케'라는 인물의 갑작스러운 등장에 내가 반문을
하였다.

^둘 복음서 '주체철학'

"야스에 료스케[42]라고 『세카이』지의 편집국장을 지내다가 일본 '이와나미' 서점의 사장을 지낸 잡니다. 료스케는 『세카이』지를 통해 주체철학을 미화했습니다. 그 『세카이』지의 주장을 한국의 지식인들이 그대로 받아들였고요. 좌경 잡지라는 것을 뻔히 알면서도요."

"그러고 보니 생각이 납니다. 료스케가 1972년 평양을 방문해 평양 교외의 한 초대소에 있을 때, 김일성이 사전연락도 없이 찾아와 6시간 반이나 얘기를 나누었다는 기사를 읽은 적이 있습니다."

"바로 그자입니다. 일본의 대표적인 좌익 지식인이지요. 일본은 동서 대치 상황에서 미국으로부터 더 큰 양보를 얻기 위해 좌익세력의 존재가 필요했지요……. 료스케에게는 김일성과 같이한 그 6시간 반 동안의 경험이 김일성이라는 신이 베푼 비교할 수 없는 명예에 해당되었지요."

"김일성은 북한에서 정말로 신적인 존재인가요?"

짐작은 가지만 확인하기 위해서 내가 물었다.

"신적인 존재가 아니라 전지전능한 신으로 격상된 지 오래입니다. 그가 사망한 지 벌써 8년이나 지났는데도 여전합니다. 그가 신으로 추앙받는 한 가지 증거를 들지요. 올해가 2002년, 북한에서 나오는 잡지의 표지에는 서기 2002년 옆에 '주체 91'라고 적혀 있어요. 김일성이 1911년 출생이니까 살아 있으면 금년이 91세지요."

"북한의 김일성은 기독교의 예수와 동격의 의미를 갖는군요. 예수가 탄생한 지 2002년이 되는 올해가 김일성이 태어난 지 91년째 되는 해이니까요."

"예수와 동격이라기보다 아마 한층 위에 놓인 존재일 겁니다. 아직도 김일성·김정일이 한 말은 큰 글자로 써야 되며, 김일성·김정일에 관한 말을 할 때는 부동자세인 기립 상태로서만 할 수 있도록 되어 있으니까요."

"주체철학은 어떤 역할을 했나요?"

"주체철학이라는 것도 철학의 가면을 쓴 김일성의 신

격화 도구에 불과하지요."

"주체철학이 어떻게 신격화 도구로 이용되지요?"

더 구체적으로 알고 싶어진 내가 물었다.

"기독교의 예수가 신의 아들로 인정되는 근거가 예수의 부활입니다. 예수의 부활을 증명한 책이 네 개의 복음서고요."

"그래요. 마태·마가·누가·요한복음에서 예수가 부활했음을 증언하고 있지요."

"마찬가지로 주체철학은 '수령'이라는 존재와 예수의 부활에 견줄 수 있는 수령의 전지전능함을 증언하고 있어요."

"어떻게요?"

내가 짧게 질문을 던졌다.

"모든 프롤레타리아(무산대중)의 의중을 다 읽고 대변할 능력을 갖춘 신이 있다는 거지요. 바로 김일성이라는 전지전능한 신입니다. 그 신의 다른 이름으로 주체철학은 수령이라는, 의적의 수령처럼 민중적이고 토속적인 단어를 대두시켰지요. 기독교의 삼위일체[43]가 성부·성자·성령인 것처럼 주체교의 삼위일체는 김일성, 김정일, 주체철학이지요."

"무산대중의 의중을 읽는 수령이 왜 갑자기 필요했을

까요?"

"1950년대 말 소련에서는 흐루쇼프가 수상직에 오르자 스탈린의 격하운동과 개혁운동을 시작했습니다. 그 개혁운동 중의 하나가 '무산대중의 독재'는 더 이상 필요하지 않다는 거였어요. 사회 전체가 무산대중밖에 없으니까 '독재'라는 말이 필요없다는 거였지요."

"'프롤레타리아의 독재'야말로 그 유명한 마르크스 · 엥겔스가 공저한 『공산당 선언』의 핵심 아닙니까?"

"'사유재산의 폐지'와 '무산대중의 독재'가 핵심이지요. 그런데 김일성 집단은 흐루쇼프가 주도하는 소련의 개혁화 정책에 불안을 느꼈어요. 그들의 주장은, 사회주의 체제에 위협이 되는 세력이 내부나 외부에 존재하는 이상 무산대중의 독재가 필요하다는 것이었습니다. 그것을 이론화한 것이 주체철학입니다."

"어떻게요?"

"그러니까 무산대중 모두가 독재를 할 수는 없으니까 무산대중의 마음을 다 읽고 독재할 주체가 필요하다는 거지요. 그 주체가 '수령'이고, 김일성 수령은 전지전능한 유일신이 된 거고요."

"그래서 주체철학이 기독교의 복음서와 같이 김일성을 유일신으로 창조한 역할을 했군요!"

내가 감탄하며 말했다.

"그런 주체철학을 가지고 인간 중심의 철학이니 뭐니 떠들면서 신봉하는 남한의 좌경 지식인을 뭐라고 불러야 할지 모르겠어요. 료스케 같은 일본 지식인을 믿는 순진함 때문이라고 해야 하나……."

윤 교수가 혀를 찼다.

"순진함이라기보다 식민지 근성에 젖은 어리석음 때문이라고 해야겠지요."

"여하튼 그때부터 료스케는 『세카이』지를 통해 북한의 주체철학을 인간 중심의 철학이라고 찬양하는 데 온 정열을 다 쏟아부었지요. 또한 'T. K. 生'[44]이라는 가명 아래 악담에 찬 과장된 박 정권 비판 기사를 연재 형식으로 실어 박정희 정권을 비판했어요."

"그러고 보니 김일성은 머리는 좋은 사람 같습니다."

나의 말에 윤 교수가 어리둥절한 표정을 지었다.

"김일성은 '료스케'라는 일본의 좌익 지식인을 손아귀에 넣어 『세카이』지를 주체사상을 소개하는 데 이용하기로 했을 겁니다. 김일성의 머리가 좋다고 말한 이유는 『세카이』를 읽고 그것을 그대로 받아들인 남한의 지식인들의 행태를 훤히 예상하고 있었기 때문입니다. 바로 제가 말씀드린 식민지 사고에서 벗어나지 못한 사대주의

사상에 젖은, 학자에 필수조건인 독창적 사고력을 가진 사람, 즉 '오리지널 싱커'가 아니라 외국 이론을 소개하는 '오퍼상'에 가까운 사대주의 지식인들이지요."

그 순간 나는 지난번 대화를 나눈 정 교수가 여러 번 언급한 한국 지식인의 사대주의 사상을 다시 떠올렸다. 나의 말을 받아 윤 교수가 이었다.

"북한의 신적인 존재인 김일성이 그의 일정을 전폐하고 일개 외국 시사잡지사의 편집국장을 예고 없이 찾아와 6시간 반 동안 대화를 나누었다는 사실이 1972년 10월에 알려지자 일본의 지식인, 특히 좌경 지식인들 사이에 큰 반향이 일어났지요. 아마 그들 사이에 김일성이 새로운 이미지를 심는 데 큰 역할을 했을 겁니다. 더구나 그 후 얼마 되지 않아 남한에서는 베트남 전쟁 후 공산화의 타깃이 한반도로 옮겨지리라는 예상하에 박정희가 유신헌법을 채택했을 때입니다. 그리고 북한의 주체철학이 자기들 나름대로 완성되었을 때이기도 하고요."

"그러고 보니 김일성에게 훌륭한 세일즈맨 소질이 있음은 분명합니다. 완성된 주체철학을 판매하는 세일즈맨으로 손수 발벗고 나섰고, 그의 첫 세일즈 대상이 일본의 좌경 지식인과 잡지인 료스케와 『세카이』가 된 거죠."

"맞습니다. 지금 생각해보니 김일성의 세일즈맨 기질

은 놀라운 수준임에 틀림없어요. 료스케를 만나 마음씨 좋은 동네 아저씨의 호탕한 웃음을 보이고, 주체철학의 내용을 설명하기보다 도덕성의 중요성을 지나칠 정도로 강조했다니까요. 특히 성의 타락에 초점을 맞췄다고 후에 료스케가 말한 적이 있습니다. 섹스산업이 전면 금지된 북한에 비해 자본주의식 자유하에서 섹스산업이 불가피한 남한이 도덕적인 면에 있어서는 분명히 열등하게 비쳤겠지요."

"좋은 지적이십니다."

나는 윤 교수의 말에 강한 동감을 표했다.

"그때부터 『세카이』는 북한을 찬양하고 남한을 비난하는 데 열을 올렸지요. 특히 박정희를 비하하는 데 총력을 동원했습니다. 덩달아 좌익 지식인들이 지배하는 일본 유수 일간지의 문화부에서 박정희 정권을 비난하는 시를 앞다투어 일본에 소개했으며, 그러한 글이나 작가를 한국을 대표하는 문학이나 문학인으로 대두시켰습니다. 이런 그들의 음모를 저나 김석범이나 이회성이 적극적으로 방조한 것이지요."

윤 교수는 다시 후회하는 빛을 띠었다.

"윤 교수님이 10여 년 전에 저에게 바로 그 얘기를 했지요. 오늘 윤 교수님을 만나러 오면서 그 말이 떠올랐어요."

"내가 그런 말 한 적이 있지요. 소위 우리 '마르크스 보이'들이 한국의 문학에 해를 끼친 겁니다."

"너무 자학하지 마십시오. 일본의 유수 일간지에 자신들의 시가 게재되고, 그런 시가 시라기보다 보통 사람의 입에도 오르내리기 거북한 욕으로 채워진 것을 알아채고 서로 더 험악한 악담이 되어버린 시를 양산한 한국의 시인들이 한심스러운 자들입니다."

"그런 시인들이 있었던 것도 사실이지요."

"그런 자들이 이제는 악담 덕에 일본 문단을 통해 국제적으로 알려졌다고 은근슬쩍 노벨문학상까지 바라보는 처지와 시의 질을 잘 알면서도 그것을 부추기는 평단의 지식인들은 더 한심한 사람들입니다."

"일본 지식인들의 반미사상도 중요한 역할을 했지요."

그 말에 의아해하는 나의 표정을 읽었는지 윤 교수는 말을 이었다.

"일본은 한국전쟁 후 미국과 전쟁 덕으로 놀라운 경제 발전을 계속하고 있음에도 불구하고 지식인의 시각에서 보면 영락없이 미국의 식민지였지요. 그래서 반미사상을 고취시켜야겠는데 직접 할 수는 없었어요. 미국의 영향력이 워낙 크니까요. 그래서 일본 지식인의 반미사상은 방향전환을 했지요. 한국 정부가 미국의 지배하에 놓여 있다는 가정에서 한국 정부를 대신 공격하기로 한 겁니다. 한국 정부를 비판하면서 반미사상을 대변한 거지요."

"한국을 공격하는 방법으로 일본 주요 일간지들이 한국의 저항시를 게재했군요."

"시라기보다 악담이었지요."

윤 교수가 미소 지으며 말했다.

"그런 시가 어떻게 문학성을 인정받을 수 있었을까요? 그래도 어느 정도 문학성의 유지도 필요하지 않았을까요?"

"1970년대 초 베트남 전쟁에서 미국이 패전한 후 일본의 지식인들은 다음번 적화 대상은 당연히 한반도일 거라고 예상했어요. 아마 한국의 지식인들도 마찬가지였을 겁니다."

"그랬어요. 베트남 통일 후 학계 일부에서는 남북통일 후에 통일화에 적극 참여하지 않은 지식인들은 응당한 책임을 져야 할 것이라는 말이 공공연히 돌았을 정도였으니까요."

당시 상황을 머릿속에 떠올리며 내가 말했다.

"그래서 통일을 촉진시키는 방법, 즉 현 친미권력을

공격하는 문학이 시대의 요구라고 받아들이는 경향이 농후했습니다. 일본 일간지 문화부에서는 더 과격한 시를 추천하기를 은근히 요구했고 우리 세 사람은 문학성은 일절 개의치 않고 욕설로 가득한, 악담으로만 얽힌 시를 추천했지요."

"윤 교수님, 일본의 일간지 문화부에서 그런 시를 게재하기를 원한 데는 옛날 카프에 진 빚을 갚는다는 것과 반미사상의 대변으로서 한국 정부를 공격한 것 외에 또 다른 이유가 있지 않을까요?"

"어떤 이유로?"

"그들의 사고방식을 좀 더 심리적으로 접근해볼 수 있지 않을까요?"

"어떤 심리요?"

윤 교수가 의아해했다.

"인간의 심리에는 '비교적 안전한 장소에서 다른 사람들이 당하는 위험을 보면서 갖게 되는 즐거움' 같은 면이 있지요. 이와 비슷한 심리가 일본 지식인들 사이에 적용된 것이 아니었을까요?"

"글쎄요……. 나는 그냥 그들이 가까운 친구로서 옛날에 진 빚을 갚는 기분을 느낀 거라고 생각합니다."

"친구가 당하는 불행에 기쁨까지는 아니더라도 완전한

슬픔이 아닌 무엇을 느낄 수 있지요."

나는 지난번 대화중 정 교수가 언급한 『시기심』이라는 책에 나온 내용을 소개했다. 그 책 내용은 '슬픔이 아닌 무엇'이 아니라 '기쁨'으로 되어 있었으나 그 말 그대로 '기쁨'을 느낀다면 그것은 친구라는 단어의 뜻과 배치되기 때문이었다. 그래서 나는 조건을 달았다.

"특히 그 친구가 경쟁관계에 있든지, 자신보다 못하다고 여길 때 그럴 수 있지요."

"일본의 지식인, 특히 좌경 지식인, 특히 우리 세 사람에게 한국의 과격한 시를 추천하기를 요구했던 일본 일간지의 문화부를 장악하고 있던 지식인들은 한국을 경쟁상대로는 보지 않았을 겁니다."

"그러나 경쟁상대로서의 가능성을 보았을 수도 있지요."

내가 다시 힘주어 말했다.

"왜 그렇게 생각해요?"

"1960년대 초부터 한국은 박정희의 군사독재에 의해 경제적으로 절대빈곤의 상태에서 벗어나는 데 국민의 역량을 최대한 도모했고, 1970년대 초에는 실제로 중진국으로 발돋움하고 있었습니다. 10년 전만 하더라도 상상도 할 수 없었던 일이지요. 특히 이런 식으로 경제발전

을 하다보면 머지않아 어느 분야에서는 일본과 경쟁상대
가 될 수 있는 가능성마저 보였지요."

내 말에, 윤 교수가 잠시 생각에 잠겼다가 입을 열었
다.

"그건 사실이요. 박정희가 경제발전의 핵심 역할을 한
것은 부정하지 못할 겁니다. 그렇다고 일본 지식인이 그
것을 염두에 두고 반한 정책을 지지한다는 것은…… 좀
논리의 비약이 아닐까요?"

"논리의 비약이지요. 그러나 방금 전에 말씀한 인간
의 심리면, 즉 자신보다 못하다고 여기는 친구가 경쟁상
대가 됐을 때 그 친구에게 불행이 오기를 은근히 바라는
인간 심리면에서 본다면……."

나의 말에 윤 교수는 생각에 잠기는 듯했다.

"윤 교수님의 솔직한 의견을 듣고 싶습니다. 일본 지
식인들의 한국 지식인들에 대한 평가는 어떻습니까?"

"아마 별로 높지 않을 겁니다. 오히려 한국 지식인들
의 태도 때문이 아닐까요? ……일본 지식인들 앞에서는
주눅이 드는…… 일본 지식인을 우러러보는 식민지 근
성이 우리 지식인들 사이에 어쩔 수 없이 남아 있으니까
요."

윤 교수가 허탈한 표정으로 말했다.

"바로 그겁니다. 식민지 근성에 젖은 한국 지식인들이 일본 지식인들의 앞잡이 노릇을 한 셈이지요."

"바로 나나 이회성이나 김석범 같은 사람들 말이오? ……글쎄 이 선생 말에 어느 정도 일리가 있소. 솔직히 말해 아마 머지않아 이회성이나 김석범도 일본문단에서 잊히거나 버려질 겁니다. 이용할 대로 다 이용했으니까요."

윤 교수가 잠시 침통한 표정을 지었다.

^셋 이유 있는 '독재'

"일본의 집권층과 산업재벌들은 일본 좌익 지식인 그룹의 숨은 지원자이지요. 미국과 소련의 동서대치 상황 아래서 무시하지 못할 좌경세력의 존재는 미국의 양보를 얻어내는 데 필요하고 유익한 도구였으니까요."

"그럴 가능성은 충분히 있어요. 하지만 일본의 집권층과 산업재벌이 지원자라기보다 좌익 지식인 그룹의 자생을 모른 체했겠지요."

내 말에 공감한 표정으로 윤 교수가 말했다.

"마찬가지로 일본의 집권층과 산업재벌들은 일본 지식인이 한국사회의 불안을 조성하는 것을 모른 체했을 겁니다. 특히 일본 산업재벌의 시각에서 보면 한국의 경제발전이 자신들의 성장모델과 비슷하므로 위기감을 느꼈을 겁니다. 주요 소비국인 미국의 입장에서 보면 한국이 일본을 경제 상대로서 대체할 수 있는 경우가 많으니까요. 예컨대 반도체가 그렇고 자동차가 그렇고 철강이 그렇습니다."

"일본의 지식인들은 한국의 민주화를 지원한다는 목적이었다고 주장할 겁니다."

"한국사회의 불안을 조성했다는 설이 더 정확할 겁니다."

내가 말했다.

"그러면 이 선생은 싱가포르의 리콴유(李光耀)[45] 수상이 한 말, '민주주의가 경제발전에 도움이 된다는 것은 웃기는 얘기다'라는 말에 동의하는군요."

"'선진국이 아닌 경우'란 구절이 들어가면 동의합니다."

"어떻게 그런 이론을 증명할 수 있지요?"

윤 교수가 진지한 어조로 물었다.

"그런 이론을 증명할 수는 없지만 역사를 돌이켜보면 그런 이론의 타당성이 어느 정도 입증되지요. 필리핀의 경우가 좋은 옙니다. 미국의 식민지 통치에서 해방된 후 민주주의가 가장 잘 실현된 나라지만 경제면에서는 완전히 실패한 나라입니다. 경제가 오히려 퇴보했고, 국민 대다수가 절대빈곤의 상황으로 되돌아갔지요."

잠시 사이를 두었다가 내가 말을 이었다.

"아마 일본은 한국도 필리핀처럼 후진 상태에 남아 있기를 바랐을 겁니다. 다시 말해 미국이 필리핀을 보듯이, 일본도 한국을 그런 식으로 보았겠죠. 그런데 박정희가 집권 후 경제발전을 계속한 결과 어느 분야에서든 일본의 경쟁상대가 될 판이니 그것을 받아들이기가 쉽지 않았을 겁니다."

"그런 경제면까진 생각해본 적이 없었어요. 나는 일본의 좌경 지식인들이 반미의 한 방법으로 미국의 지배에 있는 한국의 집권층을 공격하는 정도로 생각했지요. 이 선생의 얘기를 듣고 나니까 전혀 타당성이 없는 것은 아닌 것 같아요. 겉으로는 나타내지 않지만 일본 지식인들, 좌경 지식인들 사이에도 어느 정도 반한감정이, 단순한 반한감정이라기보다 한국을 혐오하는 경향이 있는 것은 사실이니까요. 일본에 살다보면 자연스럽게 그런 감정의 존재를 느끼게 되지요. 그러나 나로서는 그들의 그런 감정을 충분히 이해할 수 있었어요."

"어떻게 이해하셨어요?"

일본인의 속성을 잘 아는 윤 교수인지라 내가 깨닫지

못했던 부분이 있을지 모른다는 생각으로 내가 물었다.

"무슨 조그마한 일만 있으면, 예컨대 한 대신이 무슨 말실수를 하면 무조건 사죄를 하라고 하니, 그것도 한두 번이지 너무 자주 일어나니까 일본의 과거 잘못을 인정하는 지식인들일지라도 진절머리가 난다는 거지요. 그렇게만 이해를 했지, 일본 지식인의 반한감정이 과거 식민지였던 한국이 경제발전을 해 한 분야에서 자기네들의 경쟁자가 될지 모른다는 사실과 관계가 있다고는 전혀 생각해본 적이 없었어요."

"일본의 과거 잘못을 인정하는 지식인들이라고 하셨는데 그들이 정말로 자신들의 과거 잘못을 인정하고 있나요? 만일 그렇다면 현재 동경의 야스쿠니 신사(靖國神社)[46]에 30명이 넘는 제2차 세계대전의 전범들의 위패가 있는 사실을 어떻게 설명할 수 있습니까? 그것은 히틀러(Hitler)와 괴링(Göring)[47]의 초상이 베를린의 성당에 걸려 있는 것과 다르지 않습니다. 베를린의 성당에 히틀러의 초상화가 걸려 있는 장면을 상상해볼 수 있습니까? 독일의 지식인들이 그것을 받아들이겠습니까? 불가능한 일입니다."

"야스쿠니 신사를 이 선생이 말한 것처럼 그렇게 생각해본 적은 없어요."

114

"일본의 지식인들은 야스쿠니 신사 참배에 대해 형식적인 반대의사를 표해왔지요. 반면 한국의 민주화에 대해선 적극적인 행동을 취했어요. 그러나 따지고 보면 그들이 내세운 한국의 민주화란 그들의 제국주의 근성의 노출에 불과합니다. 한국의 지식인이 식민지 근성에서 헤어나지 못하는 것과 마찬가지로 일본의 지식인들은 제국주의 근성에서 벗어나지 못하고 있을지 모릅니다."

"일본 제국주의 근성은 어떻게 정의 내릴 수 있지요?"

내가 논의를 더 진전시키고자 윤 교수에게 질문을 던졌다.

"난징대학살 사건[48]이나 정신대[49]와 같은 치욕스러운 과거는 잊어버리고 일본 제국의 잘못된 우월감을 되찾으려는 거지요. 그런 관점에서 일본의 지식인은 한국을 그들의 과거 식민지로 자리매김하고 싶겠지요. 거기에 역행한 것이 박정희 시대의 한국의 경제발전이었어요."

"박정희 정권이 인권 확립을 유보한 것은 사실 아닙니까?"

"사실이지요. 그러나 박 정권의 그러한 정책은 첫 10여 년 동안은 절대빈곤에서 탈출하기 위한 것이었고, 1972년 유신헌법[50] 시대부터는 정치적으로는 사회주의화를 막기 위한, 경제적으로는 자립경제국으로 진입하기 위한 것이었습니다."

"그런 식으로 국민의 기본인권이 유보되어도 정당화할 수 있다면, 어떤 기본인권의 유보가 정당화할 수 없는 것인가요?"

윤 교수가 다시 질문을 던졌다.

"정당화할 수 없는 인권 유보는 정권 연장을 위한 것이지요. 미얀마의 네윈 장군과 같은 경우입니다. 박 정권은 정권 연장을 위해 인권을 유보했다고 생각되지 않습니다. 인권을 유보하지 않더라도 경제발전을 희생할 각오만 되어 있다면 인기정책을 써서라도 정권은 유지할 수 있었으니까요."

"1972년의 유신헌법이 정권 유지를 위한 조치가 아니었단 말인가요?"

"한국의 많은 지식인들은 미국의 베트남 전쟁 패전 후 한반도의 적화통일을 기정사실로 받아들였어요. 그리고 그들 대부분은 적화통일에 반대하지 않는 입장이었습니다. 공산주의 사회의 치부에 대해 무지했기 때문입니다. 박정희는 그들 지식인들의 무지에 동참하지 않았지요."

"무지란 궁극적으로 세계는 공산화의 길로 가게 되어 있다는 믿음을 의미하는군요."

"그렇지요. 박정희가 그들의 무지에 반대하는 의사를

표출한 것이 바로 유신헌법입니다. 베를린 장벽의 역사는 박정희가 옳았고, 지식인이 틀렸음을 증명하지 않았습니까?"

"선생이 박정희에 대한 단편소설을 썼으니까 그에 대해 애정을 가지는 건 이해합니다. 내가 기억하기로 정보부장이 쏜 총탄에 맞은 후 숨을 거두기 전까지의 박정희의 독백으로 구성된 소설이었지요."

내가 고개를 끄덕였다.

"그러나 박정희를 그런 식으로 미화하는 것은 한 사람의 지식인으로서 받아들이기 어렵군요. 일본의 언론들이 자신들의 과거 식민지 국가가 경쟁상대로 대두되는 게 싫어서 박 정권을 비하했다고 합시다. 그러나 세계의 모든 언론들이 박 정권에 대해 비슷한 견해를 피력했습니다. 그러면『뉴욕타임스』등 다른 세계의 언론들의 논조는 어떻게 설명할 수 있습니까?"

평소 박정희에 대해 선호도가 낮았던 윤 교수인지라 내 말에 선뜻 이해가 가지 않은 듯 나에게 답변을 요구했다.

"40여 년 전 한국은 경제규모면에서 하찮은 나라였습니다. 경제규모로는 일본의 30분의 1 정도에 불과했지요. 서방세계 언론의 시각으로는 한국은 일본의 과거 식민지 정도로 보였을 겁니다. 그래서 서방세계 유수의 언론은 동경에 둔 지국을 통해 한국에 대한 정보를 얻었습니다. 그래서 그들의 논조는 어쩔 수 없이 일본 언론의 논조에 영향을 받을 수밖에 없었어요."

내가 알고 있는 당시의 상황을 윤 교수에게 설명했다.

"만일 영향을 받지 않았더라면 서방 세계의 언론이 박정희를 싱가포르의 리콴유 수상과 같이 '이유 있는 독재자'로 취급했을 것이란 건가요?"

"그렇진 않더라도 그 당시 한국의 정치·경제 상황으로 보아 어쩔 수 없이 필요한 지도자상으로 묘사했을 겁니다. 그렇게 되었으면 박정희도 인권 탄압의 수위를 실제보다 낮췄을 거고요."

그렇게 말하면서 나는 지난번 정 교수와의 만남에서 언급된 '불가피성'이라는 단어를 머릿속에 떠올렸다. 윤 교수는 화장실에 다녀오겠다며 자리를 떴다.

^넷 분단 고착세력

잠시 후, 화장실에서 나와 나에게 다가오는 윤 교수의 모습이 시야에 들어왔다. 윤 교수가 자리에 앉자마자 맥주를 주문했다. 그는 맥주가 나오자 갈증에 시달린 사람처럼 두어 잔을 연거푸 벌컥벌컥 마셨다.

"화장실에서 생각해보았는데 선생의 말에 일리가 있는 것 같소."

맥주잔을 내려놓으면서 윤 교수가 말했다. 나는 그것이 무슨 말인지 몰라 윤 교수를 쳐다보았다.

"일본 지식인들의 심보를 선생이 잘 읽은 것 같소."

"어떻게요?"

"일본 지식인들이 바라는 조선의 남북한은 이런 모습

인 것 같소. 북한은 김일성 일가족을 위해 존재하는, 역사상 전례가 없는 그리고 앞으로 존재할 가능성도 없는 우스꽝스러운 국가, 아니 국가라기보다 군대의 병영으로 남기를 원하고 있을 겁니다. 반면 남한은 미국의 지배에 있던 필리핀과 마찬가지로 절대빈곤 상태에서 방종이 넘쳐흘러 부정·부패·타락·혼란의 극치를 이룬 사회가 되기를 원하지 않았나 생각이 돼요."

윤 교수가 말을 끝내면서 다시 맥주를 따라 천천히 마셨다. 오랫동안 남몰래 간직하고 있었던 꺼림칙했던 생각을 정리해 털어놓으면서 느낄 수 있는 느긋함이 그의 태도에서 보였다. 내가 입을 열었다.

"그들 일본 지식인들만을 탓할 수는 없지요. 지식인이란 어느 나라를 막론하고 대부분 이기주의자인 동시에 차별주의자니까요. 겉과 속이 다르도록 훈련된 사람들, 아니 배우들이지요."

"일본 지식인들을 탓하는 것이 아니라 40년 가까이 그곳에 살면서 일본 지식인들을 대하면서 항상 느끼는 애매모호함…… 그래요. 그런 애매모호함이 때로는 고귀하게 보이기도 하고 때로는 차가움으로 둔갑도 하면서 나를 혼란스럽게 한 것 같아요."

"그 애매모호함이 인간 차별의식을 숨기는 지식인의

방패지요."

내가 단호한 어조로 말했다.

"내가 이 선생 말을 듣고 내린 결론은 바로 그거예요. 자기들의 식민지였던 한반도가 남북으로 갈려 계속 그런 상태로 남기를 바라는 마음이 일본 지식인들 사이에 분명히 존재했다는 거지요. 그럼으로써 자신들의 과거 제국주의의 정당성이 증명될 수도 있고요…… 마치 영국이 자기들의 식민지였던 절대빈곤과 혼란의 극치인 아프리카의 케냐를 느긋한 마음으로 보면서 쾌감을 맛보듯이 말이에요."

"그것뿐만 아니라 실리도 있지요. 한반도가 남북한으로 갈려 북한은 공산주의의 병영이고 남한은 미국 원조에 의존하는 사회로 남아 있게 된다면, 일본의 국토 방어선은 일본 열도의 해안에서 한반도 중간 허리에 옮겨놓은 셈이 됩니다. 또한 군대의 병영인 북한과 원조에 의존하는 남한의 상황은 분단을 고착화하는 가장 좋은 방법이라고 할 수 있지요. 북한은 망할 수 없고 남한은 미국이 살려줄 테니까요."

"일본이 국토 방위권을 일본 열도의 해안에서 한반도의 휴전선으로 옮겨놓기를 원한다면 중국은 마찬가지 이유로 국토 방위선을 압록강변에서 한반도의 휴전선으로 옮겨놓고 싶겠지요."

"당연하지요. 그런 이유로 미·소로 대변되는 동서 대치상황이 끝난 후 한반도의 분단 고착세력은 중국과 일본입니다. 중국과 일본 양국의 선린관계가 유지될 수 있다면, 구태여 각자의 방위선을 다른 나라로 옮길 필요성이 없어지겠지요. 윤 교수님께서는 그런 경우가 가능하다고 생각하십니까?"

나는 윤 교수의 견해가 알고 싶어 물었다.

"내 개인적인 생각으로는 결코 가능한 일이 아니라고 장담할 수 있어요. 얼마 전에 어떤 역사책을 읽어봤지요. 그 책에 이런 말이 있었어요. '인류의 역사는 전쟁의 역사이고 인류는 언제나 전쟁 중이든지, 전쟁을 준비하고 있든지, 아니면 전쟁에서 회복하고 있는 중'이라고요. 인류의 역사를 돌이켜보면 맞는 말 같아요."

"'전쟁은 전쟁으로만 막을 수 있다'라는 말과 같은 의미를 갖고 있군요. 그래서 현재 일부 지식인들은 '작은 전쟁으로 큰 전쟁을 막아야 한다'는 이론을 내세우고 있지요."

"내가 읽은 그 책의 저자도 비슷한 말을 했어요. 평상시는 실제로 전쟁 상태라고 할 수 있고, 어떻게 하면 평화를 이룰 수 있느냐 하는 것이 인류의 숙제라는 겁니다."

"평상시의 상태가 어째서 전쟁 상태라는 건가요? 저는 그 반대라고 생각합니다."

내가 말하자, 윤 교수가 다시 반문을 해왔다.

"평화 상태의 정의는 어떻게 내릴 수 있지요? 한 집단 안에서 모든 구성원이 한 사람의 강자를 인정하고 그에게 복종하는 것이 평화 상태라고 할 수 있어요. 그런데 인류사회는 그렇지 않지요. 한 국가 집단에서 하나의 강국이 생기면, 다른 국가들은 복종하기보다 단결하여 그 강자에게 대항하지요."

"그러니까 '이웃이 전부 적이든지 그렇지 않으면 하나만 빼고 모두가 친구'라는 말이군요. 최고로 강한 자의 입장에서 보면 모두가 적이고, 대항하는 자들의 입장에서 보면 강한 자만 빼고 모두가 친구지요."

내 말에 윤 교수가 고개를 끄덕이며 동의했다.

"바로 그거예요. 우리나라가 속해 있는 극동지역이 바로 그런 경우입니다. 특히 역사적으로 중국과 일본의 관계가 그렇지요. 중국이 최강자가 되면 일본을 비롯한 다른 나라가 연합해 대항할 기회를 엿보고, 일본이 최강자가 되면 중국을 비롯한 다른 나라가 연합했지요. 중국이나 일본 어느 한 나라가 상대 나라에 복종한다면 평화가 올 수 있는데, 그럴 가능성이 없습니다. 그러니 평상시도 전쟁 상태라고 봐야지요."

"그들 강자 중간에 한국이 끼어 있군요. 그래서 역사적으로 한국은 항상 한 시대의 강자에 굴복해왔고요. 그리고 그들 두 국가 사이에 전쟁은 계속되어왔지요. 앞으로도 그럴까요?"

"그럴 겁니다. 『전쟁론』[51]의 저자는 이런 말을 했어요. '전쟁은 정책의 연장이다(A war is an extension of policy)'라고요. 국가가 있고 국가의 이익이 있고 국가의 이익추구가 국가의 정책이라면 국가 간의 전쟁을 피할 수 없다는 얘기지요. 국가 간의 전쟁은 계속되니까 인류를 위해서는 그것이 핵전쟁이 아니라 가능한 한 피해가 적은 전쟁이기만을 바라야겠군요."

"바로 그겁니다. '전쟁은 전쟁으로써만 막을 수 있다'라는 이론이 있다고 했지요. 중국과 일본의 입장에서 보면 그들 사이의 전쟁은 피할 수 없고 전쟁을 피할 수 없을 바에는 양국의 이익을 위해 작은 전쟁을 하기를 원하게 됩니다. 이 점이 아주 중요한데, 이왕이면 자신들의 영토 밖에서 하는 것이 이상적이지요. 바로 이 장소, 그들이 작은 전쟁을 치르고 싶은 이 장소가 한반도입니다. 바로 이 이유 때문에 한반도의 분단 고착세력은 일본과 중국이라는 겁니다."

나는 확신을 가지고 말했다.

"그렇다면 조건이 있지요. 한반도의 남쪽은 일본 영향권에 속해 있고, 북쪽은 중국 영향권에 속해 있어야겠군요. 이데올로기 시대는 이제 지나가고 있으니까 경제적인 영향력일 수밖에 없을 텐데요⋯⋯."

"이제 드디어 우리 대화의 한 핵심에 도달한 것 같습니다. 일본이 남한을 자신의 영향권에 둘 수 있는 조건은 무엇이겠습니까? 방금 말씀하신 경제적 여건입니다. 바로 남한의 경제가 일본 경제에 의존하는 상태입니다. 그런 관점에서 남한의 경제적 자립은 일본의 이익에 배치됩니다."

"일본이 남한의 경제적 자립을 막는 방법으로 어떤 행동을 취했다고 보나요?"

"노동시장의 불안입니다. 체제저항의 문학은 노동자의 행동에 가장 큰 영향을 미칠 수 있어요."

그렇게 말하면서 나는 지난번 읽은 시를 떠올렸다. 그리고 투쟁을 부추기는 그런 시에 문학의 월계관을 씌워준 학자들의 문학적 양심과 정 교수가 언급한 한국 지식인들의 '사대주의'를 생각했다.

"그러니까 일본의 정치·산업 세력이 일본의 좌경 지식인들을 통해 문학의 체제저항을 일으킴으로써 남한 사회의 불안을 조성했다는 건가요?"

"적극적인 조성에 앞장섰다기보다 속으로 박수를 치면서 모른 체하고 있었겠지요."

일본 좌경 지식인의 행태를 괘씸해하면서 내가 말했다.

"그럼, 일본의 좌경세력들도 그 사실을 알고 남한의 체제저항 세력을 부추기고 북한 주체사상을 추어올렸을까요?"

"그런 점을 눈치 챌 정도의 지적 능력이 있는 사람들이라고 봐야지요."

"선생은 일본의 정치·산업 세력이 그렇도록 간사하다고 생각하나요?"

"그들이 간사하다고 비난받아야 할 이유가 없다고 봅니다. 자국의 이익에 도움이 되는 일이면 무슨 일이든 앞장서야 하는 것이 지배계급의 의무 아닐까요? 특히 인류 최초로 핵무기 피해를 당한 국가의 국민으로서 전쟁터를 자국의 영토에서 멀리할 수 있다면 무슨 일이든 할 각오가 되어 있겠지요."

"그럼, 결국 비난받아야 할 집단은 일본의 정치·산업 세력이나 일본의 좌경 지식인이 아니라 그들 일본 측의 사주에 멋대로 놀아난 한국의 지식인들이었군요."

윤 교수가 말했고, 나는 아무 말도 하지 않았다.

"그럼, 한반도의 분단 고착세력이 일본과 중국이라는 사실을 인정한다면, 그들 두 나라의 의도를 어떤 방법으로 저지할 수 있느냐 하는 문제제기에 대한 답이 있어야겠군요. 누가 뭐래도 우리 민족의 최우선 목표는 동족상잔의 전쟁 가능성을 없애는 것이고, 그러기 위해선 궁극적으로 통일이 되어야겠지요."

윤 교수가 다시 말했다.

"한국인이면 누구라도 부정할 수 없는 사실입니다. 그러나 분단 고착화 세력의 의도를 저지하는 방법에는 뚜렷한 아이디어가 없는 것 같습니다. 무엇보다도 현재 분단 고착세력의 정체성에 혼동이 있으니까요. 현재 대부분의 젊은이들은 아직까지도 한반도의 분단 고착세력은 미국이라고 생각하는 것 같습니다."

"동서 대치 상황이었을 때 그랬지만 구소련이 몰락한 지 11년이 지난 현재는 맞지 않는 주장이지요. 그럼에도 불구하고 아직도 미국이 분단 고착세력으로 지목받는 이유를 이 선생은 어떻게 봅니까?"

"반미감정의 일환이지요. 그리고 반미감정을 부추긴 자는 누구인지 윤 교수님도 아시지요?"

"일본의 좌경 지식인, 한국의 사대주의 지식인, 순진

한 젊은이…… 이런 순으로 반미감정이 옮겨졌다는 거군요."

"옮겨지면서 더 강해졌지요. 항상 나이 어린 사람을 거치면서 더 강해지는 속성을 가진 것이 증오심입니다."

"누구나 인정하는 사실이지만, 전후 일본이 경제부흥을 할 수 있었던 근본은 일본이 미국의 핵우산[52] 밑에서 안보에 불안을 느낄 필요가 없기 때문이었지요. 그래서 아까의 문제제기로 되돌아가는데, 일본과 중국의 한반도 분단 고착 의도를 저지하려면 미국을 끌어들여와야 하지 않을까 하는 생각이 듭니다."

"저도 같은 생각을 가지고 있습니다. 동서 대치 상황이 사라진 현 시점에서 미국은 한반도에 군사적으로 직접적인 이해관계가 없는 유일 초강국이지요. 반면 일본과 중국은 한반도를 사이에 두고 있으므로 이해가 충돌할 확률이 높습니다. 미국이 불간섭 정책을 표방한다면 1세기 전으로 되돌아가 중·일 양대 강국의 등쌀에 시달릴 운명을 타고난 곳이 한반도입니다. 그런 의미에서도 미국을 끌어들이는 것이 필요하다고 생각합니다."

윤 교수의 '미국 역할론'에 공감하며 내가 말했다.

"그런 이유뿐만 아니라 미국은 인류 역사상 최초로 '도덕성'을 외교의 주류로 택한 나라입니다. 물론 '도덕성'이라는 것이 궁극적으로는 국익을 가장한 것이고, 구소련과의 경쟁에서 그나마 미국의 도덕성이 비교우위이므로 택한 정책이지만, 그런대로 의의가 있어요."

"사실 일본과 중국 두 나라가 특별히 미국의 기분을 상하게 하지 않아야 할 이유가 있지요. 군사 분야만큼 중요한 경제 분야에서 그렇습니다. 미국이 감수하는 연간 5, 6천억 달러의 무역적자가 없다면 일본과 중국은 무역흑자를 기록하기 어렵게 되어 있어요."

내 말에 윤 교수가 반가운 빛을 띠었다.

"바로 그것이 내가 얘기한 도덕성이라는 겁니다. 미국이 자국의 시장에서 미국산 제품과 외국산 제품의 공정한 경쟁을 허용한다는 사실, 그래서 연간 5, 6천억 달러의 무역적자를 감수하고 있다는 사실이지요."

"좋은 지적입니다. 앞으로 언젠가 우리나라의 대중국 무역수지가 막대한 흑자라 하더라도 중국이 우리나라의 수출물에 불공정한 제동을 걸지 못할 겁니다. 미국의 선례가 있으니까요. 사실 일본과 중국의 견제 목적이 아니라도 우리가 미국과 가까워질 수 있는 이유가 있습니다."

"이 선생이 말하는 그 이유가 궁금하군요."

"한때 식민지 관계였던 일본을 제외한다면 우리나라의

이민자는 세계 어느 나라보다도 미국에 많습니다. 높은 교육열과 근면성으로 앞으로 그들은 미국 사회에서 중요한 정치세력으로 영향력을 행사할 수 있지요. 그것보다 더 중요한 이유가 있습니다. 종교지요. 한국은 일본과 중국과는 달리 기독교인이 많은, 극동에서 유일한 나라입니다. 겉으로 주장할 성질은 아니지만, 국가간의 선린관계에서 종교의 중요성은 누구나 알고 있지요."

나는 확신을 가지고 말했다.

"그런데 도대체 이해할 수 없는 점이 있어요. 그런 모든 이유에도 불구하고 무슨 이유로 미국이 분단 고착세력으로 비난받고 젊은이들로부터 적대시되는지 이해가 되지 않는군요."

"그 이유는 우리가 얘기했듯이 증오주의자들의 증오심과 사대주의 사상에 젖은 지식인들 때문이겠지요."

내가 무거운 어조로 말했다.

그리고 이 말을 끝으로 나는 자리에서 일어났다. 늦은 시간이라 윤 교수가 피곤해 보여 더 이상 붙들고 있고 싶지 않았기 때문이었다.

다섯 에필로그

윤준학 교수와의 만남 이후 어린애들이 즐겨 부른다는 노래의 가사인 "빈 라덴을 따라 나도 테러리스트가 될 거야"라든지 "원자폭탄을 메고 63빌딩을 폭파할 거야"라는 말이 때때로 악몽처럼 떠오르곤 했다. 그런 울적한 기분에서인지 나도 모르게 어수선한 분위기에 휩싸여 별로 한 일도 없이 연말과 연초를 보냈다. 2월에 있을 새정부의 출범을 앞두고 기대 반 우려 반으로 우왕좌왕할 때였다. 그런 분위기에 더 이상 빠져들고 싶지 않아 나는 도서관에 틀어박혀 독서에 전념했다.

윤 교수와 나눈 대화 중 언급된 몇 가지 책들과 자료들을 찾아 읽어보았다. 미국 인터넷 서점에 주문했던 마르크스·엥겔스 공저의 『독일 이데올로기』도 도착하여 그 내용을 대강 훑어보았다. 정 교수가 말한 대로 『독일 이데올로기』의 뒷부분, 사회주의 사회를 목가적인 풍경으로 묘사한 부분은 이상에 젖은 젊은이들이 매료될 만큼 서정적이었다.

그리고 주체철학에 대해서는 그것이 형성된 근본적인 동기에 관한 논문들을 찾아 읽어보았으며, 아울러 카프에 대한 글도 찾아보았다. 물론 일본의 좌경지인 『세카이』도 빼놓지 않았고, 일본의 유력 일간지 문화면도 찾아 읽었다. 윤 교수가 말한 대로 그들 지면은 심심찮게 악담으로 엮인 한국 시인의 시를 게재하고 있었고, 주체사상을 치켜세우며 그 당시 남한 정권을 비하하는 데 총력을 기울인 듯이 보였다.

한 달 동안의 독서를 통해 내가 내린 결론은, 식민지 시대에 교육을 받은 한국 지식인들은 결코 식민지 국민의 근성에서 벗어날 수 없었다는 것이었다. 식민지 근성이란 일본에 대한 사대주의 사상을 의미하고, 그러한 사대주의 사상에 희생된 것은 한국의 문학이며, 상처받은 문학은 젊은 세대의 가슴에 증오심을 심어주었고, 지배계급을 향한 증오심은 엉뚱하게도 주체사상으로 향하는 비뚤어진 애정으로 둔갑을 한 격이었다.

그런 결론을 내린 이상, 나는 한 사람의 지식인으로서 이 사회가 잘못되어 가는 것을 그냥 그대로 모른 체 내버려둘 수 없었다. 그렇다고 나에게 뾰족한 수가 있는 것도 아니었다. 기껏 할 수 있는 일이 있다면, 일간지에 칼럼을 기고하는 정도인데, 짧은 글로 사회가 나아가는 진로를 돌리기를 기대하는 것은 무리였다. 그래서 일단 다른 지식인들을 만나 이 문제에 대해 좀 더 깊은 대화를 나누기로 했다. 그런 과정에서 내가 할 수 있는 방법이 나오지 않을까 하는 희망을 품었다.

제3부

증오심

하나 프롤로그

와세다 대학의 윤준학 교수와 장시간의 대화를 나눈 지 한 달이 흘렀다. 새해를 맞이해 새 대통령의 취임식을 앞두고 많은 사람들, 특히 지식인 사회는 들뜬 분위기 속에 잠겨 있었다.

내가 다음 대화자로 선택한 이는 30대 초반에 이미 관념소설[53] 분야에서 제일인자로 인정받은 바 있는 박진섭이라는 소설가였다. 나와 나이도 비슷한 그를 택한 이유는 간단했다. 정치 문제에 초연한 것처럼 행동했으나 나름대로의 주관이 있을 것 같아 보였기 때문이다. 그리고 그의 대학시절 전공과목이 서양철학이라는 점도 감안이 되었다. 정확한 이유는 설명할 수 없으나, 철학이 문제의 이해에 도움이 될 성싶었기 때문이었다. 우리 두 사람은 아늑한 한식당에서 반주를 곁들인 저녁을 들면서 대화를 나누었다.

대학 강사로 있는 정 교수, 와세다 대학 윤 교수 등과 얼마 전에 가졌던 만남에서 나눈 대화 중 내가 들은 그들의 의견을 나의 의견인 것처럼 박진섭 작가와의 대화에 자연스럽게 인용했다. 플라톤[54]은 기원전 4세기에 지식을 '회상'으로 정의했고, 그들이 나에게 말한 이야기를 내가 '회상'할 수 있다는 의미에서 나의 지식으로 간주해도 무방할 듯했기 때문이었다.

둘 인간의 본성

"박 작가는 공산주의가 실패한 이유가 뭐라고 생각하나요?"

저녁과 함께 마신 반주에 적당히 취했을 때쯤 구소련의 몰락에 관한 얘기가 이어졌고, 그 얘기가 끝났을 때쯤 내가 단도직입적으로 물었다.

"현실적으로 너무나 높은 이상에 근거한 제도 때문이라고 봐야지요."

박진섭 작가는 조금도 주저함이 없이 답했다. 역시 내 추측대로 박 작가는 정치현실에 초연한 것처럼 보였으나 뚜렷한 정치관이 있었음이 드러났다.

"높은 이상이란 어떤 건가요?"

"예컨대 체력이 허용하는 한 열심히 일한다, 필요한 만큼 이상은 어떤 물질도 보유하지 않고 사용하지도 않는다…… 그런 것이지요. 그것은 인간의 본성에 반하는 것입니다."

　"철학자들은 인간의 본성을 어떻게 정의 내렸나요?"

　평소 철학자들이 본 인간의 본성은 어떤 것인지 궁금해하던 차라 내가 질문을 던졌다.

　"여러 철학자들이 인간의 본성에 대해 얘기했지요. 그들은 관찰력도 뛰어나고 인간을 연구하는 데 전문가라 할 수 있어요. 그들의 이론을 지루하게 나열할 필요는 없겠지요. 이 선생도 대개 들어서 알고 있을 겁니다."

　"그래도 그들 이론의 핵심을 얘기할 수 없을까요? 물론 간소화하는 데 위험은 따르겠지만요……."

　"글쎄요. 제가 대학시절 읽은 책 내용은 기억이 납니다. 먼저 쇼펜하우어[55]는 이런 주장을 했지요. '이성이 아니라 비합리적이며, 맹목적인 의지, 아무 목적도 없이 순간의 충동에 따라 움직이는 의지'를 인간의 본성인 '생존의지' 즉 'The will to live'라고 했지요. 그리고 '그러한 인간의 생존의지는 인간의 생식기에 초점이 모여 있다'라고까지 말하고 그 자신이 에로티시즘[56]에 빠졌지요."

　"쇼펜하우어의 타락한 생활 태도에도 다 이유가 있었

군요."

"그래요. 그래서 '인간은 아무 목적도 없이 충동적으로 움직이기 때문에 결코 휴식도 정지도, 그리고 그 어떤 만족도 있을 수 없다'라고 주장했고, 그 주장을 바탕으로 그 유명한 '존재하지 않는 것보다 더 나은 선택은 없다' 즉 'None is more preferential to non-existence'라는 말을 남겼습니다. 그의 주장은 '인간은 애초에 태어나지를 말아야 하고, 일단 태어났으면 가능한 한 빨리 끝내는 것이 좋다'라는 것이지요. 그래서 일본에선 전쟁 전 쇼펜하우어가 젊은이들 사이에 많이 읽혔을 때 자살률이 높았지요. 급기야 쇼펜하우어를 기피하는 현상까지 있었습니다."

"쇼펜하우어는 자살 이외의 다른 해결책은 내놓지 않았나요?"

"내놓았지요. 그 한 가지 해결방법이 바로 미학[57) 추구, 즉 'Aesthetics'를 강조한 겁니다."

"요즘 미학이라는 단어가 너무 남용되는 것 같습니다. 문학판에서는 투쟁미학, 저항미학이라는 단어가 자주 쓰이는데 미학, 즉 Aesthetics의 정의는 무엇일까요?"

"미학이라는 단어의 남용에 대해 웃어야 할지 울어야 할지 모르겠습니다. 여하튼 미학은 여러 가지로 정의할 수 있겠지만 칸트[58]가 내린 정의는 이런 겁니다. '미학이란 자연과 영혼을, 또는 실체와 관념을 이으려는 노력'을 가리키는 것으로 되어 있습니다."

"쇼펜하우어 외에 다른 철학자들은 인간의 본성에 대해 어떤 주장을 했나요?"

나는 평소 궁금했던 부분이기도 해서 박 작가에게 질문을 했다.

"쇼펜하우어의 '생존의지'를 이어받아 니체[59]는 '권력의지', 즉 'The will to power'를 주장했지요. 그는 '권력의지'를, 보다 강한 것이 되려는 자기보존이 아니라 모든 것을 자기의 것으로 지배하고 보다 강한 존재가 되려는 의욕이라고 정의했어요. 그리고 '인간은 권력을 얻기 위해 노력하는 존재'며 '삶이란 권력의 성장형식의 표현'이라고 했지요."

"그러니까 인간의 본성으로서 니체의 '권력의지'와 쇼펜하우어의 '생존의지'는 양립할 수 있는 건가요?"

"니체는 쇼펜하우어의 '생존의지' 이론을 공격하면서 쇼펜하우어가 해결책으로 내세운 '자기부정과 미학의 추구'는 생을 부정하는 것이며, '잔인함까지도 포함한 인간의 본능을 긍정적으로 인정해야 한다'고 주장했어요. 더구나 '이런 권력본능으로 사는 자만이 참된 도덕을 가진

자'이며, '도덕은 약자의 무기일 뿐이다'라는 말까지 서슴 없이 했지요."

박 작가가 말했다. 그는 잠시 사이를 두었다가 말을 이었다.

"그리고 영국 철학자 버트런드 러셀[60]은 평화와 자유 가 양립할 수 있는 방법을 평생 동안 모색했습니다. 그 러나 그는 결국 그럴 가능성이 없다는 결론에 도달했지 요. 인간의 '탐욕과 잔혹함과 비이성적인 본성'이 그 이 유라고 주장했습니다."

"인간의 잔혹함은 역사가 여실히 증명하고 있는 것 같 습니다. 그래서 잔혹함까지도 포함한 인간의 본능을 긍 정적으로 인정해야 한다는 주장도 어느 면에서는 설득 력이 있는 것처럼 들리는군요. 그런 주장 때문에 니체가 나치 군국주의[61]의 사상적 선구자라는 일부의 비난도 있 고요."

"니체의 주장이 나치스[62]의 형성에 어떤 영향을 미쳤 는지는 증명된 것이 없지만 영향을 미친 것은 사실이겠 지요. 하기야 따지고 보면 철학자들의 주장이 인간에게 악영향을 끼친 경우는 니체 이외에도 많아요. 인류 역사 에 이름을 남긴 저명한 철학자들뿐만 아니라 일반 학자 들도 나쁜 영향을 끼친 경우가 허다합니다. 그런 학자들

의 한 전형적인 예가 불멸의 문학에서 형상화된 적이 있
지요."

　"어느 작품입니까?"

　'문학'이라는 말에 더 궁금해진 내가 물었다.

셋 파우스트 박사

"괴테[63)]의 『파우스트』[64)]입니다. 『파우스트』에서 파우스트 박사의 첫 독백은 이런 참회로 시작됩니다. '그래, 내가 읽은 것은 철학이고 법과 의학 그리고 처음부터 끝까지 신학까지도…… 모두를 열심히 공부한 결과로 내가 얻은 상처도 적지 않았다. 그래서 애처롭고 어리석은 자로 나는 앉아 있다. 처음 시작할 때보다 현명해지지도 않은 채'라고 했지요."

그는 잠시 사이를 두었다가 말을 이었다.

"이제부터 독백의 중요한 대목이 나옵니다. 'They call me Professor and Doctor, forsooth for misleading many an innocent youth, these last ten years now, I suppose pulling them to and fro by the nose'라고 했지요."

박 작가는 종이 냅킨에 방금 인용한 부분을 썼다. 그리고 그것을 내 앞으로 밀어놓고 번역을 하기 시작했다.

"직역하면, '사람들은 나를 우습게도 교수와 박사라고 부른다. 과거 10년 동안 수많은 순진한 젊은이들을 코 꿰어 이리저리 잘못 몰고 다녔다고!'가 되지요."

그 순간 정 교수가 지난번 대화에서 사대주의자로 지칭한 수많은 학자들의 모습이 떠올랐다.

"세계 여러 곳의 많은 학자들이 파우스트 박사처럼 반성해야겠지만, 특히 우리나라의 교수와 박사라고 불리는 사람들이 파우스트의 양심선언에 동참해야 할 것 같군요."

내 말에 박 작가가 의아해하는 표정을 지었다. 나는 말을 이었다.

"그런데 지금 그런 박사나 학자들은 파우스트 교수처럼 참회하는 태도를 전혀 보이지 않아요. 오히려 자기들이 순진한 젊은이들을 코 꿰어 잘못 인도한 것에 대한 부가가치를 인정해달라고 아우성을 치고 있지요."

지난번 대화 중 정 교수가 한 말, 그런 학자들이 오히려 보상을 요구한다는 말을 떠올리며 내가 말했다.

"그들 학자나 박사들이 한국의 순진한 젊은이들을 10

년 동안이나 코 꿰어 잘못 인도했습니까?"

박 작가가 의아해하는 표정으로 물었다.

"10년 동안이 아니라 베트남 전쟁이 끝날 무렵인 1970년대부터니까 거의 30년 동안이지요. 그 동안 한국의 수많은 순진한 젊은이들을 잘못 인도했고, 또 백지상태인 그들을 우직한 소를 몰듯이 코 꿰어 몰고 다녔으니까요."

"한국의 젊은이들의 독서량이나 지적 수준에도 문제가 있지요. 근데 왜 젊은이들이 백지상태가 됐다고 생각합니까?"

박 작가가 다시 물었다.

"대학입시 위주의 고등학교 교육 때문에 일반 상식을 쌓을 기회가 없었으니까요."

"그럼, 그들이 어떤 방향으로 잘못 인도되었다고 생각하나요?"

"순진한 젊은이들을 공산주의 신봉자로 만들어버렸어요."

"학자들이 왜 그런 방향으로 잘못 인도했다고 생각하십니까?"

"한마디로 요약하면 시기심 때문입니다."

내가 말했다.

"사회의 지도층으로 존경받는 교수와 박사들이 시기하는 상대가 누구일까요? 대학교수가 특별하게 존경받는 한국과 같은 사회에서 그들이 누군가를 시기한다는 것은 이해하기 힘들군요."

박 작가가 당연한 질문을 했다. 나 또한『시기심』이라는 책을 읽기 전까지는 똑같은 의문을 품고 있었다. 나는『시기심』이라는 책에 포함된 내용을 박 작가에게 소개하기로 했다. 그 책의 내용에 대한 박 작가의 반응도 궁금했다.

"문제는 자본주의 사회에 사는 그들 교수와 박사들의 잘못된 심리상태에 있습니다. 학창시절 경쟁에서 자신들의 우수성이 입증되었지요. 그들은 그런 상아탑에 머문 채 사회생활을 시작합니다. 그래서 그들은 상아탑 안에서 그들보다 열등했던 자들이 사회에 나가 경제적 풍요로움을 향유하거나 정치적 명성을 누리는 현실을 쉽게 받아들이지 못하지요. 그것이 그들이 경제면에서 더 큰 상대적 빈곤을 느끼고 정치적으로 불공평한 대접을 받고 있다고 생각하게 되는 이유입니다."

"모든 교수들이 다 그럴 수는 없지 않습니까?"

"이공 분야와 직업학교 분야는 그런 경우가 흔치 않습니다. 이런 현상이 두드러지게 드러나는 분야는 주로 인문 분야이지요. 경제적 수입면에서 차이가 날 수도 있고 또한 전공 분야의 특성도 영향을 주지요."

"그래서 소위 인문 분야의 교수들이나 박사들이 자본 주의에 저항하는 세력으로 학생들을 내몰고 있다는 얘기 군요. 파우스트 박사가 순진한 젊은이들을 코 꿰어 이리 저리 몰았듯이요."

박 작가가 잠시 생각에 잠겼다가 다시 말을 이었다.

"그러나 그들의 주장은 다를지 모릅니다. 사회정의 를 구현하기 위한 지식인의 의무, 시쳇말로 '노블리스 오블리제(Noblesse-Oblige)[65]를 위한 것'이라고 주장한다 면……."

"그런 지식인들도 분명히 존재하지요. 하지만 다른 방 향으로의 오도면 몰라도 환상적인 공산주의를 향한 오 도라면, 그것은 '노블리스 오블리제'의 일환이라기보다 'Envy', 즉 시기심의 결과입니다. 세계적으로 공산주의 의 실체가 드러난 이 시점에, 특히 북한 김일성 부자의 정권의 실체가 알려진 이상, 양심적인 지식인이 아직도 공산주의 신봉자라면 그자는 정신병자라 할 수 있지요. 시기심은 그런 지식인을 정신병자로 만들 수 있을 만큼 무서운 겁니다. 시기심이란 목이 막혀 숨쉬기가 힘들어 지는 그런 고약한 감정이에요. 문학에서도 오랫동안 시기심이 주제로 다루어졌지요."

"그 대표적인 작품을 들라면?"

"셰익스피어의『오셀로』[66]를 들 수 있지요."

"그 작품은 오셀로의 데스데모나를 향한 질투가 주제 아닙니까?"

"그렇게 볼 수도 있지만 그것보단 오셀로의 부관인 '카지오'에 대한 '이아고'의 시기를 주제로 볼 수 있습니다. '시기가 사람을 어떻게 변화시키느냐'에 대한 답은 '이아고'의 인간성에서 얻을 수 있지요. 시기를 하게 되면 누구나 이아고가 될 수 있습니다. 이아고의 모함이 데스데모나에게 죽음을 가져오고, 오셀로를 사랑하는 아내를 목졸라 죽인 살인자로 타락시킬 수 있듯이, 시기심의 희생물인 양심적인 지식인들도 젊은이들의 인생을 피기도 전에 망칠 수 있고 사회를 파탄으로 몰고 갈 수도 있지요."

"자신들은 젊은이들의 일생을 망치는 것이 아니라 젊은이들의 허무한 인생을 보람찬 인생으로 바꾼다고, 그리고 사회를 파탄으로 몰고 가는 것이 아니라 사회정의를 구현해 사회의 파탄을 막는 거라고 주장할 수도 있지 않습니까?"

박 작가가 내 의견을 반박했다.

"그럴 수도 있지요. 하지만 동구권과 구소련 사회의

참혹한 진상이 잘 알려진 이 시점에서조차 아직도 순진한 젊은이들을 공산주의의 환상으로 유도하는 지식인들이 젊은이들의 인생을 망치고 있다고 봐야 합니다."

"그들이 대체 어떤 방법으로 젊은이들을 공산주의의 환상에 젖게 하나요? 공산주의 국가의 진상이 알려진 후부터는 지식인들은 공산주의를 포기했다고 생각합니다. 공산주의의 환상에 젖은 지식인은 없어지지 않았습니까?"

"한국에서는 교수나 박사들이 자본주의 세계경제를 환경파괴, 계급갈등, 성차별, 인종차별 등으로 특징짓고, 그 중 특히 환경파괴를 내세움으로써 공산주의 국가의 경제적 후진성을 커버하지요. 한반도의 경우, 북한의 참혹함이 이미 속속들이 드러났음에도 불구하고 남한의 경제발전에 대적해 북한의 민족문화 보전을 북한 제도의 장점으로 내세웁니다."

"자본주의가 환경파괴를 가져온다는 이론은 설득력 있지 않습니까?"

"자본주의의 산업화가 환경파괴를 가져온다는 이론은 공산주의에 대한 무지에서 나온 억지입니다. 1991년 구 소련이 붕괴하기 얼마 전에 시베리아의 하바로프스크(Khabarovsk) 시에 가본 적이 있습니다. 제2차 세계대전 발발시 동양인들의 강제이주에 대한 글을 쓰러고 그곳에 사는 동양인들을 인터뷰하기 위해서였지요. 그곳으로 가는 비행기 안에서 우연히 『내셔널 지오그래픽(*National Geographic*)』잡지를 보게 되었어요. 그 잡지에는 기획기사로 세계 강의 오염 상태를 붉은색으로 표시한 세계지도가 있었어요. 그 지도에 의하면 소련의 강들이 후진국을 포함한 세계 어느 나라의 강보다 오염이 심하다고 되어 있더군요. 그때 저는 그 기사 내용을 믿지 않았어요. 공산주의 종주국인 소련이 경제적인 면에서는 미국에 비해 떨어졌다 해도 자연보호에 있어서는 크게 뒤지지 않을 것이라 믿었지요. 그래서 하바로프스크 시에 도착하자마자 아무르 강과 우수리 강이 만나는 곳에 가보았는데, 극심한 오염을 한눈에 볼 수 있었습니다."

잠시 사이를 두었다가 나는 말을 이었다.

"전쟁 중 서쪽으로 강제이주되었다가 하바로프스크로 귀환한 소련 동포의 말에 의하면, 지금은 물고기가 서식하지 않지만 전쟁 전에는 바로 그곳에서 풍성한 낚시를 즐길 수 있었다는 거예요. 한국의 지식인들이 자본주의 산업화의 환경파괴를 공산주의 국가에서는 없는 것으로 알고 있다면 그것은 무지의 소치지요. 환경파괴가 가장 심한 곳이 공산주의 국가였습니다. 그 이유가 정확히 무엇인지 모르지만 그것은 엄연한 사실입니다. 독재정권, 관료주의, 언론 자유의 부재 등 여러 가지 이유가 복합적으로 작용했겠지요."

"한국의 교수나 박사, 특히 인문 분야에 있는 학자들이 '자기중심' 사고 때문에 파우스트 박사처럼 한국의 젊은이들을 잘못 인도했다고 칩시다. 그런데 문제가 있습니다. 한국의 지도층 예술인들의 태도는 어떻게 설명할 수 있습니까? 그들도 대부분 글로써, 행동으로써 지식인들과 같은 노선을 걷지 않았습니까?"

박 작가가 또 다른 의문을 제기했다. 타당성 있는 의문이었다.

"그들은 일본의 지식인들을 우러러보는 사람들입니다. 일본의 문학이나 문학이론, 일간지나 일본어 번역판의 세계문학을 읽으면서 성장한 사람들이지요. 그리고 그것이 그들 지식의 배경이기도 합니다. 그런 그들의 성격을 잘 이해하고 약점을 잘 이용한 것이 일본의 좌경 잡지인『세카이』지요."

지난번 있었던 윤 교수와의 대화 내용을 떠올리며 내가 말했다. 박 작가가 '세카이'라는 단어에 놀란 표정을 지으며 내 말을 받았다.

"10여 년 전 일이 생각납니다. 그날 어느 원로 시인의 출판 기념회가 있었지요. 출판 기념식이 끝나고 뒤풀이 자리가 있었는데, 그곳에 참석한 60대 중반의 영향력 있는 작가와, 비슷한 연배의 원로 국문과 교수가 나누는 대화 내용이 온통 『세카이』지 편집장인 료스케와 『세카이』지에 실린 글 얘기뿐이더군요. 정말 놀랐습니다. 한 사람은 한국 최고봉에 있는 현역 원로 작가이고, 또 한 사람은 대학교수로서 영향력이 있는 문예지를 관장하고 있는 문학평론가였지요. 그런 지식인들이 일본의 좌경 잡지와 그 잡지의 편집장에 대한 대화로 하루 저녁 시간을 보낸다는 사실이 너무나 놀라웠습니다."

박 작가가 심각한 표정으로 말했다.

"저는 그러한 사실이 조금도 놀랍지 않습니다. 그 원로 작가는 독창적 사고를 하는, 소위 말하는 '오리지널 싱커'가 아니지요. 다른 사람의 아이디어를 빨리 확보해 자기 아이디어처럼 떠벌리며 지식인 행세를 하는 사람이고, 문학평론가인 그 사람은 다른 교수들처럼 오퍼상 정신상태에서 벗어나지 못하는 사람입니다. '오퍼상'이란 원래 자기가 물건을 개발해 제조하기보다 다른 사람 물건을 대신해 파는 사람들을 가리키는 말인데, 많은 한국의 지식인들에게 맞는 말입니다. 그들은 '오퍼상'처럼 다른 사람의 아이디어를 자기 아이디어처럼 쉽게 팔아먹고

사는 사람들이고, 갖은 고생 끝에 자기 아이디어를 내는 사람을 어리석은 자로 생각하지요."

내가 그들을 멸시하는 투로 말했다. 정 교수와 윤 교수가 그런 자들에 대해 한 말을 되풀이해 들어왔기 때문이었다.

"오퍼상하는 지식인도 좋은 아이디어를 가져다가 팔아먹고 살면 별로 문제가 없겠는데, 아주 위험하고 나쁘고 저질적인 아이디어를 팔아먹는다는 것이군요."

박 작가가 드디어 내 생각에 동의하는 빛을 보였다.

"저질스럽고 위험한 아이디어를 팔아먹으면서도 최고의 지식인 행세를 하고 있고, 파우스트 박사처럼 '순진한 젊은이들을 코 꿰어 이리저리 잘못 몰고' 다녔으면서도 그들로부터 최고의 존경을 받고 있는 현실이 문제입니다. 1970~1980년대 『세카이』지 정기구독자 명단을 훑어보면 우리나라 지식인들의 명사록과 비슷할 겁니다. 현재도 양심적인 최고 지식인의 위치를 차지하고 있고, 앞으로 그들의 영향력은 점점 커질 겁니다."

내가 말을 마치자마자 박 작가가 내 말을 받아 열정적으로 이어갔다. 『세카이』 얘기가 나오면서 박 작가도 우리 지식인들의 문제점을 절실히 느낀 것 같았다.

"시인인 제 고등학교 선배가 있습니다. 그 선배 얘기

를 들으니까, 1970, 1980년대『세카이』지 번역을 처음부터 자기가 맡았다는군요. 밤새워 번역해 그 원고를 성당에서 몰래 등사판으로 밀어내 각계로 돌렸다고 합니다."

"그렇게 해서 일본말을 모르는 젊은 문학인에게까지『세카이』의 사상이 급속도로 파급되었지요. 특히 일본말을 모르는 세대의 문학인들에게 끼친 영향은 지대했다고 합니다. 그래서 웬만큼 줏대가 없는 젊은 문학인들도 좌경화되었고요."

"충분히 이해가 갑니다. 하도 많이 돌려 보아서 누더기처럼 너덜너덜해진 등사판 번역본『세카이』지가 저한테까지 온 적이 있었으니까요."

박 작가가 열정적이 된 이유가 설명이 되었다.『세카이』지에 실린 글의 질에, 그 잡지를 열심히 읽는 선배들에게 실망이 컸을 것이고, 너덜너덜해진『세카이』지가 자기한테 전달된 것에 화가 났을 것이었다. 잠시 생각에 잠겼던 박 작가가 다시 말문을 열었다.

"그런데 한 가지 궁금한 점이 있습니다. 일본의 대표적인 좌익 잡지인『세카이』지가 어떻게 1973년부터는 북한의 김일성 집단을 찬양하고 남한의 정권을 비난하는 데 주력했을까요? 아무리 생각해도 그 점이 이해가 가지 않습니다."

넷 김일성의 '마태' 료스케

"료스케 편집장 때문이겠지요."

내가 강한 어투로 말했다.

"그자가 어떤 이유로 그랬을까요?"

"료스케는 1972년 10월 어느 날 김일성과 단둘이 6시간 반을 보냈습니다. 그 6시간 반 동안 료스케는 김일성이라는 신을 받드는 주체사상이란 종교의 복음서를 쓰기로 작정한 것 같습니다. 료스케가 평양에서 돌아온 후 쓴 글에 '사실 그때 나의 온몸에서는 뜨거운 피가 약동하고 있었다'라는 말이 있습니다. 그 말은 기독교 신자가 예수를 꿈에서 만나고 났을 때 표현함직한 말이지요."

"그자가 그때 쓴 글을 볼 수 있을까요?"

박 작가가 관심을 가지며 말했다.

"찾는 대로 바로 보내드리겠습니다."

(다음은 그 글 중 "온몸에서는 뜨거운 피가 약동하고 있었다"라는 부분이 포함된 내용의 일부분이다. 자료: 『김일성주석접견기』, p.286, 일본, 시대사, 1978. 4. 15 발행. 현재 국립중앙도서관 북한과에 비치되어 있음.)

산책하다가 대외문화련락협회의 한 간부로부터 김일성 주석께서 나를 만나주시기 위하여 몸소 이 정부초대소에까지 찾아오신다는 뜻밖의 소식을 전해들었다.

너무도 뜻밖의 일에 저으기 놀라기까지 한 나는 급히 방에 뛰어가 옷을 갈아입으려고 하였다. 그런데 주석께서는 벌써 초대소에 도착하시어 인자하신 웃음을 지으시고 방금 내가 산보하던 근방에 서 계시었다.

나는 바삐 서둘러 그이께로 마주 가며 인사를 드리었다. 주석께서는 나의 손을 따뜻이 잡아주셨다.

주석께서는 긴장해진 나를 진정시켜주시려는 듯 나의 건강과 일상생활에 대하여 다정히 물어보신 후 이 초대소와 눈앞에 있는 관개용저수지에 대한 이야기 등을 쾌활하신 웃음을 섞어가시며 재미있게 말씀하여주셨다.

나는 위대하신 주석의 따뜻한 포용력과 인자하신 인품에 무엇보다도 깊은 감명을 느꼈다.

이날(1972. 10. 6) 나는 6시간 반에 걸쳐 조선민주주의인민공화국의 영광찬 력사를 향도하여오신 경애하는 김일성 주석의 위대한 주체사상과 혁명적인 방침, 그이의 올바른 령도에 대하여 여러 가지 각도에서 그이로부터 직접 말씀을 듣는 과정에서 혁명의 탁월한 지도자이신 그이에 대한 감동과 경의를 한층 더 깊이하게 되었다. 사실 그때 나의 온몸에서는 뜨거운 피가 약동하고 있었다.

"료스케가 김일성 신을 모시는 주체사상이라는 종교를 포교하기로 작정한 이유가 있었군요. 그래서 주체사상을 찬양하고 김일성 집단을 미화하는 글을 싣기 시작했고요."

내 말에 이해가 간다는 표정을 지으며 박 작가가 말했다.

"동시에 남한 정권과 사회를 비판하는 글을 싣기 시작했지요. 1973년부터 'T. K. 生'이라는 필명으로 된 '한국으로부터의 통신'이라는 글을 실었지요. 1988년까지 게재했으니까 15년 동안 계속된 셈입니다."

내 말에 박 작가는 잠시 생각에 잠기는 듯했다. 그러

다가 무슨 생각이 났는지 자세를 고쳐 앉으며 말문을 열기 시작했다.

"한국에서 저항운동에 참여한 문학인들은 실제로 개인적인 희생이 컸잖습니까? 그 점으로 판단해 그들을 양심적인 민주투사라고 볼 수 있지 않을까요?"

"개인적으로 희생이 컸다고 생각하지 않습니다. 그 저항이 일본 언론을 통해 자신들의 문명(文名)에도 도움이 되었을 뿐만 아니라, 사실 1970년대 초부터는 그런 저항을 보이지 않으면 작품까지 무시당하는 것이 그 당시 문단의 분위기였습니다. 그뿐만이 아닙니다. 1970년대 초면 미국의 베트남 전쟁 패전이 확실해졌고, 그 다음은 한반도 차례라는 생각을 암암리에 품게 되었지요. 그런 의미에서 그런 저항의식은 어쩌면 기회주의로 해석될 수 있습니다."

"기회주의자라기보다 양심적인 진보주의자나 마르크스주의자라고 볼 수는 없을까요?"

박 작가가 이의를 달았다.

"그런 양심적인 지식인들은 1991년 구소련의 몰락시 마르크스주의에 환멸을 느껴 현장에서 깨끗이 떠났습니다."

^{다섯} 일본의 좌경 지식인

"일본의 지식인들은 『세카이』지의 그런 편집 방향에 어떤 태도를 가졌을까요?"

박 작가가 일본 지식인들의 태도에 관심 있는 듯 물었다.

"좌·우익에 상관없이 느긋한 미소를 짓고 있었다고 봐야지요."

"왜 그렇지요?"

"좌·우익 지식인 모두가 미국에 대해 어느 정도 섭섭한 감정을 가지고 있는 것은 부정할 수 없지요. 인류 역사상 처음으로 일본 민족에 대해 핵무기를 사용했기 때문입니다. 북한을 낙원화하고 남한을 지옥화함으로써 반미감정을 간접적으로 만족시킨 것 같습니다."

나는 윤 교수의 생각을 그대로 전했다.

"이해가 됩니다. 미국 때문에 남한 사회가 개판이 되고 있다는 말을 하고 싶으면, 상대적으로 북한을 미화해야 되겠지요."

박 작가가 동의를 표시했다.

"그 이유보단 한국이 과거 식민지였다는 사실에서 기인하겠지요. 그들의 과거 식민지가 자기들의 웃음거리나 충실한 추종자가 되기는커녕 오히려 맞먹으려고 기어오르는 처지가 되면 기분이 나쁠 겁니다. 바로 그런 심정이지요."

"그러면 그들이 보기에 박정희가 이끄는 남한의 정권은 자신들과 맞먹으려고 기어오르는 것으로 보였다는 거군요."

"그랬지요. 일본이 상상도 할 수 없는 포니 자동차를 제조해 미국 대륙에 상륙하지 않나, 세계 제일의 생산성을 뽐내는 제철회사를 만들지 않나…… 미래 자신들의 경쟁자가 될 수도 있으니 기분이 좋을 리가 없지요. 그래서 그들은 '한국으로부터의 통신'이라는 글을 읽으며 '그러면 그렇지…… 제까짓 것들이……!' 하는 느긋함을 가졌을 겁니다."

"한 가지 의문이 끈질기게 물고 늘어지군요. 일본의 지식인들이 핵폭탄 사용 때문에 반미감정을 품고 있다면, 아무리 약아빠졌다 하더라도, 왜 직접 반미감정을 표현하지 않을까요? 일본의 지식인 정도면 그렇게 할 수 있지 않을까요? 아니, 그럴 의무가 있지 않을까요? 그리고 미국과의 협상에도 유리하게 작용할 수도 있고요……."

박 작가가 당연한 의문을 표시했다. 윤 교수와의 대화에서 나도 동일한 의문을 가졌었다.

"일본의 지식인들은 도덕적으로 그런 권리가 없다는 것을 그들도 알고 있지요. 일본의 군국주의의 침략전쟁과 점령지에서 저지른 잔혹함에 대해 일본의 지식인들은 침묵을 지켰어요. 그리고 더 중요한 이유는, 미국의 도움이 필요하다는 것과, 미국을 화나게 해서는 국익에 아주 해롭다는 점을 알고 있었기 때문입니다. 미국이 연간 수천 억 달러에 달하는 무역적자를 감수하지 않으면, 일본을 비롯한 거의 모든 나라가 무역흑자를 기록할 수 없지요."

"그런데 일본은 사회당을 비롯해 좌익세력의 존재가 상당하지 않습니까?"

"국익에 필요한 겁니다. 좌익세력의 존재는 미국과의

협상에서 좋은 수단으로 사용되지요. 그 예가『세카이』같은 대표적 좌익 잡지입니다."

"그럼,『세카이』지는 왜 직접 미국을 공격하지 않았을까요?"

"그것이 일본과 한국 지식인들의 차이점입니다. 일본의 지식인들은 국익을 생각해 반미감정을 직접 노출하지는 않지요. 한국 지식인들의 반미감정 표출은 아주 편리한 점이 있습니다. 강한 자에게 저항하는 용기를 보이는 것 같지만, 실상은 직접 반격당할 위험은 없지요."

"그러니까 반미감정의 표출에 대한 반격이 없다는 점에서, 용기의 결과라기보다 비겁함의 소산이라는 거군요."

박 작가가 이제야 이해가 간다는 듯 고개를 끄덕이며 말했다.

"그렇게 볼 수 있습니다. 그러나 반격이 없다는 것은 오산이지요. 미국 지식인들의 양심에 모욕을 준다면, 언젠가는 무서운 반격이 온다는 것을 일본의 지식인들은 알고 있고, 한국의 지식인들은 모르고 있든지, 아니면 그런 반격이 온다 해도 자신들은 이미 이 세상 사람이 아닐 거라는 생각을 했겠지요."

"미국 지식인들의 반격은 어떤 형태를 취할까요?"

박 작가가 몸을 앞으로 내밀며 관심을 보였다.

"우리나라가 전쟁터가 되더라도 그냥 모른 체하는 것입니다. 미국 정부가 자국의 이익만을 추구하는 과정에서, 우리에게 어떤 희생이 따르더라도 미국 지식인들이 못 본 체 못 들은 체할 수 있습니다. 그것보다 더 중요한 것이 있습니다. 한국이 주변 강국과의 이해 충돌이 있을 때 미국이 자국의 이해에 직접 영향이 없으면 관여하지 않는 것입니다. 한국은 중국과 일본, 러시아와 인접하고 있고, 이들 강국들은 미국의 불간섭을 확신하면 자국의 이익을 챙기는 데 무리수를 둘 가능성이 많습니다. 세계 강국들이 과거 식민지 시대 때처럼 억지를 쓰지 않는 이유는 도덕성이 높아져서가 아니고 미국이라는 초강국이 두렵기 때문이지요."

우리 사이에 잠시 침묵이 찾아왔다. 나는 '주변 국가와는 항상 전쟁 상태에 있는 셈이고, 어떻게 하면 평화를 이룩하느냐 하는 것이 문제'라는 말을 떠올리고 있었다. 박 작가가 『세카이』지에 대한 생각을 하고 있었음을 그의 다음 질문으로 추측할 수 있었다.

"한국 지식인들의 반미감정에 중요한 역할을 한 것이 『세카이』지라면, 김일성이 편집장의 숙소에 예고도 없이 찾아가 6시간 반 동안 대화를 나눈 것은 충분히 이유가 있었군요. 그런 면에서 보면 김일성이 명석한 두뇌를 가진 사람인 것은 틀림없습니다. 그러나 아무리 명석하다 하더라도 김일성이 『세카이』의 영향력을 어떻게 예견할 수 있었을까요?"

박 작가가 의문스럽다는 듯 나에게 물었다.

"일본말을 아는 세대, 한국 지식인들의 식민지 근성을 잘 알고 있었다고 봐야지요. 일본의 대표적 좌익 정치평론지의 편집장만 자기 손아귀에 넣으면 식민지 근성에서 벗어나지 못하는 한국의 지식인들을 꼭두각시로 만들 수 있다고 확신했겠지요. 그래서 김일성은 '사람이 모든 것의 주인이며 모든 것을 결정한다는 것이 주체사상의 기초입니다'라는 그럴듯한 말을 내세워 일차로 편집장을 김일성 종교의 전도사로 포섭했고, 이 전도사를 통해, 그의 말이면 무조건 따르는 한국 지식인들을 쉽사리 주체종교의 광신도로 변모시켰지요."

지난번 윤 교수와 대화를 나눈 후 나 자신이 내린 결론이기에 나는 자신 있게 대답했다. 나의 강한 말투가 충격적이었던지 박 작가는 아무런 반응을 보이지 않았다. 내가 말을 이었다.

"거기다가 일본 지식인들의 가슴 깊숙이 미국을 향해 은밀히 품고 있는 반미감정의 한 출구를 찾은 거지요."

우리 사이에 또다시 침묵이 찾아왔다. 이번에 침묵을 깬 것은 내가 아니라 박 작가였다.

"1945년에 있었던 핵폭탄 투하로 인해 일본의 지식인들이 아직도 반미감정을 품고 있다는 말이군요. 일본의 지식인들이 구체적으로 어떤 감정을 갖고 있다고 생각하세요?"

"몇 년 전 영화화되어 아카데미 작품상을 받은 바 있는, 『잉글리시 페이션트(The English Patient)』라는 영국 작가의 소설에 이런 장면이 있습니다. 작중 인물이 인도 장교인데 히로시마와 나가사키에 원폭이 투하되었다는 소식을 듣고 절망하면서 이런 독백을 했죠. '그들은 백인 국가에는 절대로 그런 폭탄을 투하하지 않았을 것이다. 새로운 전쟁. 그리고 문명의 사망…… 그리고 서양 지혜의 전율(They would never have dropped such a bomb on a white nation. A new war. The death of a civilization. ……This tremor of western wisdom)!' 일본 지식인들의 감정이 바로 이 독백과 같다고 보면 됩니다. '미국이 독일에 원폭을 투하했겠느냐, 결코 아니다'라는 섭섭한 심정이지요. 원폭 투하 후에도 5년간 두 도시에서 10만 명이 원폭 후유증으로 사망했으니까요."

"일본의 지식인들은 미국이 일본에 원폭을 투하한 것

은 일본이 독일과는 달리 유색인종의 나라이기 때문이라는 거군요. 이 선생은 어떻게 생각하세요?"

박 작가가 내 생각을 듣고 싶어하는 눈빛을 보냈다.

여섯 일본의 잔학상

　"'미국이 독일에 원폭을 투하했겠느냐?'라는 질문에 방금 인용한 소설의 작가처럼 '결코 아니다'라고 답하겠습니다. 그렇지만 이유는 같지 않습니다."

　나는 잠시 사이를 두었다가 말을 이었다.

　"독일이 백인 국가이기 때문이 아니라 미국 지식인들이 결코 허용하지 않았기 때문입니다. 베트남 전쟁 중 미국 역사상 처음으로 전쟁에서 패해 철수하는 경우라 하더라도 월맹에 미국이 보유한 모든 공격력을 동원할 수 없었지요. 미국 지식인들 때문입니다. 그만큼 미국 지식인들의 힘을 무시할 수 없습니다. 최후의 보루로 국가가 지켜야 할 양심을 설정하는 것이 지식인 집단이니까요."

말을 마친 순간 화가 치밀어 올랐다. 외국에서는 국가가 범할 수 있는 오류를 제어할 수 있는 사회적 장치의 역할을 하는 것이 지식인 집단이랄 수 있는데, 한국의 실정은 그렇지 않다는 사실이 떠올랐기 때문이다. 그런 결론을 내리자 숨이 찼다. '비교적 안전한 장소에서 다른 사람들이 당하는 위험을 보며 어떤 쾌감을 느낀다'라는 말이 한국 지식인들에 대한 가장 적절한 묘사라는 생각이 들었기 때문이었다.

"독일의 아우슈비츠[67] 수용소에서 유대인의 대량 학살이 감행되었다는 것을 미국 지식인들은 몰랐나요?"

박 작가의 질문에 나는 사념에서 깨어났다.

"어느 정도 감은 있었겠지만, 알았다 하더라도 마찬가지였을 겁니다. 그것은 독가스 학살이었고, 일본이 만주에서 자행한 만행과는 차이가 있지요. 그 가장 좋은 예가 악명 높은 생체실험입니다. 동상을 의학적으로 연구하기 위해 중국인들을 서서히 동사시키면서 관찰한 예도 있었으니까요. 한국과 중국에서 여염집 처녀를 정신대로 끌고 간 것도 그 이상 잔인할 수 없지요. 그런 일은 인류 역사상 일어난 적이 없습니다. 거기다가 1937년 12월 13일, 30만 명의 무고한 시민의 희생을 가져온 일본 군대의 난징대학살 사건은 전 세계의 지식인 눈에 일본 국민의 잔인성을 씻을 수 없이 각인했습니다."

"간단히 요약하면, 인간을 독가스로 죽이는 것은 전멸이고, 인간을 서서히 얼리면서 썩어가는 육체를 관찰하면서 죽인다든지, 무고한 시민을 무차별적으로 학살한다든지 하는 것은 고문이라는 거군요. 그리고 그런 고문가해자가 핵폭탄으로 희생을 당해도 그것이 최후 수단이라면 어느 정도 정당화될 수 있다는 거군요."

박 작가가 내 말에 완전히 동의하지 않는다는 태도로 미소 지으며 말했다.

"전멸과 고문으로 이분화하기보다 사자와 하이에나에 비유하면 어떨까 합니다. 사자와 하이에나 모두가 생존을 위해서는 사냥을 해야 하지요. 그러나 사냥하는 방법에 있어서는 확연히 차이가 납니다. 먹잇감이 잡혔을 때 사자가 하는 첫 번째 일은 목을 물어 숨을 끊는 거지요. 그런 다음 먹습니다. 하이에나는 산 채로 뜯어먹기 시작하지요."

"그러니까 일본에 핵폭탄을 투하해도, 일본인들이 보인 잔학성 때문에, 그리고 전쟁이 지속되면 자국의 막대한 인명 희생이 따라야 하므로 미국 지식인들이 크게 비난하지 않으리라는 확신을 미국 정부가 가지고 있었다는 거군요."

"그렇지요. 마찬가지 이유로 한국이 김일성과 같은 철권 통치하에 들어가도, 미국의 국익에 반하지 않는다면, 비문명적 국가로 취급돼 미국 정부가 간섭하지 않을지도 모릅니다. 한국의 지식인과 젊은 세대가 주체사상을 신봉하는 것이 드러난 이상, 한국이 누구의 통치하에 놓이든 미국의 지식인들이 간섭하지 않을 겁니다. 여기서 미국의 지식인이란 미국으로 이민 온 세계의 지식인을 포함하지요."

내가 단호하게 말하자, 박 작가가 살짝 몸을 떨었다.

"무서운 얘기군요. 인기 위주의 반미감정의 발로와 지식인 기회주의자들의 젊은 세대를 향한 오도는 미래에 이토록 무서운 결과를 가져올 수 있다는 거군요."

일곱 카르마 [68]

"일본의 생체실험에 대해 또 한 가지 흥미로운 사건이 기억납니다. 제2차 세계대전 중 만주에서 중국인들을 상대로 페스트균을 포함한 광범위한 생체실험을 지휘한 일본군 장교 그룹에 관한 일입니다. 그들이 전쟁 후 어떻게 되었는지 궁금하지 않습니까?"

평소 이 점에 대해 불만이 있었던 나는 강조하기 위해 박 작가에게 물었다.

"전쟁 후 할복자살을 했든지 전범 재판 [69]에서 교수형을 선고받았든지 도망자로 피해다니다 생을 끝마쳤겠지요."

"아닙니다. 그들 모두가 전쟁이 끝난 후 한 사람도 죽거나, 체포되지 않고 도피했습니다. 미군 점령군과 협상을 벌였기 때문입니다. 자기들이 보유하고 있는 생체실험 자료를 건네주는 조건으로 면죄를 요구했지요. 미군 정보당국은 미국 의학계의 강력한 권고로 그들의 협상조건을 받아주었습니다. 미국이나 문명국에서는 도저히 불가능한 생체실험 자료가 인류의 생명 유지에 지대한 공헌을 할 수 있다는 것이 미국 의학계의 주장이었습니다. 그래서 그 흉악자들은 털끝 하나 다치지 않고 도피할 수 있었지요."

"참으로 불공평한 세상이군요."

박 작가가 시니컬한 어투로 말했다.

"그러한 예는 한둘이 아닙니다. 나치 독일에서 부총통을 지낸 헤스는 제2차 세계대전 전 영국의 처칠과 협상하기 위해 단독 비행을 했다가 영국에서 즉시 체포되었지요. 그리고 그 후 계속 감옥생활을 했는데, 몇 살까지 건강하게 살았는지 압니까?"

"글쎄요……."

"93세에 감옥에서 생을 끝마쳤습니다."

"그런 사실을 어떻게 받아들여야 할지 난감하군요."

허탈한 표정 속에 박 작가가 말했다.

"카르마(Kharma), 업(業)을 믿으십니까?"

"전생에 한 짓으로 현재의 인생이 결정된다는 거 말입니까? 만일 그것이 사실이라면 인간은 너무나 무력해지지 않습니까? 자신의 현재의 인생에 아무런 영향력도 행사할 수 없으니까요."

"전생에 의해 정해진 대로 인생을 살아야 한다면, 인간의 인생은 하나의 감옥, 전생이라는 감옥에 갇혀 있다고 생각할 수 있지요. 그렇지만 감옥에서 어떤 삶을 사느냐 하는 것은 감옥살이를 하는 사람의 노력에 달려 있습니다. 어떤 죄수는 죽지 못해 살고, 어떤 죄수는 탈옥 생각만 하며 그것을 삶의 동기로 삼아 견뎌나가고, 어떤 죄수는 건강을 찾고 동료 죄수를 도와주고 지식을 쌓기도 하지요."

"그런 죄수는 다음 생애에서 좋은 생애를 맞이할 수 있다는 거군요. 그 인생도 또다시 감옥이겠지만, 아주 편안한 감옥이라는 거겠지요. 일리가 있는 말입니다. 하지만 한 가지 질문이 있습니다. 전생이 있다면 왜 전생을 기억하는 사람이 없지요?"

"저도 저의 전생을 보지는 못했지만, 깊은 명상 끝에 전생을 본 수도사는 많다고 합니다."

"카르마라는 것이 있다고 합시다. 그것을 믿으면 무엇을 얻지요?"

박 작가가 호기심 어린 눈빛으로 물었다.

"완벽한 마음의 평온함을 얻을 수 있지요. 세상은 정신적인 동요나 불안, 불평을 갖지 않을 수 없을 만큼 불공평합니다. 아까 말한 히틀러 밑에서 부총통을 지낸 헤스는 감옥 생활을 하면서도 93세에 세상을 떠났고, 만주에서 중국인으로 생체실험을 한 일본군 의료 장교들은 벌을 받지 않고 무사했습니다."

"카르마…… 완벽한 마음의 평온함이라고 했지요? 그러니까 좌경 지식인들도 부자들에게 시기심을 느낄 필요가 없다는 말이군요, 카르마를 믿으면……."

"그런 예를 들자면 한이 없습니다. 대학 강사가 교수에게 느끼는 시기심, 초·중·고등학교 교사가 대학 교수에게 느끼는 열등감, 비인기 과목 교사가 인기 과목 교사에게 받는 좋지 않은 느낌, 삼류대학생이 일류대학생을 향해 느끼는 묘한 적개심, 영상매체 언론인이 활자매체 언론인에게 느끼는 반감, 못난 사람이 예쁘고 잘생긴 사람을 향해 은밀히 품는 미움 등등…… 한이 없지요."

"왜 카르마 얘기를 하는지 이유를 알겠습니다. 그러니까 시기심이나 불평등에서 오는 정신적인 동요, 불안, 불평이 많은 사람들에게 적개심을 심어준다는 얘기군요. 그러나 시기심과 불평등은 전혀 다른 개념이 아닙니까?"

박 작가가 나의 의견에 이의를 제기했다.

"동전의 양면과 같지요. 보는 관점에 따라 한 사람이 테러리스트도 애국자도 될 수 있듯이, 시기심과 불평등은 보는 관점에 따라 결정됩니다. 본인에게는 불평등으로 느껴져도 상대에게는 단순한 시기라고 느껴질 수 있죠. 인문 분야의 대학 교수가 생활비에 쪼들리는 것이 본인은 사회적 불평등 때문이라고 생각하지만, 객관적으로 보면 시기심일 수도 있지요."

"시기심이란 어떻게 정의할 수 있지요? 워낙 여러 가지 의미로 쓰여서……."

여덟 시기심

"자기를 열등하게 느끼게 하는 상대방에 대한 미움이 시기심이라는 정의를 어느 책에서 읽었습니다."

나는 『시기심』이라는 책에서 읽은 내용을 그대로 인용했다.

"사람들은 경제면에 필요 이상으로 집착하고 있어요. 노력의 보상은 꼭 경제적인 것일 수만은 없지요."

"바로 그겁니다. 마르크스가 치명적인 오류를 저지른 부분이 바로 그 점입니다. 마르크스주의는 모든 것을 경제적인 면에서만 분석했습니다. 인간에게는 경제적인 면만큼이나 중요한 것이 많습니다. 어떤 사람은 가족을 더 중시하지요. 또 어떤 사람은 국가, 민족, 문화, 명예 등

등을 더 중요하게 여기기도 합니다."

"'가족'에는 이기심을 조장하고 외부에 대한 적개심의 원인 제공을 하는 어두운 일면도 존재합니다. 제 의견이 아니라 2천4백여 년 전에 그리스 철학자가 제기한 이론 입니다."

"그렇다 하더라도 절대빈곤의 상태를 면했다면 인간에게는 무엇보다 가족이 소중한 존재지요."

나는 평소의 내 생각을 말했다.

"그 점은 인정합니다. 경제적 풍요로움이 오히려 인간에게 불행을 가져오는 경우가 더 많지요. 영국의 위대한 정신인 버트런드 러셀은 '행복의 중요한 조건 중 하나가 부족함이다'라는 말을 했습니다. 거대한 부를 이룬 대부분 사람들은 그것을 향유할 시간이 없을 정도로 바쁜 생활을 하는 사람들입니다."

"돈에서 자유롭기 위해 인생의 중요한 부분을 바쳐 부를 축적한 사람들은 자신들이 돈의 노예가 되었다는 사실을 느낄 수 없을 정도로 시간적이나 정신적으로 여유가 없는 사람들입니다."

"일단 부를 성공적으로 축적한 후에 그것을 이용해 자유를 누리는 사람도 있지 않습니까?"

"그들 대부분은 그들의 인생을 아주 '흥미롭게' 망치

지요. 감수성이 있는 사람이면 그렇다는 말입니다. 미국 작가 헨리 제임스[70]의 말이지요."

"감수성이 없는 사람은요?"

"자신이 쓸 수 있는 돈이 얼마인지 잘 알 수 있으면서도, 단순히 부의 축재, 그 자체에 매혹될 수 있는 사람들이지요. 이런 사람들에게 질문해보십시오. '당신은 이미 일백억을 소유하고 있는데 얼마를 더 벌려고 이렇게 바동대느냐?' 그러면 이런 답이 나올 겁니다. '조금만 더, 백만 원만이라도 더 벌려고요……'라고요. 바로 그런 사람들입니다."

내가 미소를 지으며 말했다.

"그러니까 결론 아닌 결론을 내린다면 이렇게 정리해보면 어떻겠습니까? 사람들은 큰 포부를 가지고 있고 포부가 깨어지면 그 증오심을 세상에로 돌린다. 이런 증오가 마르크스ㆍ레닌 신봉자를 만드는데, 그것은 마르크스ㆍ레닌주의가 인간에 대한 사랑보다 있는 자를 향한 증오심에 근본을 두고 있기 때문이다. 있는 자를 향한 증오심은 있는 자가 가장 두려워하는 적이 주체사상의 김정일 집단이므로 주체사상 신봉자가 된다. '적의 적은 친구'라는 논거가 적용되어 주체사상의 신봉자가 되는 것이다……."

박 작가가 말끝을 흐렸다.

"한 가지 더 중요한 것이 있습니다. 반미감정의 표출의 원인을 따져보면 이렇습니다. 주체사상이 내세우는 최고의 적은 미국이므로 '친구의 적은 적'이라는 논리가 적용되어 김정일 집단의 주적인 미국을 향한 반미감정이 표출된다는 거지요."

"그리고 마지막으로 이에 대한 해결 방법으로 카르마, 즉 '업'을 믿어 그런 사람들에게 자신들의 포부가 깨어진 데 대한 불평 대신 마음의 안정을 갖도록 하는 것을 제안하셨고요."

박 작가가 잠시 생각에 잠겼다가 흥분된 어조로 말을 이었다.

"그런데 그 이론을 그냥 받아들이기에는, 솔직히 말해 너무 화가 납니다. 한국사회의 지배계급이 적이므로, 그리고 한국사회의 지배계급이 김정일 집단을 가장 무서워하므로, '적의 적은 친구'라는 논리라든지, 한 걸음 더 나아가 일단 친구가 된 김정일 집단이 가장 나쁜 적으로 생각하는 것이 미국이므로 '친구의 적은 적'이라는 원리로 미국을, 그것도 한국전쟁 시 3만 명 이상의 생명을 희생한 미국을 적으로 삼는 작금의 한국사회를 어떻게 편안한 마음으로 받아들일 수 있습니까? 어쩌다가 우리가 이 지경까지 오게 되었나요? 무엇보다 이 지경에 이르기까지 우리는 무엇을 했나요? 그리고 이런 상황을 만든 지식인들이 지금 어딘가에서 민주투사의 월계관을 쓰고 느긋한 마음으로 세태를 지켜보는 상상을 하니 숨이 막히는 것 같습니다. 도대체 지금 이 사태를 어떻게 받아들여야 할까요?"

나는 박 작가가 그렇게 흥분하는 것을 처음 보았다. 정치현실에 초연한 박 작가도 결국 나와 같은 인간이었던 것이다. 순간 '초연한' 지식인도 '순진한 젊은이들을 코 꿰어 잘못 인도하는' 지식인에 못지않은 죄를 짓고 있다는 생각이 들었다.

"모든 것의 원흉은…… 증오심입니다. '적의 적은 친구'라는 논리의 시발점은…… 지배계급에 대한 증오심이지요."

내가 낮은 소리로 띄엄띄엄 말했다.

"증오심을 어떻게 제거할 수 있습니까? 증오심보다 증오심을 일으킨 실체를 찾아내 그것을 없애버려야 하지 않을까요?"

박 작가의 흥분은 쉽게 사그라지지 않았다.

"증오심의 실체를 꼭 찾아야 한다면 그 원조는 카를 마르크스입니다. 칼 포퍼는 이런 말을 했지요. '마르크스주의는 처음부터 잘못된 것이었다. 왜냐하면 마르크스의 아이디어는 친구를 찾는 대신 적을 찾음으로써 인류를 도울 수 있다는 것이기 때문이었다. 예컨대 당신이나 나는 주요 문제의 해결책을 찾기 위해 인류를 돕고 서로 협조하는 데 관심이 있다. 반면에, 마르크스는 죽여야할 적을 찾기를 원했고 그는 자본주의를 그런 적으로서 간주했다.' 이것이 증오심의 원천입니다."

나는 정 교수와의 대화 후 찾아 읽은 그 인터뷰 내용의 일부를 인용했다.

"그럼, 마르크스는 그런 증오심을 인간에게 심는 데 어떻게 성공할 수 있었을까요?"

"글쎄요. 누군가 그 질문에 대한 명쾌한 답을 할 수 있었다면 마르크스가 그렇게 성공할 수 없었겠지요."

"마르크스가 증오심을 인간에게 심은 게 아니라 인간이 원래 가지고 있는 것을 노출시킨 건 아니었을까요?"

박 작가가 생각에 잠긴 듯 혼잣말처럼 중얼거렸다.

"무슨 말입니까? 인간이 원래 가지고 있다니요?"

내가 다급히 물었다.

아홉 **그림자**

 "카를 융[71)]이 내세운 인간의 원형, 즉 아키타이프 (archetype)[72)]에 관한 이론을 얘기해야겠군요. 융은 다른 사람이 잘못되기를 바라는 감정을 인간의 아키타이프 중 하나에 포함시켰지요. 그는 그것을 그림자, 즉 섀도 (shadow)로 명명했습니다."

 박 작가는 자신이 읽은 카를 융의 이론을 머릿속에서 정리하는 듯 잠시 사이를 두었다가 말을 이었다.

 "그 아키타이프는 섀도라는 명칭 자체가 암시하듯이 인간성의 어떤 어두운 면을 가리키는 동시에 그림자가 없는 인간이 존재할 수 없듯이 인간성의 일부로 항상 존재함을 의미하지요. 한국 젊은이들의 경우 이러한 섀도는 가진 자와 기득권 층에 대한 증오심이고, 이런 증오심은 보통의 경우 숨기고 억제하도록 되어 있지요. 그러나 그러한 증오심이 억제되지 못하도록, 그런 증오심이 현실화되도록 끊임없이 음모를 꾸미고 그 음모를 실행에 옮기는 자들이 마르크스·레닌주의의 한국판 추종자라고 할 수 있는 한국의 좌경 지식인들 아닐까요? 그들은 주로 상아탑 안 안전한 곳에 숨어 있든지, 문학이라는 방패 뒤에 몸을 움츠리고 앉아 있겠지요."

"그렇다고 생각합니다. 그럼, 카를 융은 그런 증오심을 어떻게 해결할 수 있다고 말했나요?"

철학을 전공한 박 작가가 심리학에도 일가견이 있는 듯해 심리학에서 증오심을 어떻게 다루었는지 궁금해진 내가 질문을 던졌다.

"카를 융이 말하는 섀도는 '음지의 인간성'이라 번역할 수 있는데, 그는 인간이 그런 '음지의 인간성'을 세 가지 방법으로 해결하려고 한다고 했어요. 첫째는 방금 전 언급한 대로 억제하는 것이지요. 이를 가리킨 'repression' 이란 단어는 '프로이트'[73]가 '성욕을 억제'한다고 할 때 쓴 단어와 같아요. 그런 의미에서 다른 사람이 잘못되기를 바라는 이러한 '음지의 인간성', 즉 섀도는, 젊은이의 경우 왕성한 성욕이 사회적 규율로 억제되듯이 반드시 억제되어야 할 개성으로 취급된 듯합니다."

박 작가가 마치 나의 동의를 구하듯 시선을 보냈다. 나는 고개를 끄덕여주었다.

"아주 좋은 비유입니다. 그런 '음지의 인간성'을 '절제되지 않은 성욕'에 비유하는 것이…… 젊은이의 성욕이 도덕적으로나 법적으로, 자율적으로나 외적으로 억제되지 않고 마음껏 표출되도록 방치한다고 생각해보십시오. 사회와 문명의 파괴는 불을 보듯이 뻔한 이치입니다. '프로이트'는 '인간의 역사는 억제의 역사(A history of mankind is a history of repressions)'라고 했지요. 그것이 한 인간에게는 해가 된다 하더라도, 억제되지 않으면 문명의 파괴를 가져오게 되지요."

"카를 융은 그러한 '음지의 인간성'을 억제하는 것 이외에 인간은 두 가지 다른 방법으로 해결하려 한다고 주장했어요. 그것은 부정(denial)과 투영(投影, projection)이지요. '부정'이란 단어의 뜻 그대로 그런 '음지의 인간성'의 존재 자체를 인정하지 않는 것이에요. '투영'이란 자신의 '음지의 인간성'을 상대방에게 옮기는 것입니다. 카를 융은 '음지의 인간성'의 투영이 사회에 큰 위협을 가할 수 있다고 주장했지요."

박 작가가 잠시 숨을 고르는 듯했다.

186

"음지의 인간성의 투영이 어떻게 사회에 위협이 될 수 있지요?"

잠시 사이를 두었다가 내가 물었다.

"'음지 인간성의 투영'을 교묘하게 이용하면 사회의 특정 계층이나 집단을 지독한 병균으로 보이게 하고, 그 병균을 증오하고 공격하고 파멸하는 행위가 모두 정당화될 수 있습니다. 이것이 사회에 위협이 되는 이유지요."

"그런 사례가 실제로 있었나요?"

"있지요. 많은 사람들이 '그토록 위대한 예술가와 철학자를 배출한 독일 국민이 어떻게 그런 참혹한 유대인 학살을 자행할 수 있느냐?'라는 의문을 품고 있습니다. 그 의문에 대한 대답을 '음지 인간성의 투영' 이론에서 찾을 수 있지요."

박 작가가 말하며, 내가 동의하는지 확인이라도 하듯 시선을 보냈다.

"사실 저도 독일이 어떻게 그런 학살을 자행할 수 있었는지 항상 궁금했습니다. 독일이 우리에게 연상시키는 것은 베토벤과 같은 음악가, 괴테와 같은 문학가, 칸트나 니체와 같은 철학자들의 이미지지요. 심오하고 신중하고 정확하고……."

"니체가 쇼펜하우어의 '삶의 의지'에 대비해 인간의 본성으로 주장한 '권력의지'는 사실상 독일 군국주의에 중요한 원인 제공을 한 셈이지요. 그러나 그런 철학자는 수없이 많습니다. 세계적인 어느 철학자의 주장에 의하면 '인류에게 미치는 영향은 일체 개의치 않고 학계에 충격을 줄 수만 있다면 무슨 주장이든지 할 수 있는 사람들이 철학자다'라고 했으니까요."

박 작가가 의미심장한 말을 던졌다.

"한국에도 심심찮게 그런 학자들이 있습니다. 사실이야 어쨌든 6·25가 남침이 아니라는 주장은 동료나 학계에 충격을 주는 것이고, 그런 주장을 하면 학계에서의 위치가 확고해진다는 환각을 갖고 있지요. 어떻게 보면 학자가 가장 양심이 없는 사람이 아닌가 하는 생각이 듭니다. 여하튼, 그런 우수한 독일 국민이 유대인 대학살을 저지른 배경을 '음지 인간성의 투영'으로 설명할 수 있다니 흥미롭습니다."

"이론은 간단합니다. 진짜 인간이면 그림자가 있어야 하는 것과 같이 어느 인간이든 '음지의 인간성'을 갖고 있지요. 독일 일반 국민의 '음지의 인간성'을 유대인에게로 투영한 겁니다. 유대인을 악으로 포장할 수 있는 만큼 자신들의 '음지 인간성'이 줄어들어 순수한 인간이 된다는 착각을 갖게 됩니다. 이런 작전은 특히 순진한 젊은이들에게 먹힐 확률이 높습니다."

박 작가의 말이 끝나자 내 머릿속에 떠오르는 영상이 있었다. 여러 영화 장면에서 보았던, 검은색 혹은 갈색 셔츠를 입은 서양의 젊은이들과 붉은 완장을 차거나 희고 붉은 무늬의 수건을 목에 두른 동양의 소년들이었다.

"순진한 젊은이들에게 잘 먹히니까, 대량 학살이 있었던 무대에는 항상 젊은이들이 등장했군요. 여러 역사적 사건이 떠오릅니다. 무솔리니는 '검은 셔츠(black shirts)' 제복의 젊은 파시즘[74] 당원을 행동대원으로 이용했고, 히틀러는 '갈색 셔츠(brown shirts)' 제복의 행동대원을 앞세워 정권을 잡았고, 마오쩌둥은 붉은 완장을 찬 소년·소녀들을 시켜 문화대혁명[75]을 일으키도록 했고, 폴 포트는 희고 붉은 바둑판 무늬의 수건을 목에 두른 소년 병정을 앞세워 캄보디아 평원을 킬링필드로 만들었지요. 모두가 '음지 인간성의 투영'이 성공한 경우라고 보면 어떨까요?"

내가 박 작가의 동의를 구했다.

"'음지 인간성 투영'의 아주 좋은 예입니다. 특히 캄보디아의 킬링필드의 경우엔 13, 14세 정도의 소년 병정을 앞세워 잔혹함을 저질렀지요."

잠시 사이를 두었다가 박 작가가 말을 이었다.

"생각만 해도 전율을 느끼게 하지만, 혹시…… 혹시 한반도에도 그런 경우가 생길 수 있을까요?"

박 작가가 더듬거리며 물었다.

"앞으로 한반도에서도 그런 경우가 생긴다면, 물론 생길 가능성은 희박하지만, 이렇지 않을까 상상이 갑니다. 주체사상의 신봉자들이 '붉은 셔츠'의 젊은이로 구성된 행동대원을 내세워 있는 자들에 대한 '음지의 인간성'을 투영해 그들을 악의 화신으로 만든 후 정권을 장악하려 들지 않을까 하는 우려가 순간적으로 퍼뜩 스쳐갔습니다."

내가 미소를 지으며 말했다.

"그럴 가능성이 전혀 없다고 장담할 수는 없겠지요."

내가 농담으로 얘기하는 것을 알았는지 박 작가가 정색을 하며 말했다. 그래서 내가 설명을 덧붙였다.

"그러나 아무래도, 지금 침묵을 지키고 있는 우리의 지식인과 지성인은 그런 사태가 진전되도록 결코 좌시하고 있지는 않을 겁니다."

"그럼, 양심적인 지식인들은 왜 사태가 이렇게 될 때까지 가만히 침묵만 지켰지요?"

박 작가가 이해되지 않는다는 듯 물었다.

"그들이 이 시점까지 행동을 취하지 않은 이유는 오

랜 군사독재로 인한 사회의 불공평함 때문입니다. 행동
을 취하면 그런 부패에 절은 부류를 도와주는 결과를 가
져오므로 행동을 취할 수 없었다는 거지요. 그런 부류가
어느 정도 제거되고, 민주화의 탈을 쓴 주체사상 신봉자
들의 증오심이 드러나면 양심적인 지식인·지성인들은
행동을 취할 겁니다. 그들 정신병자들의 증오심을 만족
시키기 위해서 우리가 김정일이 통치하는 체제에 들어가
도록 허용할 수 없으니까요."

"양심적인 지식인이 행동을 취하지 않는다면 어떻게
될까요?"

박 작가가 다시 물었다.

"그럼…… 그럼…… 아무래도 직접 고통을 당하는 수
밖에 없겠지요."

"다시 회복된다 하더라도 고통을 받는 사람은 서민 계
층이겠군요."

"그 점이 안타까운 점입니다. 사태를 그렇게 만든 사
람들은 고통을 받지 않을 테니까요."

내 말을 끝으로 우리 사이에는 침묵이 찾아왔다. 침묵
을 깬 것은 박 작가였다.

"그럼, 증오심으로 가득 찬 그들 주체사상 신봉자들은
도대체 누구일까요?"

"한 마디로 마르크스주의자들이지요. 친구보다 적을 찾고 사랑보다 미움을 불어넣어 주는 것이 마르크스주의입니다. 그러니, 온갖 미사여구를 다 동원해 포장했어도 애초부터 오래 유지될 사상이 아니었습니다. 1991년 말에 소련이 공산주의의 막을 내렸으니까 1917년부터 1991년까지 70년이 넘도록 존재했지요. 그것도 아마 여러 가지 이유, 특히 자본주의의 피폐성 때문에 너무 오래 끌어왔다는 생각이 듭니다."

^열 마르크스주의자

"그런 마르크스주의자, 증오심에 차 있는 한국판 마르크스주의자의 모습을 어떻게 묘사할 수 있을까요?"

박 작가가 다시 물었다.

"글쎄요…… 사람을 묘사하는 것, 특히 어느 집단을 묘사하기란 쉬운 일이 아니지요. 아마 이런 공통점이 있지 않나 생각됩니다. 정의감에 불타고 매우 지적이며 자제력이 풍부하고 내성적인 성격의 소유자가 아닐까 생각해봅니다."

"훌륭한 학자들이 겸비해야 할 요소로 들립니다."

박 작가가 미소 지으며 말했다.

"바로 그렇습니다. 그들은 훌륭한 학자로서 성공해 상

아탑 안에서 확고한 위치를 확보한 사람들이지요. 그러나 그들이 지닌 정의감은 잘못된 것이에요. 그들이 정의로 자부하는 감정은 실상 증오심입니다. 없는 자를 돕는다는 정의감보다는 있는 자를 미워하는 증오심이 진정한 실체입니다. 순진한 학생 시절 선배 학자들이 불어넣어 준 것이지요."

잠시 사이를 두었다가 나는 다시 말을 이었다.

"증오심이란 한 가지 특성이 있어요. 구체적인 대상이 있는 경우 그 전염성이 아주 강하다는 겁니다. 특히 독서량이 적은 젊은 층은 이 전염병에 대해서는 무방비 상태인 셈이지요."

"증오심을 병균에 비유했는데, 그럼 증오심이란 병균을 보유한 환자들은 그것을 어떻게 숨기지요? 숨길 수 있어야만 상대방이 접촉을 허용할 것이고, 그래야 병균을 옮길 수 있을 테니까요."

"그래서 증오심을 품은 젊고 능력 있는 학자들은 자기방어 메커니즘을 알게 모르게 터득한 것 같습니다. 자신의 깊숙한 신념을 나타내는 법이 없지요. 그러니 어떤 의견이든 모든 것을 수용하는 태도를 취할 수 있지요. 그리고 상대방의 의견을 잘 듣는, 좋은 청취자의 역할을 잘해낼 수 있습니다."

"모두가 순진한 젊은이들의 마음을 뺏을 수 있는 요소로 보입니다."

"게다가 그들 마르크스 추종자들은 항상 미소를 짓고 있습니다. 그것이 마음속의 증오심을 숨기는 가장 좋은 방법이니까요. 상대방의 방어를 무너뜨리는 데 가장 효과적인 수단이 미소와 겸손, 즉 겸손이 깃들인 미소임을 잘 알고 있지요."

"겸손이 깃들인 미소…… 순진한 젊은이들의 정신을 무장해제시키는 최고의 무기로군요."

박 작가가 말했다. 그리고 다시 말을 이었다.

"그들 모두가 결국 파우스트 박사의 자식들이로군요. '순진한 젊은이들을 코 꿰어 잘못 인도한 나를 그들은 박사나 교수라고 부른다'라는 파우스트 박사의 독백이 생각나서 하는 말입니다."

"아니지요. 그들은 결코 파우스트 박사의 자식들이 될 수 없습니다. 자신들이 '순진한 젊은이들을 코 꿰어 이리저리 잘못 몰고 다녔다'고 인정할 사람들이 아닙니다."

내가 강한 어조로 말했다.

열하나 지도층의 혐오스러움

"솔직히 말해주십시오. 선생께서는 이런 사실을 다 알고 있으면서 왜 증오주의자들에게 저항을 하지 않았습니까? 최선의 저항 방법은 선생이 쓴 글의 내용이 되겠지요. 선생이 쓴 글에서 그런 저항의식을 느낀 적이 없습니다. 물론 선생의 글을 다 읽었다고는 장담할 수 없지만요."

박 작가가 미안해하는 표정을 지으며 조심스레 말했다. 나 나름대로는 가장 솔직하게 답하기 위해 잠시 생각에 잠겼다.

"이랬던 것 같습니다. 내가 품은 저항의지가 최고조에 달해 글로 표현되지 않으면 안 되었을 즈음에는 다른 이미지가 강하게 떠올라 저항의지를 무력화했지요."

"어떤 이미지인가요?"

박 작가가 의아해하는 시선을 보냈다.

"우리 사회 상류층의 혐오스러움입니다. 우리 사회의 지배층을 이루고 있는 부류의 행태를 돌아보십시오. 한 가지 특색을 들라면 그들이 철저한 먹이사슬로 연결돼 있다는 거지요. 정치하는 사람들은 정치판에서 살아남기 위해 불법적인 정치자금이 필요해서 장사꾼들에게 때문은 손을 벌리고, 장사꾼들은 경쟁에서 이기기 위해서는 탈세를 밥먹듯이 해야 되니 세금쟁이들에게 벌벌 기어야 하고, 세금쟁이들은 무섭게 쌓이는 뇌물이 들통날까봐 두려워서 수사당국의 눈치를 봐야 하고, 수사당국 지휘부는 좋은 자리를 하기 위해 정치인들의 말을 무조건 따라야 하고⋯⋯."

"재미있는 먹이사슬이군요. 그러니까 사회지도층 전체가 한마디로 범죄자들의 소굴이라고 할 수 있군요. 그래서 대권을 잡은 사람에게 무조건 아부할 수밖에 없었고요."

박 작가의 말이 채 끝나기도 전에 나는 말을 이었다. 내 어조에 왠지 모르게 전에는 경험할 수 없었던 분노가 어려 있음을 느꼈다.

"게다가 그늘 범죄자들끼리는 학연, 지연으로 잘 연결되어 있을 뿐만 아니라 그들 간의 정략결혼이 성행해 혈연으로까지 맺어지게 되었지요. 내가 말하는 '먹이사슬'이 그들 범죄집단을 보존하는 '보호막'으로 변형된 셈입니다."

"무서운 일이군요. 그러니까 그런 상류층의 혐오스러움 때문에 이 선생께서는 증오주의자들을 향해 저항을 보일 수 없었다는 거군요. 그런 증오주의자들이 사회를 파멸로 이끈다는 것을 잘 알면서요."

"간단히 얘기하면 그렇습니다. 물론 한 사람의 지식인으로서 무책임한 소리로 들리겠지요. 그러나 지식인도 한 사람의 인간으로서 감정의 동물에 불과합니다."

내 말을 끝으로 우리 두 사람은 잠시 침묵에 잠겼다. 그 침묵을 깬 것은 박 작가였다.

열둘 상생(相生)의 관계

"이상한 생각이 듭니다. 이 선생의 생각이 지식인들 사이에 일반화되었을 때 어떤 현상이 도래할까 생각해보지요. 혐오스러운 상류층 덕택에 증오주의자들이 공격대상에서 벗어날 수 있다는 사실…… 그리고 어쩌면 증오주의자들이 존재해 있기 때문에 혐오스러운 상류층이 살아남을 수 있다는 사실…… 두 사실을 합쳐보면 증오주의자들과 부패한 상류층은 서로를 살아남게 하는 상생관계에 있다고 할 수 있겠군요."

박 작가의 말에 일리가 있었다. 박 작가가 이론을 전개할 기회를 주기 위해서 나는 침묵을 지켰다. 흥미로운 이론이 될 가능성이 보였기 때문이었다.

"양자가 서로 존재하는 데 도움이 됐다면, 순진한 학생들의 태도는 어땠을지 상상이 되는군요. 상류층의 혐오스러움에 대치되는 양심세력으로 증오주의자들을 승격시키지 않았겠습니까?"

나는 계속 침묵했다. 박 작가의 이론이 충격으로 받아들여졌고 동시에 진실임을 깨달았기 때문이었다. 박 작가의 말이 이어졌다.

"치명적인 오류가 바로 거기에 있었습니다. 증오주의자들의 증오심과 상류층의 혐오스러움을 대치하게 했다는 것, 그러나 잠깐 생각해보십시오. 이 선생께서 말한 혐오스러운 상류층은 그 무엇과도 대치할 만한 가치도 없는 집단입니다. 증오주의자들의 증오심리도 마찬가지지요."

"그럼 박 선생께서는 그런 상류층을 어떻게 묘사하겠습니까?"

"인간쓰레기, 부패 세력, 비양심 세력, 기회주의자…… 등으로 묘사할 수 있지요. 그런 사람은 학계에도 흔하고 문단에도 넘쳐납니다. 학생들의 인기를 얻기 위해 A학점만 주어 'A폭격기'라는 별명이 붙은 최고 국립대학 교수는 TV에 열심히 나오면서 휴강을 밥 먹듯 하고, 문학단체의 감투를 쓰기 위해 자유당 시절 저질 정치인들이 하던 짓을 그대로 답습하는 문인들이 얼마나 많습니까? 최고급 식당으로 가족나들이를 하는 것을 자랑으로 여기며 없는 사람들을 멸시하는 족속들…… 다 인간쓰레기들이지요. 건전한 사회가 되려면 제거되어야 할, 건전한 사회가 당연히 제거해야 할 집단이에요."

그 순간 나는 나 자신을 포함한 대부분의 지식인들과 수많은 젊은이들이 범했을 사고의 오류를 절감했다. 그들 혐오스러운 상류층은 인류 역사상 어느 사회에나 존재했을 몹쓸 저질 뚜쟁이에 지나지 않음을 알았다.

"증오주의자들과 혐오스러운 지도층이 상생관계에 있다는 것은 절망적이군요."

근심스러운 어조로 내가 말했다.

"아닙니다. 오히려 희망적입니다. 그들 두 그룹이 상생관계에 있다는 것은 동시에 그들이 '상쇄(相殺)관계'에 있다는 말이니까요. 혐오스러운 상류층이 제거되면 증오주의자들도 자연히 제거될 수 있고, 반면에 증오주의자들이 사라지면 혐오스러운 상류층도 우리 사회에 발붙일데가 없을 겁니다."

"어느 쪽이 쉬운 방법일까요?"

내가 박 작가에게 기대감 속에 물었다.

"증오주의자들을 먼저 퇴치해야겠지요. 그래야 건전

한 세력이 힘을 얻어 사회를 개선하는 과정에서 혐오스러운 상류층을 도태시킬 겁니다."

박 작가가 미소를 지으며 말했다. 그 미소는 내 가슴에 희망을 불어넣어 주었고 동시에 나의 행동을 재촉하는 채찍질로 작용했다. 그때쯤 꽤 늦은 시간이라 가까운 시일 내 다시 만나 이 문제에 대해 진지하게 의논하기로 하고 우리의 대화는 끝이 났다.

열셋 에필로그

　박 작가와의 만남 후 나는 현재의 상황을 살펴볼 기회를 가졌다. 매우 불행한 일이 벌어지고 있다는 것을 알 수 있었다. 지식인의 강자에 대한 저항정신은 시대와 사회를 뛰어넘어 중요한 것이었으나, 어떤 이유 때문인지는 몰라도 우리나라의 경우 그런 저항정신의 숭고한 유산을 어이없게도 좌경 '이데올로기'가 이어받았다는 사실을 깨달았기 때문이었다. 그리고 그 이데올로기가 사회를 극심한 혼란에 빠뜨리고 있을 뿐만 아니라 원래의 숭고한 문학인들의 저항정신마저 퇴색시키고 있는 실정에 처해 있었다.

　좌경 이데올로기가 내포하고 있는 위험성은, 세계 인

구의 반 이상이 이미 경험한 바 있는 참혹한 시행착오를 한반도에서 반복하는 데만 있는 것이 아니다. 좌경 이데올로기가 한반도에서 또 한 번 좌초되는 과정을 거치면서 국력을 소진할 뿐 아니라, 선진국 진입을 위한 필수 요건인 사회 전반에 걸친 개선 및 개혁의 기회를 말살한다는 것이다. 이는 '개혁'과 '좌경'을 혼동한 데서 말미암은 것이다.

그런 이유 때문에 한국사회를 뒤흔드는 '좌경'의 형태뿐만이 아니라 그 출생 과정을 세밀히 관찰하는 것이 '개혁'과 '좌경'을 분리할 수 있는 방법이라고 생각했다. 어떠한 방법이 좋을지 좀 더 시간을 두고 생각해보기로 했다.

제4부

사대주의 지식인

하나 프롤로그

　박진섭 작가를 만나 저녁을 먹으면서 대화를 나눈 지 열흘 정도 지나서였다. 중국 공산당 분야로는 미국 정치 학계에서 인정받는 학자로서, 현재 미국 동부에 소재한 명문대학 정치학과 교수로 있는 60대 초반의 김평일 박사에게서 전화가 왔다.

　김 박사는 안식년을 맞아 중국과 북한을 방문하는 길에 한국에 들러 이미 2주일 정도 머물렀고, 그 동안 부모의 산소도 둘러보고 경주를 비롯한 몇 군데 고도를 방문했으며, 서너 군데 대학에서 초청강연을 했다는 것이었다. 김 박사는 대학 초청강연 때 든 강한 의구심 때문이라며, 다소 어렵지만 큰 부담은 갖지 말라는 말과 함께 한 가지 부탁을 해왔다. 한국의 대학생들이 왜 그렇게 치열한 반미감정을 품고 있는지 나의 의견을 듣고 싶다는 것이었다.

그의 말을 그대로 인용하면, "한국의 대학 캠퍼스의 분위기는 역사상 세계 어느 대학 캠퍼스에서도 느낄 수 없을 정도로 반미감정이 고조되어 있다"는 것이었다. 지난 연말은 미군 장갑차에 의해 사망한 두 여학생을 추모하는 반미 촛불시위[76]로 떠들썩했으므로 그런 반미감정이 놀라운 일은 아니었다.

이러한 한국의 대학 캠퍼스 분위기가 김 박사에게는 몹시 충격적이었음이 틀림없었다. 그의 부탁을 받은 순간 나는 국문과 교수인 30대 후반의 정 교수와 와세다 대학에서 한국문학 강의를 하는 70대 초반의 윤 교수와의 만남을 떠올렸다. 두 사람과의 만남에서 바로 그 문제에 대해 깊숙한 대화를 나누었으므로, 그때 우리가 나눈 대화를 전해주기만 하면 될 성싶어 가벼운 마음으로 그의 부탁을 받아들였다.

그리고 이왕 김 박사를 만나는 김에 물어보고 싶은 것도 있었다. 작금의 한국 대학 캠퍼스 분위기만큼은 아닐지라도 과거 오랜 기간 동안 세계 여러 곳의 지성인 사회에서 반미감정이 표출된 것은 사실인데, 그 이유가 무엇인지 김 박사에게 직접 물어보고 싶었다. 다음은 그와 나눈 대화의 주요 내용이다.

둘 미국의 외교정책

"한국의 대학 캠퍼스의 반미 분위기는 김 박사 말대로 역사상 유래를 찾을 수 없을 정도로 치열합니다. 김 박사로서는 이해하기 힘들었을 겁니다."

식사를 마치고 후식을 들면서 우리의 대화는 본론으로 접어들기 시작했다.

"이해하기 힘들었다기보다 너무나 충격적이었어요. 물론 한국의 캠퍼스 분위기가 세계에서 유일한 것은 아닙니다. 아프리카 대륙의 어느 대학 캠퍼스에서도 치열한 반미 구호가 들리고 있지요. 그렇지만 그 나라들은 일인당 국민소득이 몇 백 달러밖에 안 되는, 유엔이 정한 '절대빈곤'에 속하는 나라들입니다. 한국은 국민소득만 달러를 넘어 선진국 문턱에 있지요. 게다가 한 세대 만에 빈농국에서 산업국으로 탈바꿈한 한국의 경제는 현대사의 한 기적으로 간주되고 있어요. 그런 기적에 미국의 도움이 결정적 공헌을 한 것은 부정할 수 없지요."

"한국 캠퍼스 분위기를 얘기하기 전 한 가지 질문이 있어요. 세계의 지식인 사이에 반미사상이 널리 퍼져 있는 것은 사실이지요. 그런 반미사상의 이유는 무엇이라고 생각합니까?"

김 박사의 전화를 받는 순간 그에게 물어보고 싶은 질문이었다.

"일반적으로 강한 자에 대한 반발, 특히 제국주의 국가에 대한 반발이라고 봐야지요. 과거 제국주의 국가는 잔인했으니까요. 미국의 경우 과거의 제국주의 국가보다는 낫지만요."

"미국이 왜 낫지요?"

"미국은 역사가 200년이 좀 넘는 다민족으로 구성된 이민자의 나라입니다. 그리고 핍박받은 민족인 유대인이 미국 언론을 포함한 여러 분야에 영향력이 크지요. 그리고 미국은 공개된 사회라는 겁니다."

잠시 사이를 두었다가 김 박사가 말을 이었다.

"그런데도 불구하고 존재하는 반미감정의 가장 설득력

있는 이유를 두 가지만 들어보지요. 첫째는 미국 외교의 오만함이고, 둘째는 미국 대중문화의 지배력과 저질성입니다. 미국 외교는 능력(또는 힘)과 오만함의 조합으로, 그 두 가지 즉 능력(competence)과 오만(arrogance)은 저항감을 불러일으키는 조합이라는 겁니다."

김 박사가 예를 들어 설명을 했다.

"그럼, 해결책은 뭘까요?"

"미국 외교가 오만함 대신에 겸손을 택해야 하는데, 개인의 경우와 마찬가지로 그것은 말만큼 쉬운 일은 아니지요. 미국 대중문화의 저질성에 관해서는, 역설적이긴 하지만 흥미로운 이론에 접할 수 있어요. 200여 년의 짧은 역사를 지닌 미국은 다른 나라들과는 달리 '전통문화로부터의 영원한 도망자'일 수밖에 없다는 것입니다."

김 박사가 미소 지으며 말했다.

"그러면 세계 유일 초강국으로 미국이 앞으로 취할 외교노선의 이론적 배경은 무엇일까요? 적어도 수세기 동안 미국의 힘은 점점 더 커지고 거기에 따라 오만함이 줄어들지 않는다면 반미감정은 증가일로일 수밖에 없을 텐데 미국으로서도 외교노선에 어떤 이론적 배경을 세웠으리라고 생각합니다."

"제가 아는 한 그 이론은 다음과 같습니다. 첫째 현재의 주된 국가 형태인 민족국가(nation-state)는 민족의 바탕 위에서 건립된 국가로서 조상과 문화, 언어 등을 공유함으로써 단결면에서는 도시국가에 비해 장점이 있으나 치명적인 약점을 보였습니다. 그것은 1, 2차 세계대전이 증명했듯이 민족(nation)간의 잔인한 학살을 초래했다는 것으로, 민족국가의 형태를 지닌 이상 어쩌면 그 결과는 당연한 것이라는 이론이지요. 그 진정한 이유는 민족이란 공유한 조상에 대한 환상이고, 이웃 국가에 대한 증오심의 공유에 다름 아니라는 것입니다."

"이웃 국가에 대한 증오심의 공유라는 말이 재미있군요. 세계를 돌아보면 일리가 있는 말입니다. 영국과 프랑스, 프랑스와 독일, 독일과 소련, 그리고 동남아시아로 건너와 캄보디아와 베트남, 베트남과 중국, 그리고 아시아로 와서는 일본과 한국, 한국과 중국, 중국과 소련 등…… 분명 이웃이면서 역사적으로는 친하기보다 적대적이었지요."

"바로 그것 때문에 한국은 미국이라는 초강국 우방국가를 필요로 하는 거지요. 인접국인 중국과 일본과는 이해가 상충하는 경우가 많은 반면, 미국은 멀리 떨어져 있어 이해가 상충할 경우가 상대적으로 적으니까요."

김 박사가 강의조로 말한 후 다시 말을 이었다.

"그래서, 민족국가의 약점을 해결하는 방법으로 세계주의(cosmopolitanism)가 대두되었지요. 그러나 유엔 기구가 보여주었듯이 무력함을 벗어나지 못했고 '전쟁을 막을 수 있는 것은 전쟁일 뿐이다'라는 이론을 받아들이면, 유엔이라는 기구가 전쟁을 수행하는, 민족국가를 초월하는 세계국가 형태로 권력을 가질 수 있으나, 그것은 또다른 전횡을 가져올 수 있다는 위험이 있지요."

"해결책이란 존재하지 않을지도 모르겠군요."

내가 의문을 가지고 말했다.

"그래서 '후' 세계주의(post-cosmopolitanism)[77]가 대두되었는데, 세 가지 원칙을 기본으로 하고 있으며 이것이 근본적으로 미국 외교노선이 된다고 봐야겠지요. 그 세 가지는 첫째로 국가 간의 세계적 협조, 즉 '세계가 공익에 공헌하고 공익을 나눈다(global cooperation and benefit sharing)'는 것이고, 둘째는 지역이나 전통이나 정치적 형태의 차별에 앞서 인권(human rights)의 중요성을 강조한다는 것이며, 셋째는 각 민족국가의 자결(self-determination) 원칙을 최우선한다는 것이지요."

김 박사의 설명이 끝난 후 나는 잠시 생각에 잠겼다. 김 박사가 말한, 미국 외교노선의 근간이 되는 세 가지 원칙은 어쩌면 21세기의 새로운 식민지 정책이 될지도 모른다는 생각이 들었다.

 "세 가지 원칙이란 결국 미국이 지닌 힘의 다른 표출이 아닐까요? '세계적인 협조'란 세계 유일 초강국인 미국의 동의여하에 달려 있고, '인권'과 '자결'은 미국을 비롯한 서방 강국의 비교우위지요. 이론적으로나 도덕면으로나, 그럴듯하지만 상대방을 쉽게 설득하기는 힘들지 않나 합니다. 어쩌면 이것을 '양의 탈을 쓴 늑대'처럼 21세기의 새로운 식민지 정책으로 볼 수도 있겠군요."

 내가 이의를 제기했다.

 "좋은 의견입니다. 그런 이론이 악용되면 '양의 탈을 쓴 늑대'일 수도 있지요. 그러나 각국의 자국 이익에 근거한 외교정책보다는 진일보한 것이지요. 예를 들어 1987년 서울에서 민주화 항쟁이 일어나기 전 미국 대통령인 레이건은 전두환 대통령에게 친서를 보내 한국 정부의 계엄령 선포 가능성에 이의를 제기했지요. 미국이 한국 민중의 인권을 전두환 정부의 친미 정책보다 앞세운 경우지요."

 김 박사는 잠시 사이를 두었다가 말을 이었다.

 "한미관계는 그런 면, 즉 한국의 민주화를 도왔다는 면에서도 향상되었어야 하는데 현재 한국 대학의 캠퍼스 분위기가 보이는 반미감정은 도저히 이해가 되지 않습니다."

^셋 지식인의 무지

"그런 대학의 반미 분위기를 깊이 들어가보면 반미는 지엽적인 것이고 반자본주의 내지 친사회주의 사상이 핵심을 이루고 있을 겁니다."

"그 이유가 뭘까요? 공산주의의 피폐가 여실히 드러난 지금 어떻게 그런 현상이 나타날 수 있지요?"

김 박사가 놀란 표정을 지으며 물었다.

"김 박사도 잘 알다시피 모든 현상에는 이유가 없을 수 없지요. 세 가지 이유가 있습니다."

나는 그 세 가지 이유로 1970년대 초의 베트남 전쟁, 예술·문학인과 지식인들의 무지, 그리고 지식인들의 사대주의 사상을 제기했다.

김 박사가 얼른 수첩을 꺼내 적을 준비를 했다. 적지 말고 듣기만 하라는 내 주문에 김 박사는 세 가지 이유만 적고는 수첩을 접었다. 나는 말을 계속했다.

　"먼저 베트남 전쟁부터 얘기하면, 1972년에 이미 미국의 패전 징후가 뚜렷해졌지요. 베트남 전쟁 중 언론을 통해 보도된 미국의 잔학상과, 1972년 파리협상 테이블에 미국 대표와 마주 앉은 월맹 대표들의 위풍당당한 모습에서 한국의 지식인들은 무엇을 느꼈겠습니까?"

　"무엇을 느꼈을까요?"

　김 박사가 되물었다.

　"인도차이나 반도에서 일어난 일이 한반도로 이어지는 것이 필연적이라는 겁니다. 그러니까 같은 아시아권에서 이데올로기로 분단된 나라는 베트남 외에는 한국밖에 없으니까 한국도 적화되리라는 확신을 가졌지요. 그래서 이왕 올 것을 가장 빠른 시일 내에 그리고 가장 적은 희생을 치르면서 이루어지도록 노력하는 것이 지식인의 의무라고 받아들였지요."

　나는 지난번 만났던 정 교수의 의견을 전해주었다.

　"이 선생의 말을 듣고 있으려니 반세기 전의 얘기를 반복해 듣는 것 같습니다. 그 당시 세계의 많은 지식인들이 그런 얘기를 했지요. '노동자의 수가 월등히 많

으므로 세계의 공산화는 피할 수 없는, 즉 인에비터블
(inevitable)한 것이니까 그 과정을 촉진시키는 것이 지식인
의 성스러운 의무다'라는 것이었지요."

그 순간 나는 얼마 전 대화에서 정 교수가 한 말을 다
시 듣고 있는 듯한 착각이 들었다. 정 교수도 '필연성'과
'지식인의 의무'에 대해 언급했기 때문이었다.

"한국의 지식인들은 그런 역사적 상황을 잘 알고 있었
다고 생각합니다. 그래서 아마 그런 '필연성'의 이론이
나온 것일 테지요."

"한국 대학 캠퍼스 분위기가 반미사상을 보이게 된 두
번째 이유가 지식인들의 무지라고 했지요? 그 이유가 궁
금하군요. 어떤 의미에서 한국의 지식인들이 무지하다고
생각합니까?"

"공산주의 국가에 대한 무지함입니다. 한국 좌경 지식
인들은 공산주의 국가에 관한 진실하고도 다양한 정보를
접하려고 하는 것이 아니라 자신의 의견을 뒷받침할 자
료를 선택해서 접하는 버릇이지요."

"그것은 세계 좌경 지식인들의 공통된 약점이었습니
다. 또 한 가지 공통적인 약점은 모스크바의 지시라면
무조건 따른다는 거지요. 지식인의 독립적인 사고를 포
기하면서까지요……."

김 박사가 내 말에 덧붙여 말했다.

"모스크바의 지시라고 했나요? 서방의 좌경 지식인들도 독립적인 사고를 하기보다 모스크바의 지시만 무조건 따랐었군요. 너무나 놀랍습니다. 그 이유가 뭐였을까요?"

강한 의구심을 가지고 내가 물었다.

"모스크바로부터의 지시는 바로 일인 권력자인 스탈린의 지시로 받아들여지지요. 일인 절대권력자로서 다른 사람의 지시일 수가 없습니다. 스탈린의 교시를 거역하는 순간 어떤 지식인이라도 혁명에 반동하는 반동분자로 낙인찍히게 되지요."

"겁나는 일이 있습니다. 한국의 좌경 지식인들도 평양으로부터의 지시를 김정일의 교시로 받아들이지 않을까 하는 생각이 드는군요."

"그렇게 받아들일 겁니다."

김 박사가 자신 있게 말했다. 우리 사이에 잠시 침묵이 흘렀다.

"한국 지식인의 무지가 드러난 예로 어떤 것이 있을까요?"

김 박사가 침묵을 깼다.

"한국 지식인의 무지에 대한 한 가지 예를 들자면 모

스크바에 대한 정보를 들 수 있지요. 김 박사도 알다시피 '철의 장막'이 쳐진 이후 소련에 대한 지식은 소수의 채널을 통해 서방세계에 전해졌지요. 가장 잘 알려진 책은 앙드레 지드의『소련기행』이었잖습니까?"

"그랬지요. 앙드레 지드가 1936년에 그 책을 발간하기 전에는 '소련이 세계 인류의 희망'이라고 단언했지요."

"그가 소련을 방문한 후 왜 생각이 바뀌었지요?"

"그 책 한 부분에 이런 구절이 있지요. '소련은 히틀러의 독일을 포함하더라도 세계에서 가장 자유가 없고, 가장 억압적이고 가장 공포에 차 있고 가장 군신관계에 있는 나라다'라고요. 'And I doubt whether in any other country in the world, even Hitler's Germany, thought be less free, more bowed down, more fearful(terrorized), more vassalized.' 어때요? 충분히 설명이 되지 않습니까?"

김 박사가 나에게 동의를 구하듯 말했다.

"그 책이 서방세계의 많은 지식인들의 생각을 바꾸었지요?"

"열렬한 공산주의 신봉자였던 젊은 사르트르[78]가 그 책을 읽고 공산주의를 포기했다고 할 정도로 그 책의 영향력은 컸지요."

"불행하게도 한국의 지식인들은 앙드레 지드의 『소련기행』보다 1947년에 출판된 이태준[79]의 『소련기행』을 더 믿기로 마음먹은 것 같아요. 이태준의 『소련기행』 앞부분에 앙드레 지드의 말을 인용한 부분이 있는데도 불구하고요."

"어떤 말을 인용했나요?"

김 박사가 더 자세한 내용을 물었다.

"이태준이 붉은 광장을 방문하기 10년 전 붉은 광장에 서 있었던 고리키의 장례식에서 앙드레 지드가 한 말이었지요. 그런데도 한국의 지식인들은 학생들에게 앙드레 지드보다 이태준의 『소련기행』을 적극 권했습니다. 이태준이란 작가는 순수문학 작가로 분류되었으므로 순진한 문학도들에게 그의 영향력은 지대했습니다. 특히 이태준의 책이 남한에서는 금서였으므로 그 영향력은 더했지요."

"이태준의 『소련기행』을 읽은 적은 없습니다. 어떤 책인가요?"

"1946년 평양의 조소문화협회에서 주선한 소련 방문 때 씌어진 것이지요. 그 책의 내용 중 기억나는 몇 가지 대목만 얘기하지요(대화의 내용은 다음의 정확한 인용문과는 다소 달랐음을 명기해둔다). '이 도시엔 저녁먹이를 위해 인육을 판다거나 병든 부모가 창백한 여공 딸의 품삯이나 기다리고 누워 있는 그런 불행한 식구나 암담한 가정은 없다'라든지 '플라톤 이후…… 모든 사회개혁가들의 꿈은 꿈대로 사라져버리고 말았으되, 마르크스와 레닌주의의 소비에트는 비로소 인류의 정의감정과 개혁사상이 꿈이 아니란 실증의 기초를 이 지구 위에 뿌리 깊이 박아놓은 것이다'라든지 '저렇게 솔직하고 남을 신뢰 잘하는 (모스크바) 사람들을 만일 생존경쟁이 악랄한 자본주의 사회에 갖다놓는다면 어떻게 살까 싶다' 등이지요."

"이태준이라는 작가의 『소련기행』 내용 중 방금 인용한 세 문장을 기억하는 특별한 이유라도 있습니까? 그냥 궁금해서요. 어떤 글이나 책 중에서 특정 부분을 기억한다면 의식이든 무의식이든 보통 그 이유가 있게 마련이지요."

김 박사가 호기심이 어린 표정으로 물었다.

"글쎄요. 한번 생각해봐야 되겠는데요…… 아마 이런 이유인 것 같습니다. 순진한 젊은이들에게 호소력이 있는 부분이기 때문이겠지요. 첫 번째 인용문 중 '인육을 판다'는 내용은 젊은이들이 잘 알고 있는 자본주의 사회의 도덕적 피폐를 지적한 것이지요. 두 번째 인용문 중 '개혁사상이 꿈이 아닌 실증'이라는 말은 젊은이들의 개혁의지에 불을 지피는 격이고요. 마지막 인용문 중 '상호 경쟁이 악랄한 자본주의 사회'라는 대목은 자본주의 사회에서 경쟁에 시달리는 젊은이들에게 경쟁에서 해방될 수 있는 길을 보여주고 있지요."

"좋은 지적입니다. 젊은 시절의 나라도 그 글을 읽고 매혹되었을 겁니다. 그런데 한 가지 질문이 있습니다."

김 박사가 잠시 생각에 잠겼다가 말을 계속했다.

"이태준이라는 작가가『소련기행』을 1947년에 썼다고 했지요?"

김 박사의 질문에 내가 고개를 끄덕였다.

"그럼, 앙드레 지드의『소련기행』보다 11년 후에 씌어진 것이로군요. 그러면 작가가 북한에 거주하고 있을 때 아닙니까?"

내가 다시 고개를 끄덕였다.

"솔직하게 자신의 생각을 말할 수 없는 처지였겠지요."

"당연하지요."

"그럴 줄 알면서 그 책의 내용을 믿는다는 것은 학자적 양심에 어긋나지 않습니까?"

잠시 사이를 두었다가 김 박사가 말을 이었다.

"양심적인 학자로서 학생들이 그 책을 읽지 않도록 해

야지요. 만일 읽기를 권했다면 다른 이유가 있었을 겁니다. 혹시 좌경 지식인들이 학생들의 좌경화를 시도한 것이 아니었을까요?"

"내 생각에는 많은 좌경 지식인들이 이태준의 글에 동조했다고 생각합니다."

"그럼, 한국의 지식인들이 1970년대 이후에도 이 글의 내용을 믿을 만큼 세상에 대해 그렇게 무지했다는 건가요?"

김 박사가 놀란 표정을 지었다.

"무지했다고도 할 수 있고 자신이 원하는 환상에 빠져 그 환상에서 벗어나기를 거부했다고도 볼 수 있지요."

"그럼 그런 지식인들이 베를린 장벽[80]이 무너지고 공산주의 국가의 치부가 적나라하게 드러난 지금 자신들의 행동을 뉘우치거나 실제로 솔직히 사죄한 경우는 없나요? 그것이 진정한 지식인의 양심이지 않을까요? 그들에 의해 잘못 인도된 순진한 젊은이들에게 올바른 길을 가르쳐주는 것이 양심 있는 지식인의 의무가 아닙니까?"

"그런 의무감을 갖는 지식인이 많으면 좋으련만 불행하게도 손꼽을 정도로 소수입니다. 참회하기는커녕 오히려 부가가치를 더 인정해달라고 아우성을 치는 경우가 대부분이지요."

그 순간 나는 얼마 전 대화에서 정 교수가 한 말을 떠올렸다. '부가가치'란 단어는 '몰염치함'의 뉘앙스를 잘 나타내는 절묘한 단어인 것 같았다.

"무엇에 대한 부가가치를 의미합니까?"

"해직 교수가 되었다고…… 구치소에서 며칠 지낸 적이 있다고…… 무슨 무슨 성명서에 용기 있게 서명을 한 적이 있다고…… 승진 기회를 놓쳤다고…… 무엇보다 위험을 무릅쓰고 순진한 학생들의 머리에 마르크스·레닌주의나 주체사상을 불어넣어 주었다고 그것에 대한 부가가치를 요구하지요."

내가 빈정대는 투로 말했다.

"그러니까 어처구니없게도 참회를 해야 할 사람들이 오히려 큰소리를 치고 있는 셈이군요…… 하기야 어느 나라에서나 그것이 지식인들의 특성이라고 할 수 있지요. 자기밖에 모르는 사람들이니까요. 그래요…… 사실 공산주의 혁명이란 '자기밖에 모르는' 지식인들이 '자기를 모르는' 노동자들을 부추겨 희생을 강요하는 것이라 할 수 있지요. 한국의 지식인들 중 진정하게 참회하는 이들이 없다는 사실이 너무나 놀랍습니다. 지식인이 지켜야 할 최후의 보루는 자신의 잘못이 판명되었을 경우 그것을 솔직히 인정하는 거지요."

지식인의 후회

"참회라기보다 자신의 잘못을 솔직히 인정한 예는 있습니다. 베를린 장벽이 무너진 얼마 후 제가 존경하는 국문학자 한 분이 이런 말을 했습니다. '내가 글을 쓰는 목적은, 글로써 세계를 바람직한 쪽으로 바꾸기 위한 것이었다. 그런데 베를린 장벽이 무너진 후 더 이상 글을 쓰지 못할 것 같다'라고 했습니다. 물론 '바람직한 쪽'은 사회주의를 뜻합니다. 그리고 '베를린 장벽의 무너짐'은 자신이 목적으로 한 '바람직한 쪽'이 아주 '잘못된 쪽'이라는 사실을 깨달았음을 인정한 겁니다."

그나마 양심적인 그 국문학자를 떠올리며 내가 말했다.

"그런 학자가 한 사람이라도 더 나타나면 좋겠습니다. 물론 한국 사정에서 쉬운 일이 아니겠지요."

김 박사의 말을 끝으로 우리 사이에 다시 침묵이 찾아왔다. 김 박사가 수첩을 꺼내 펼쳐보면서 말문을 열었다.

"한국 대학 캠퍼스 분위기가 반미사상을 드러내게 된 마지막 이유가 지식인들의 사대주의 사상이라고 했지요? 그건 어떻게 설명됩니까? 지식인의 사대주의……쉽게 이해하기 힘든 단어군요."

"1970년대 초면 30대 후반인 문학인들이 문단의 중추를 이루었을 때지요. 그들은 1945년 해방 당시 10세에서 13세 정도였으니까 일제강점기에 초등학교를 다닌 경우입니다. 글 읽기로는 일어가 국어처럼 편안했기 때문에 일본어 출판물을 늘 가까이 하면서 지낸 사람들입니다. 자연히 일본 지식인에게 주눅이 들어 있었지요. 그런 상황에서 일본의 일간지 문화지면이 한국의 체제저항 문학을 집중적으로 조명해주었지요."

그 순간 나는 얼마 전 와세다 대학의 윤 교수와 나눈 대화를 떠올리고 있었다.

"그 이유는 뭡니까?"

"일본 지식인들의 반미사상을 우회적으로 표현한 것이라고도 하고, 또는 과거 자신들의 식민지였던 국가의 정부를 비하하려는 일본 지식인들의 오만함의 간접적 표현이라고도 하지요."

"반미사상보다 오만함이 더 설득력이 있게 들립니다. 자신들의 식민지였던 나라가, 어쨌든 놀라운 경제발전을 하고 있었으니까요."

김 박사가 미소 지으며 말했다.

"그러니까 식민지 근성에 젖은 한국의 지식인들이 일본의 좌경 지식인들이 치는 장단에 완전히 놀아난 거지요. 1970년대 초반 당시 일본 유수 일간지의 문화면에 자신의 작품이 소개될 수 있다면 언제라도 감옥에 갈 각오가 되어 있는 문학인이 대부분이었을 겁니다."

"식민지 지식인의 한계라고 볼 수 있겠군요. 식민지 근성이란 쉽사리 없어질 수 있는 게 아니니까 '근성'이라는 꼬리를 붙였겠지요. 그러나 큰 걱정을 할 필요는 없을 것 같네요. 그들은 머지않아 사라질 세대니까요."

"불행하게도 그들이 사라지기 전에 한국문학에 치명적인 상처를 입힌 셈입니다. 정신적인 왜곡이므로 회복되는 데 얼마나 오랜 시일이 필요할지 모르겠습니다."

"한국문학이 어떤 상처를 입었나요?"

김 박사의 물음에 대한 답으로 나는 지난번 정 교수와의 대화에서 언급된 두 시인의 시를 예로 들어 꽤 길게 설명해주었다. 김 박사가 심한 충격을 받은 듯 침묵을 하다가 다시 말문을 열었다.

"2500년 전에 플라톤이 시에 대해서 한 말이 생각납니다. 그가 말하기를 '시는 사람의 마음을 왜곡시키므로 선량한 인간으로 남으려면 시를 피해야 한다'고 했지요. 그래서 그는 대화체로만 글을 썼어요. 플라톤이 방금 전이 선생이 말한 시를 들었다면, '그 시를 읽은 모든 사람은 악인이 될 수밖에 없다'라고 공언했을 겁니다."

김 박사가 너털웃음을 지으며 말했다.

"그것뿐만 아닙니다. 일본의 대표적인 좌경 지식인 잡지인 『세카이』는 한국의 지식인들 사이에 주체사상을 파급하는 데 앞장섰지요. 『세카이』지의 영향은 일본어를 아는 지식인에게 한정된 것이 아닙니다. 우리글로 몰래 번역되어, 일본어를 모르는 문학인들에게까지 필독서의 하나로 인정받았지요. 그 잡지를 정독한 어느 중견 작가는 실제로 평양을 지대한 파라다이스로 착각하고 있을 정도였으니까요. 일본의 양심적 지식인 누구누구가 쓴 글이니까 진실이라고 굳게 믿은 것이지요."

"1989년 베를린 장벽이 무너지고 공산주의 국가의 치부가 드러난 후에는 어떻게 되었습니까?"

김 박사가 나에게 더 자세히 말하기를 독촉했다.

"양심적인 지식인은 투쟁 현장에서 조용히 물러났습니다. 자신들이 품은 공산주의에 대한 희망이 잘못된 지식 때문이었다는 것을 깨달았으니까요. 그런데 그것을 알고도 물러나지 않는 지식인들이 많습니다. 주로 젊은 학자들이지요."

"그들의 목적은 무엇이라고 생각합니까?"

"유혈입니다. 노동자들을 크레인으로 올려 보내든지, 화염병을 소지하고 컴퓨터실을 점령하게끔 부추기든지, 또는 학생들이 전경을 향해 철제 파이프를 휘두르게 하거나 화염병을 던지도록 사주하는 자들은 유혈을 원합니다. 노동자와 학생들의 유혈이지요. 자기들은 상아탑 안에 앉아 있으면서 느긋한 마음으로 노동자나 학생들을 보낸 현장에 유혈이 낭자하기를 기다리고 있어요. 유혈이 왜 필요한지 아십니까?"

"유혈로 무엇을 성취하려는지 짐작이 갑니다."

김 박사가 고개를 끄덕이며 말했다.

"혁명입니다. 젊은이들의 가슴에 분노의 불을 지펴서 그 분노가 유혈을 이끌어내면 그 '위대한' 혁명은 현실화가 가능하다고 보지요."

"지금부터 반세기 전 세계의 좌경 지식인들이 똑같은 수법을 썼지요. 그래서 양심적인 지식인들이 공산주의에서 멀어진 겁니다. 좌경 지식인들은 안전한 곳에 있으면서 노동자와 학생들의 희생을 요구했습니다. 노동자와 학생들의 희생이 혁명을 위해 필요하다고 믿었지요."

김 박사가 굳은 표정으로 말했다.

"그래서 반세기 전 서양의 양심적인 지식인들이 좌경 지식인들을 혐오한 것은 당연한 것이었군요. 그래서 공산주의를 포기했고요. 그러니까 한국의 젊은 좌경 지식인들이 반세기 전에 좌익 지식인들이 사용한 수법을 그대로 이용한 거군요."

"그들 젊은 지식인들은 어디서 읽었거나 누구에게서 들었을 겁니다."

"그럼, 그것조차 사대주의 사상이로군요. 반세기 전의 수법을 그대로 답습하려는 발상이 너무나 놀랍습니다. 아마 그것이 그들의 수준이라고 봐야겠군요. 그들의 독서 질이나 방향이 그렇게 편향되었을 테니까요."

우리 사이에 침묵이 찾아왔다. 김 박사가 무슨 생각인지 깊이 빠져 있는 듯해 나는 아무 말도 하지 않았다. 잠시 후 김 박사가 자세를 고쳐 앉으며 입을 열었다.

"한국에서는 그런 좌경세력이 어느 면에서는 필요하지 않았을까요?"

김 박사의 말에 내가 설명을 요구하는 시선을 보냈다.

"독재체제에 저항하는 세력으로서 좌경세력의 존재를 정당화할 수 있지 않을까요? 실제 남한에서는 독재체제가 존재해 있었으니까요. 한 사람의 지식인으로서 독재체제에 저항하는 것이 지식인의 의무 아닐까요?"

"설득력 있는 주장입니다. 하지만 그들 중 많은 지식인들이 독재체제의 대안으로 마음속에 품고 있었던 것은 민주체제가 아니라 그 당시 남한의 독재체제와는 비교할 수도 없는 극심한 독재를 근간으로 하는 북한의 주체체제였습니다."

"주체체제라기보다 주체종교집단이라고 하는 것이 더 맞는 말일 겁니다."

김 박사가 힘주어 말했다.

"주체종교라면 그 종교의 신은 김일성인가요?"

"주체사상에 의하면 김일성은 기독교의 예수보다 한 단계 위의 유일신입니다. 기독교의 아버지이자 유일신인 하나님과 같은 수준이지요. 김일성의 아들인 김정일이 기독교의 예수와 비교될 수 있습니다. 그리고 실제 그런 취급을 받지요. 중세기 기독교도 이러지는 않았습니다. 김일성을 대하면 살아 있는 신을 대하듯이 제대로 시선을 주지도 못하고 감격하여 울든지, 두 팔을 들어 목청껏 부르짖든지, 혹은 김일성의 벌린 팔에 달려가 어린아

이처럼 안겨 감복해하는 행동을 해야 했지요."

김 박사가 두 팔을 흔들며 소리치는 흉내를 냈다.

"1989년도에 남한의 저명한 목사가 김일성의 벌린 팔에 달려가 안겨 감복해하는 장면이 TV 화면에 비친 것을 본 적이 있어요."

"나도 그 장면을 미국에서 보고 너무나 놀랐습니다. 그 순간 그 목사는 기독교의 아버지인 하나님을 버리고 주체종교의 김일성의 품에 안긴 겁니다."

김 박사가 어이없어하는 표정 속에 말했다.

"그러니까, 그 순간 그는 목숨을 바쳐 주체종교를 세계에, 일단 남한에 포교하는 전도사의 역할을 자처한 셈이군요."

"그렇지요. 기독교의 세계화를 이루어낸 주체종교의 '바울'[81]이 되기를 선언한 행위라고 볼 수 있지요. 기독교의 세계화를 성공시킨 사람이 바로 바울이니까요."

"그 목사가 주체종교의 바울이 되려고 했다는 것은 흥미로운 추리군요. 그러나 가슴속 깊숙이 자리잡고 있는 의문을 없앨 수는 없네요. 그 의문은 이런 겁니다. 김일성의 품 안에 뛰어든 저명한 목사도 있지만, 순진한 학생들을 주체사상의 신봉자로 만드는 저명한 학자들을 저 개인적으로도 알고 있습니다. 그들 학자들은 학생들을 주체사상으로 무자비할 정도로 몰아넣은 것 이외에는, 학문 추구에도 다른 학자들에 비해 뛰어나고 도덕적으로도 흠잡을 데 없으며, 행동거지는 뭇사람의 모범이 될 수 있는 사람들이 대부분이라는 겁니다."

나는 잠시 사이를 두었다가 말을 이었다.

"학생들이 그런 학자들의 말을 따르는 가장 큰 이유는, 그들이 순진해서 판단력이 부족하다거나 주체사상에 대한 매력 때문이 아니라 그런 학자들의 고매함이 더 크다고 할 수 있습니다. 인격의 고매함은 아무리 순진한 젊은이들이라고 해도 식별할 수 있거든요. 오히려 젊은이들의 순진함이 인격의 고매함을 꿰뚫어볼 수 있는 원동력이 될 수도 있습니다."

다소 우려감 속에서 내가 말했다.

다섯 자기도취증

　"어버이 수령 품에 뛰어든 저명한 목사와 순진한 젊은이들을 주체사상 쪽으로 몰고 간 학자들을 정신분석학에서는 아마 나르시시즘(narcissism)[82], 즉 자기도취증에 포함시킬 겁니다. 나르시시즘을 보통 자기중심주의(egocentrism)라고 하지요."

　김 박사가 더 논의를 전개시키며 말했다.

　"김 박사는 나르시시즘의 특징을 뭐라고 생각하지요?"

　"쉽게 말하면 그런 사람들은 자기 자신을 누구보다도 사랑하는 자들입니다. 그래서 아주 잘못된 우월감을 갖게 되지요. 잘못된 우월감은 매사가 불평의 근원이 될 수 있고, 궁극적으로는 시기심을 유발하게 됩니다. 시기심은 어떤 방법으로든지 발산이 되어야만 합니다. 그냥 마음속에 품고 있으면 숨통을 죄지요. 이 시기심을 없애는 방법이 뭘까요?"

김 박사가 나에게 질문을 던지며 답을 요구해왔다.

"김일성이라는 유일신의 품속에서 어린아이가 되어 뛰어놀든지, 순진한 젊은이들을 주체종교의 제단으로 몰아냄으로써 가능하다는 말은 아니겠지요? 사실 바로 그들 자신이 시기심의 대상이 될 만한 사람들이지 시기를 할 사람들은 아니거든요."

"맞는 말입니다. 그들은 그들 분야에서 가장 뛰어난 사람들임이 틀림없습니다. 그래도 그들에게는 모든 것이 시기의 대상, 그것도 참기 힘든 극심한 시기의 대상으로 보입니다. 그것이 바로 정신병리학에서 그들을 나르시시스트(narcissist), 즉 자기도취증 환자로 구분하는 이유입니다. 다른 말로 하면 자기 사랑이 지나친 사람들이지요."

"자기애란 인간이면 누구나 가지고 있지 않습니까? 그리고 자기를 사랑할 수 있어야만 다른 사람들을 사랑할 수 있다는 주장이 있지요."

내가 이의를 제기했다.

"자기애는 필요한 겁니다. 자기를 사랑한다고 다른 사

236

람을 향한 사랑이 줄어드는 제로섬(zero-sum) 게임[83]이 아니고, 사랑이란 속성 자체가 자신을 사랑하면 오히려 다른 사람을 향한 사랑이 더 커질 수 있지요. 정신분석학에서 나르시시스트로 정의된 사람은 전자에 속한, 제로섬 게임에 속하는 사람들입니다."

김 박사가 나르시시스트의 속성을 짚어 말했다.

"그 사람들이 들으면 몹시 화를 낼 말이군요. 각 분야에서 최고의 지성으로 일컬어지는 사람들이 자기도취증 환자로 취급된다면……. 그들은 아마 자신들이 가장 양심 있는 민주주의 신봉자라고 주장할 겁니다. 그런 사람들을 어떤 말로 반박할 수 있을까요?"

"선생이 아까 말한 대로, 순수한 민주주의 신봉자라면 김일성 부자의 독재를 정당화하는 주체사상에 더 강한 저항을 보였어야지요. 김일성 부자 체제하의 북한사회가 민주주의와는 정반대인, 거대한 수용소와 같다는 것은 누구나 알고 있는데 그들이 모를 리 없지 않습니까? 그것을 알면서도 주체사상을 떠받드는 것은, 그들의 미움의 대상인 남한 상류층의 적이 바로 북한의 공산체제이기 때문입니다."

"그들이 현재의 북한사회를 염두에 두기보다 공산주의 자체에 매력을 느껴 일단 젊은이들에게 공산주의 사상을 주입하기 위해 주체사상을 받아들였다고 주장한다면, 그들의 주장을 어떻게 반박할 수 있나요?"

김 박사의 의견이 궁금해서 던진 질문이었다.

"공산주의 체제하의 극심한 모순이 드러난 이상 학생들을 바로잡도록 노력했어야지요. 그것이 몇 년 전까지 베일에 가려졌던 공산주의 국가에 대한 그들의 무지를 보상하는 도덕적 의무이며, 그 의무를 수행하는 것이 지식인의 양심이라고 반박해야 합니다."

"그러나 그들 대부분은 과거 자신들의 잘못된 학문적 자세를 허무맹랑한 새로운 이론을 도입해 적당히 얼버무리든지 그냥 입을 다물어버렸지요."

"바로 그 점이 그들이 주체사상을 떠받든 이유가 그들이 증오하는 남한 상류층의 적이 북한의 김일성이기 때문이라는 것을 증명하는 겁니다."

김 박사가 강한 어조로 말했다.

"우리 순진한 젊은이들이 코 꿰어 잘못 끌려가 누구에게도 유도될 수 없는 유도탄이 되어 위험하게 날아다니고 있는 셈이군요."

"궤도를 벗어난 유도탄이 어디서 폭발하게 될지 아무도 예측할 수 없는 상황과 같습니다."

"그들 주체사상에 세뇌된 젊은이들의 효용성을 주장

하는 사람도 있습니다. 그들이 흔히 드는 예는 한반도의 남북 대치 상황 아래서 무력충돌의 가능성을 줄일 수 있다는 거지요. 남한에서 주체사상, 즉 김일성 부자체제를 지지하는 무시할 수 없는 세력이 존재한다면 북한이 남북 대화에 좀 더 적극성을 띨 수 있다는 이론입니다. 북한의 개방은 그들의 자신감이 선제조건이라는 거지요."

"일리가 있습니다. 북한은 적화 가능성을 가늠한 후 자신이 유리하다고 판단될 경우 남북 협력에 적극적으로 나오겠지요. 그런 의미에서 남한의 주체세력 존재는 분명히 그들에게 자신감을 줄 겁니다. 그러나 동시에 큰 위험성을 내포하고 있습니다."

"어떤 위험성인가요?"

내가 긴장감 속에서 물었다.

"김정일 집단이 오판을 해 도박을 할 수 있다는 거지요. 역사를 되돌아보면 오판에 의해 전쟁을 일으킨 경우가 너무나 많습니다. 좋은 예가 히틀러의 소련 침공이었지요. 히틀러는 전쟁이 시작되면 볼셰비키 정권에 불만을 품은 소련 시민이 반란을 일으킬 줄 믿었지요."

"한국전쟁도 남한의 막강한 남로당[84] 세력의 존재를 믿은 김일성의 오판 때문이었을지 모릅니다."

나는 잠시 생각에 잠겼다가 다시 말문을 열었다.

"또 한 가지 그들이 내세운 이론이 있습니다. 그들 젊은 세력이 한국사회에 긍정적인 영향을 끼친다는 이론이지요. 남한의 기득권 세력이 워낙 오랜 기간 동안 부패했기 때문에, 기득권 세력의 정화작업에는 이런 순수한 젊은이들의 목소리가 필요하다는 겁니다. 이런 젊은이들이 잘못 인도되긴 했지만 깨끗함은 잃어버리지 않았다는 거지요."

이 주장에 대한 김 박사의 반응이 궁금했다. 사실 이 주장이 나를 혼란에 빠지게 했던 것이다.

"그것도 맞는 얘기입니다. 그렇지만 그들 젊은이들이 한반도의 남북 간의 긴장을 줄이는 데 공헌하고 현 기득권 세력을 정화하는 데도 중요한 영향력을 발휘한다면, 그들이 그런 영향력을 행사하는 과정에서 더 큰 세력권으로 발전하겠지요? 의회에 진출하고 언론계에 종사하고 예술계를 이끌어가고…… 이런 식이겠지요. 그리고 자신들이 애초에 잘못 세뇌되었다는 사실은 잊어버릴 겁니다. 누구도 그들에게 그것을 지적하지 않을 것이고, 그들의 주체사상 신봉이 단결의 원동력이었으니까요. 그런 그들이 그 다음으로 시도하려는 것은 무엇일까요?"

"글쎄요. 좀 더 과감한 개혁정책이 아닐까요? 혁명에 가까울 정도로……."

내가 말을 끝맺지 못하고 머뭇거렸다.

"바로 그겁니다. 그들이 권력을 잡으면 정의구현과 개혁의 깃발 아래 혁명을 시도할 겁니다. 그들 순진하고도 과격한 젊은이들의 그러한 시도는 역사에서 여러 번 있었습니다. 러시아의 볼셰비키파가 그랬고, 이탈리아의 파시즘과 독일의 나치당이 그랬고, 캄보디아의 폴 포트 정권이 그러했고, 중국의 문화대혁명이 그러했습니다."

"왜 그들이 정치적 시도를 하리라 확신합니까?"

나는 김 박사가 가진 확신의 근거가 궁금하여 질문을 던졌다.

"정치권력이란 마약과 같은 중독성이 있기 때문이지요. 마약중독자가 점점 강도 높은 마약을 요구하듯이 정치권력은 더 큰 권력을 요구하게 됩니다."

"그들 이상주의자들에게 정치적 시도를 한번 허용해 보자는 주장도 지식인 사회 일각에서는 일어나고 있습니다."

"문제는 그들이 사회에 주는 피해가 회복 불능의 상태로까지 갈 수 있다는 겁니다. 그렇게까진 악화되지 않더라도, 그들 이상주의자들의 무모한 시도의 진정한 피해자는 결국 노동자와 서민층일 겁니다."

"그런 이상주의자들을 견제하는 방법은 없나요?"

"애초에 그들을 잘못 인도한 이들이 젊은이들에게 그들이 식민지 근성의 희생자라는 사실을 깨닫도록 해야지요. 주체사상에 어떤 형태로든 호감을 보인 선배 학자들은 결코 양심적인 민주주의 신봉자가 아닐 뿐만 아니라 삐뚤어진 정신의 소유자, 즉 미움과 시기심의 희생자임이 인정되어야지요."

김 박사가 전망을 제시하며 말했다.

"한마디로 상아탑에서의 '역사 바로잡기'가 있어야 된다는 거군요. 그러나 그들이 쉽게 받아들이지 않을 겁니다. 그들은 오히려 자신들이 남북관계를 개선시킨 지식인, 혹은 구세대의 부패를 청산하는 데 공헌한 지식인이라고 주장하겠지요."

"그들이 결과적으로 그런 역할을 어느 정도 했다면, 그것이 우연이었음을 깨달아야지요. 우연이라기보다 '과실에 의해 만들어진 영웅'임을 스스로 인정하도록 해야합니다. 그렇지 않을 경우, 그들은 무서운 오류를 범할가능성이 농후합니다."

"어떤 오류를 범할 가능성이 있습니까?"

"순진한 젊은이들을 동원해 이상향을 만들려고 할 겁니다."

"그렇지만 그들이 '과실에 의해 만들어진 영웅'이 되었다 하더라도 구시대의 부정부패를 제거하는 데 중요한 역할을 한다면 그들이 권력의 핵심을 이룰 가능성은 있습니다."

나는 충분히 그럴 가능성이 있다는 판단이 들었다.

여섯 암흑향

"그럴 가능성도 있지요. 만일 그들이 권력의 핵심을 이룬다면 새로운 젊은 세대를 동원해 이상향을 이루려고 하겠지요."

"어떤 이상향이 될까요?"

'이상향'이라는 말이 의심쩍어 내가 물었다.

"그러나 결과는 이상향 대신 결국 암흑향을 가져올 겁니다."

"어떤 암흑향일까요?"

내가 다시 물었다.

"지식인 이상주의자들이 과거에 인류에게 몰고 온 지옥을 예로 들어보지요. 과격한 젊은이들이 러시아 볼셰비키를 이끌면서 무자비한 비밀경찰이 등장했지요. 무솔리니하의 파시즘은 검은 셔츠를 입은 20세 전후의 청년 행동당원에 의해 권력을 휘둘렀고, 히틀러의 나치당은 갈색 셔츠의 청년 돌격대에 의해 경쟁자들을 힘으로 부숴버렸지요. 노망기에 접어든 마오쩌둥 치하의 문화대혁명은 모든 전통과 문화를 무자비하게 파괴하는 18세 전후의 홍위병에 의해 시도되었고, 캄보디아였던 크메르 루주(Khmer Rouge), 즉 '붉은 크메르'는 13, 14세 정도의 농민의 아들로 이루어진 물불 가리지 않는 전사들을 앞세워 전쟁을 치렀습니다. 세상살이를 경험하지 않은 순진한 젊은이들에게 추상적인 이상을 심어주면 그 허상을 위해 기꺼이 목숨을 바치며 어떠한 잔인한 짓이라도 할 수 있다는 사실을 역사는 여실히 증명하고 있습니다."

"캄보디아의 킬링필드는 아마 역사상 가장 잔혹한 만행이었을 겁니다. 그리고 그 만행을 지휘한 폴 포트가 프랑스에 유학한 적이 있는 인텔리라는 사실은 너무나 충격적이지요."

내 말에 김 박사가 고개를 끄덕였다.

"폴 포트는 이상주의자이지요."

"그런 이상주의자가 어떻게 그런 만행을 저지를 수 있지요?"

"지식인이고 이상주의자이기 때문에 가능한 것이라고 봐야지요. 지식인이란 잘못된 것이라도 자신만의 확신을 가질 수 있고, 고지식한 이상주의자는 '이상'을 위해서라면 어떠한 희생이라도 치러야 된다고 믿는 사람입니다."

"너무나 잔혹한 역사적 사건이었습니다. 더구나 그런 잔인한 사건들이 순진한 젊은이들의 행동으로 이루어졌다는 사실에 전율을 느끼게 되는군요…… 김 박사는 그럼 한국에서도 그런 일이 일어날 가능성이 있다고 봅니까?"

나는 생각만 해도 끔찍한 상황이 혹시 한국에서 재현될까봐 두려움 속에서 물었다.

"전혀 없다고는 할 수 없지요. 언론의 자유, 경제 수준, 자유의 경험 등 여러 가지 조건을 감안하면 그런 사건이 일어난 다른 나라와는 뚜렷한 차이가 있습니다. 하지만 주체사상이라는 엉뚱한 사상을 인간 중심의 철학이니 뭐니 떠들어대며 숭배하는 젊은이들이 많다는 사실을 상기해보십시오."

"소름이 끼치는군요. 그러한 잔인한 사건들이 일어날 가능성을 전혀 배제할 수는 없군요. 아니, 오히려 이 추세대로 간다면 그러한 일이 일어날 가능성이 많다고 봐야지요."

"10여 년 전 미국에서 한국 주요 일간지에 난 정말로 놀라운 기사를 읽었습니다. 대학생 운동조직의 계보를 ML파, 주사파, 민족민주파로 그린 도표를 보고 너무나 놀란 적이 있습니다. 사회주의 국가도 아닌 한국에서, 그리고 공산주의 국가의 비참한 실정이 백일하에 드러나고 있는 이 시점에서, 마르크스·레닌파니, 주체사상파니, 민족민주파라고 대학생 운동조직이 나뉘져 있다는 사실이 경이롭기까지 했습니다. 미국 상아탑에서는 이제 마르크스·레닌은 흘러간 슬픈 역사가 되어버렸거든요."

"순진한 젊은이들을 그렇게 만든 사람들이 누구입니까! 괴테의 『파우스트』는 '사람들은 나를 우습게도 교수와 박사라고 부른다. 과거 10년 동안 수많은 순진한 젊은이들을 코 꿰어 이리저리 잘못 몰고 다녔다고!'라는 참회로 시작되지요. 그들을 나르시시스트. 자기도취증 환자로 묘사한 김 박사의 말은 전적으로 공감합니다. 그들은 자신의 시기심이나 무지 때문에 젊은이들을 코 꿰어지난 30년 동안 이리저리 몰고 다녔습니다. 그러나 한국의 박사나 교수들은 파우스트 박사처럼 참회하기는커녕 눈썹 하나 까딱하지 않고 오히려 양심적인 지식인을 자처하며 더 큰 영향력을 행세하려 듭니다. 그들이 건재하는 이상 앞으로 어떤 불행한 일이 일어날지 모릅니다. 그들의 후계자들은 여전히 '코 꿰어 이리저리 끌고 다닐' 새로운 젊은이들을 계속 찾고 있으니까요."

나는 치솟는 분노를 누르며 간신히 말했다.

"지난번 한국에 왔을 때 국제정치 분야 세미나에 참석한 적이 있었어요. 세미나가 끝난 후 참석했던 교포 학자들과 한국 학자들 간의 비공식 모임이 있었습니다. 그곳에서 우리의 대화는 자연히 남북 문제로 이어졌지요. 한 가지 놀라운 점은 그들 모두가 김정일 이름으로 발표한 논문에 대해 너무나 정통하다는 거였어요. 그리고 주체철학에 대해서 김정일 이름으로 발표된 논문을 김정일이 직접 썼다고 믿고 있었지요. 그들 사이에서는 김정일이 뚜렷한 철학자로서 인정되고 있더군요. 미국에서는 김정일 이름으로 발표된 주체철학에 관한 논문을 김정일 본인이 썼다고 믿는 사람은 아무도 없습니다."

김 박사가 말했다. 내가 의아해하는 표정을 짓자 김 박사가 부연설명을 했다.

"1980년 김일성은 김정일에게 주체철학의 수호자 역할을 맡겼습니다. 그때 김정일이 김일성의 후계자로 지명된 것으로 봐야 할 겁니다. 그때부터 모든 주체철학에 관한 주요 논문은 김정일 이름으로 발표되었지요."

"김정일은 영화광이라면서요. 서부 활극 영화를 특히 좋아한다더군요."

"김정일은 최근 영화 중「글레디에이터」를 제일 좋아한다고 합니다. 그는 영화 필름뿐만 아니라 방대한 뉴스 필름 보관소를 가지고 있지요. 그 중에는 거대한 군중과 군사 퍼레이드 필름도 많습니다. 당연히 스탈린을 우상화하는 필름과, 이탈리아의 무솔리니, 그리고 나치의 히틀러를 우상화하는 뉴스 필름도 있지요. 그것을 그대로 모방해 거대한 군중동원이나 군사 퍼레이드를 벌이고, 또 뉴스 필름을 통해 김일성의 우상화에 성공한 것이 김일성의 후계자 자리를 차지하게 된 주된 이유입니다."

"김정일의 치적으로 무엇을 들 수 있나요?"

혹시 내가 모르는 김정일의 또 다른 면모가 있을지 몰라 질문을 던졌다.

"뚜렷한 치적이라고는 없어요. 젊을 때부터 노동당의 선전 선동부에 소속되면서 혁명가극[85]과 영화에 주력해 왔지요. 특히 북한이 자랑하는 가극인「꽃 파는 처녀」[86]와「피바다」[87]는 김정일의 창작극으로 인정되고 있으며, 그 가극 덕택에 혁명 1세대로부터 천재성을 인정받았다는 설이 있습니다."

"노동당의 선전 선동부라면 심리전의 두뇌 역할을 하

는 곳 아닙니까? 그곳에서 젊은 시절을 보냈다면 민중의 마음을 읽는 데 고도의 훈련을 쌓은 사람이라 봐야 되겠 군요."

"그렇다고 봐야지요. 김일성의 동지인 혁명 1세대들의 마음을 잘 읽고 그들을 특별히 잘 대해주어 환심을 산 것 같습니다. 김정일은 눈치가 빠르고 정치적 센스도 있 고 거기다가 보스 기질도 갖추고 있는 것 같습니다."

잠시 사이를 두었다가 김 박사가 말을 이었다.

"미국의 마피아[88] 영화를 보면 마피아 패밀리 내의 역 학관계가 잘 나타나 있지요. 아마 김일성·김정일을 보 스로 한 북한의 지도층은 미국의 마피아 조직과 유사하 리라 봅니다."

"김정일 측근도 마피아 조직처럼 그렇게 부패했을까 요?"

"그렇다고 봐야지요. 아시다시피 절대권력은 절대로 부패하게 되어 있습니다. 김정일 측근이 얼마나 심하게 부패했을지 상상할 수 없을 정도일 겁니다."

"김정일이 중국 등소평의 선례를 따라 과감한 개방 정 책을 펼칠 가능성은 없나요?"

"과감한 개방 정책을 쓸 가능성은 희박합니다. 김정일 은 현재 너무나 신성화되어 있어요. 북한 주민에게는 인간보다 신에 가깝지요. 과감한 개방은 신의 존재의 부인, 즉 김정일 자신의 몰락을 가지고 오리라는 사실을 그도 잘 알고 있을 테니까요."

잠시 사이를 두었다가 김 박사가 말을 이었다.

"아, 참, 세미나가 있었던 날, 뒤풀이에서 정말 놀라운 일이 일어났습니다. 그 다음날까지도 제 귀와 눈을 믿을 수 없었으니까요"

"어떤 일이 일어났습니까?"

뒷일이 궁금해 내가 물었다.

"맥주집에 있던 젊은 학자들이 경쟁적으로 김정일 이름으로 발표된 논문에 대한 토론을 벌였는데, 취기가 오르면서 그 열기가 더해갔지요. 그때 너무나 놀라운 일이 일어났습니다. 어떤 젊은 여자가 자리에서 벌떡 일어나 반대쪽에 있는 남자를 향해 삿대질을 하는 거예요. 그리고 소리쳤지요. '당장 말 취소하시오. 김정일이가 아니고 김정일 장군님이라고 하십시오'라고 '장군님'을 강조하며 소리쳤습니다. 나는 그 여자를 보았지만, 별로 취한 것 같지도 않았어요. 나중에 안 일이지만 그 여자는 어느 명문 사범대학에 강사로 있다고 하더군요."

김 박사가 걱정스러운 눈빛으로 말했다.

적의 적은 친구

"충분히 가능한 일입니다. 요즘 대학의 분위기가 그 정도니까요. 아마 그 젊은 강사도 '장군님'을 강조한 자신의 행동이 후에 교수 자리에 오르는 데 도움이 된다고 생각했을 거예요."

내가 미소를 지으며 말했다.

"너무나 놀라운 일이군요. 그런 사람이 강의실에서는 어떤 말을 할지 상상이 가지 않습니다. 그리고 그런 강사에게서 강의를 받은 학생들이 나중에 교사가 되어 초·중·고등학교에 갔을 때 어떤 일이 일어날지…… 또 그런 교육을 초등학교 때부터 받은 어린아이들이 어떤 사상체계를 형성해갈지…… 생각만 해도 무서워지는군요."

252

"지금 말씀하신 그 고리, 즉 대학의 강의실에서 초등학교 교실로 이어지는 그 고리를 지적인 이론 전개를 무기로 삼아 끊어야지요. 그 고리를 끊을 수 있는 사람은 역시 지식인밖에 없습니다."

김 박사가 말한 후 잠시 생각에 잠겼다가 말을 이었다.

"참으로 이해할 수 없는 일입니다. 다른 나라의 젊은이들은 1917년 러시아의 볼셰비키 혁명이 성공하고 난 후 1989년 동구권의 몰락 전까지 유럽, 아프리카, 아시아, 남아메리카의 모든 대륙에서 마르크스·레닌주의라는 이상을 좇아 희생을 기꺼이 감수했습니다. 그러나 그들은 1980년대 말 공산주의 사회의 참혹함과 불공평과 부패함이 늘어난 후 그 이상을 미련 없이 버렸지요. 모스크바 대학의 학생들까지 마르크스·레닌주의를 버렸습니다. 그런데 오직 한반도의 젊은이들만이 마르크스·레닌의 이상주의를 버리지 못하고 있습니다."

"버리기는커녕 주체사상과 이상하게 혼합되어 더 기승을 부리고 있지요."

나의 말에 김 박사가 골똘히 생각에 잠기는 듯하다가 입을 열었다.

"마르크스·레닌주의와 주체사상에 관한 무지 때문이

아닐까요? 마르크스·레닌주의는 비밀경찰에 대한 공포와 극심한 게으름을 의미하고, 주체사상은 그 공포에다가 가혹한 영양실조를 의미한다는 것이 사실로 드러난 이 시점에서 어째서 한국의 젊은이들이 마르크스·레닌주의와 주체사상에 미련을 두고 있는지 도무지 이해가 되지 않습니다. 한국의 젊은이들이 특히 우둔하거나 외부 소식과 두절된 상태라면 몰라도, 그렇지 않지 않습니까?"

"'젊은이들을 코 꿰어 잘못된 곳으로 인도한' 파우스트 같은 사람들이 식민지 근성에 젖은 구세대 지식인과 서구의 신사대주의 사상에 젖은 인문 분야의 신세대 지식인, 이 두 집단이 의기투합해 마력을 발휘한 거지요."

"어떤 마력을 발휘했을까요?"

"서방 자본주의식 민주주의 방식에서 마르크스·레닌과 주체사상 쪽으로 젊은이들을 이동시키기는 어렵지 않았습니다. 미국 자본주의식 민주주의의 약점을 지적만 하면 되고, 그러한 약점의 산증거는 일간지의 기사면 충분하니까요. 한 제도의 약점이 드러나면 드러날수록 다른 쪽으로 대안을 삼게 되지요. 자본주의식 민주주의와 공산주의의 가장 큰 차이점은 한쪽은 사회의 약점이 뉴스 가치가 있고, 다른 쪽은 사회의 모범만이 뉴스 가치가 있는 거라고 할 수 있지요."

김 박사의 질문에 내가 단호하게 답했다.

"그 말을 들으니 공산주의의 몰락이 시작된 후 로마 교황이 한 말이 생각납니다. '환자의 병보다 병을 고치려는 약이 훨씬 더 위험했다.' 자본주의의 폐해는 인정하지만 그것을 박멸하려고 처방한 공산주의라는 약은, 자본주의의 병을 치료하기보다 인간사회 자체를 파괴해버렸다는 거지요."

"정말로 명언입니다. 핵심은 바로 그겁니다. 영국의 처칠 수상은 이런 말을 남겼지요. '민주주의란 가장 나쁜 정부의 형태다. 모든 다른 정부 형태를 제외한다면…… (Democracy is the worst form of government, except for all other forms of the goverments).' 이 말의 핵심은 자본주의식 민주주의는 약점투성이지만 다른 제도는 그것보다 더 나쁘다는 거지요. 부정적인 태도로 사회를 바라보는 사람들에게는 아주 유익한 말입니다."

내 말을 마지막으로 우리의 대화는 끝이 났다. 꽤 늦은 시간이 되어 우리는 헤어졌다. 그리고 헤어지기 전 한 가지 약속을 했다. 현재의 잘못된 한국의 일부 젊은이들의 사상체계를 고칠 수 있는 방법에 대해 서로 의견을 교환하자는 것이었다.

여덟 에필로그

2003년 2월 새 정부가 출범했다. 선거 결과가 나온 후 얼마 동안 사회 일각에서 떠돌았던 불안감을 뒤로하고, 새 정부의 출발은 일반적으로 축제 분위기에서 이루어졌다고 할 수 있었다. 선거의 불완전함과 막대한 사회적 비용에도 불구하고 자유선거로 표출되는 정치적 갈등이 국민적 합의를 이루어내는 유일한 길임을 다시 한 번 실감했다.

그리고 지난번 박 작가와의 대화 후 내린 결론인, "증오심을 단절하는 방법 또한 문학인에 의해 문학을 통해 이루어져야 한다"는 말에 대해 신중히 생각해보았다. 그리고 그것이 말처럼 쉬운 일은 아님을 깨달았다. 좌경사상을 고무한, 문학의 월계관이 잘못 씌워진 문학군은 수 십 년에 걸쳐 방대한 양에 달하고 있었기에 짧은 시간 내 그와 비견할 성과를 이룬다는 것은 거의 불가능하기 때문 이다.

그러나 한편으로 전혀 불가능한 일은 아니라는 생각도 들었다. 픽션보다 논리 전개에 치중한 글을 독자에 노출 시킬 수 있다면 가능하다고 보았다. 그래서 나는 중요한 결정을 내렸다. 이때까지 네 사람의 지식인과 나눈 대화 를 내용으로 대화체의 소설을 쓰기로 한 것이었다.

이 글은 소설 형식이고 대화 위주의 논리 전개에 주안 점을 두고 있다. 하지만 지식수준이나 세대 차이에 상 관없이 쉽게 읽을 수 있다면 충분히 독자들에게 내가 이 글을 쓰게 된 동기가 전달되리라 보았다.

이러한 대화체 방식은 플라톤으로부터 시작되어 '유 토피아'라는 단어를 처음 창안한 소설인 토머스 모어의 『유토피아』(1516년)[89]에서도 사용되었다. 논리 전개 소설 형식의 글이기 때문에 무엇보다 좌경사상의 모태가 증 오심이라는 것이 논리적으로 증명되어야 하고, 또한 증 오심의 생성과정과 그것을 전파하는 매체와 그 매체의 동기가 적나라하게 노출되어야 한다고 보았다. 그렇게 함으로써 다음과 같은 소기의 목적을 달성할 수 있다고 생각했다.

첫째, 젊은이들을 좌경으로 오도한 지식인들의 수법을 밝힘으로써 더 이상 그런 수법을 사용하지 못하도록 하고,

둘째, 오도된 젊은이들의 자각을 불러일으키거나 그들의 영향력을 축소시키며,

셋째, 건전한 사회 개선의 주역으로 침묵하는 다수의 젊은 사회인들의 사회 참여를 유도함으로써 우리의 사회에서 증오심이 설 자리가 없도록 하는 것이다.

프랑스의 시인 보들레르[90]는 『악의 꽃』에 실린 「증오의 물통」[91]이라는 시에서 증오심을, 목이 잘리면 그 잘린 곳에 두 개의 머리가 다시 자라나는 괴물인 '칠두사(七頭蛇)'에 비유했다. 증오심이란 결코 만족할 수 없는 실체라는 것을 묘사하기 위한 비유다.

문제는 바로 이 점, '만족할 수 없는' 데에 있다. 그들의 증오심을 만족시키면 그것이 줄어들기는커녕 더 많이 만족시켜야 할 더 큰 증오심이 생성된다는 것이다.

더구나 사회 일각에서는 이러한 증오심을 정의감, 용기, 양식과 혼동해 존경의 대상으로 삼는 경향까지 있다. 그리고 이러한 증오심은 문학 분야의 지식인에 의해

258

문학이라는 매체를 통해 생성 전파되었다는 사실에 주목할 필요가 있다. 따라서 그런 악용된 문학이 존재하는 한 증오심은 끊임없이 세대를 초월해 전파될 위험성이 있다는 데 우리 모두 유념해야 할 것이다.

편집자주

*2005년 발표 당시의 내용 그대로 게재했음을 밝힌다.

1. 오사마 빈 라덴(Osama bin Laden, 1957~) 사우디아라
비아 출신으로 국제 테러리스트 조직 알카에다의 지도자이다. 부유한
가정환경에서 성장했으며, 킹압둘아지즈 대학에 입학해 1981년 경제
학 및 행정학 학위를 받았다. 대학 재학 당시 이슬람교 스승들의 영향
을 받아 정치와 종교에 관심을 가지게 됐다. 1979년 소련이 아프가니
스탄을 침공하자 전쟁에 참가했고, 부패한 사우디아라비아 정부에 실
망, 1993년 무슬림 전사들을 주축으로 한 '알카에다'라는 테러 조직을
결성했다.

이후 빈 라덴은 아프가니스탄에 본거지를 둔 알카에다를 중심으로
전 세계 이슬람 테러 조직에 자금을 지원하는 역할을 한 것으로 알려졌
다. 1996년 미국 국무부의 '주요 테러 재정 지원자'로 지목됐고, 1998년
8월 224명이 사망한 케냐와 탄자니아의 미국 대사관 폭탄 테러의 배후
로도 지목됐다. 급기야 2001년 9월 11일 미국 맨해튼 쌍둥이 빌딩과 국
방부에 가한 테러의 배후로 알려지면서 전 세계의 주목을 끌었다. 2001
년 10월 7일 미국과 영국은 빈 라덴을 잡고 알카에다를 소탕하며 그 조
직에 은신처를 제공하는 탈레반 정권을 축출하기 위해 아프가니스탄을
공격했다. 초현대식 무기와 압도적 화력으로 무장한 미군의 공습에 의
해 탈레반 부대는 쉽게 궤멸해버렸지만, 현재 빈 라덴은 여전히 건재한
상태로 파키스탄과 아프가니스탄 양국 국경에 은신해 있다.

2. 탈레반(Taleban) 1994년 아프가니스탄 남부 칸다하르
에서 결성한 수니파(派) 무장 이슬람 정치조직으로서 지도자 무하마드
오마르를 중심으로 결속해 마침내 1997년 정권을 장악했다. 아프가니
스탄의 정권을 잡았을 당시 반군조직을 무장 해제시키고 약탈과 강도,

부정부패를 일소하는 데 힘써 전통적인 아프가니스탄 부족의 지지를 받았다. 그러나 이슬람교에 대한 엄격한 해석으로 지나친 남녀차별 정책, 아동학대, 불교 유적과 불상들을 부수는 유적파괴 행위 등 많은 부작용을 낳음으로써 세계로부터 강한 비판을 받았다.

2001년 9월 11일 발생한 미국 대폭발테러 사건의 배후자인 국제 테러리스트 빈 라덴과 그의 추종 조직인 알카에다를 숨겨줌으로써 급기야 아프가니스탄 전쟁으로 이어졌다. 같은 해 10월 7일부터 시작된 미군과 영국군의 합동 공격으로 인해 대부분의 공군기지와 지휘본부, 방공망과 방송시설이 파괴됐음에도 여전히 빈 라덴을 인도하지 않고, 계속 항쟁 의지를 밝히면서 성전(聖戰, 지하드)을 촉구했다. 그러나 2001년 11월 탈레반 정권이 무너지고 여러 정파가 참여한 임시정부가 구성됐다. 현재 탈레반은 파키스탄과 아프가니스탄 접경지역으로 숨어들어 세력을 키우고 있다.

3. 남북작가대회 2005년 7월 20~25일 평양·백두산·묘향산 등지에서 남북한 문인 2백여 명이 참석한 가운데 열린 '6·15남북공동선언 실천을 위한 민족작가대회'를 지칭한다. 민족문학작가회의 등 남한의 여러 문학단체와 북한의 조선작가동맹이 2004년 8월 열기로 합의했으나 남북관계 경색으로 연기돼오다가 비로소 열린, 분단 후 최초의 남북 문인들의 만남이다. 행사는 20일 오후 평양 본대회, 21일 평양 관광, 22일 '통일문학의 새벽' 예행연습, 23일 백두산 천지에서의 '통일문학의 새벽' 행사와 저녁 묘향산에서 '민족문학의 밤' 행사, 24일 평양 폐막연회 순으로 진행됐다.

4. 김남주(金南柱, 1946~1994) 시인이자 재야운동가. 전남대학교 재학 시절부터 3선개헌과 유신헌법에 반대하는 학생운동을 적

극적으로 수도했다. 1973년 국가보안법 혐의로 복역하고 대학에서 제적당했다. 이후 「진혼가」 등 7편의 시를 『창작과비평』에 발표하며 문학활동을 시작했다. 1980년 남민전 사건으로 다시 징역 15년을 언도받고 복역 중 1984년 첫 시집 『진혼가』를 출판했다. 1987년 6월항쟁 이후 석방되어 민족문학작가회의의 상임 이사를 맡으면서 활발한 문학 활동과 재야 활동을 병행했다. 주요 시집으로 『진혼가』 『나의 칼 나의 피』 『조국은 하나다』 『솔직히 말하자』 『사상의 거처』 『이 좋은 세상에』 『나와 함께 모든 노래가 사라진다면』 등이 있다.

5. 「조국은 하나다」: 김남주의 시 　“조국은 하나다”/이것이 나의 슬로건이다/꿈속에서가 아니라 이제는 생시에/남 모르게 아니라 이제는 공공연하게/“조국은 하나다”/권력의 눈 앞에서 양키 점령군의 총구 앞에서/자본가 개들의 이빨 앞에서/“조국은 하나다”/이것이 나의 슬로건이다// …… //목을 베기에 안성맞춤인 ㄱ자형의 낫위에 쓰리라/등을 찍어내리기에 안성맞춤인 곡괭이 위에 쓰리라/배를 쑤시기에 안성맞춤인 죽창 위에 쓰리라/마빡을 까기에 안성맞춤인 도끼 위에 쓰리라/아메리카 카우보이와 자본가의 국경인 삼팔선 위에도 쓰리라/조국은 하나다라고/ ……

| **제1부** |

6. 주체사상(主體思想) 　김일성이 1930년에 창시하고 김정일이 이론적으로 심화시켰다는 김일성의 혁명사상. ‘혁명과 건설에 관한 이론적·방법론적 전일체계’로 정의되고 있다. 북한에서 주체사상은 정치·경제·사회·문화·외교·군사 등 사회 모든 분야를 규정·지배하는 통치이념으로 기능하고 있다.

'주체'는 하나의 사상·철학으로서 제기됐다기보다는 당시 1950년대 중반 김일성이 대외환경 변화에 적절히 대응하면서 내부적으로 반대파를 숙청하고 1인 독재체제를 구축하기 위한 명분논리로서 제시됐다. 이 같은 배경 속에서 나온 '주체'는 1972년 12월 채택된 '사회주의헌법'에서 공식 통치이념으로 규정됐다.

 김정일에 의하면 주체사상은 철학적 원리, 사회역사원리, 지도원칙 등의 3개 부분으로 구성된다. 철학적 원리는 일명 '사람중심의 철학'으로 불리는 것으로 한마디로 "사람이 모든 것의 주인이며 모든 것을 결정한다"는 것이며, 사회역사원리는 "혁명과 건설의 주인은 인민대중이며, 혁명과 건설을 추동하는 힘도 인민대중에게 있다"는 논리이다. 또한 지도원칙은 혁명과 건설에서 '주인다운 태도'를 가질 것을 요구하는데 이는 자주적 입장과 창조적 입장을 견지하는 것을 의미한다. 여기에서 자주적 입장을 견지하기 위한 '지도적 지침'은 사상에서 주체, 정치에서 자주, 경제에서 자립, 국방에서 자위 등을 구현하는 것이며, '창조적 입장'을 견지하는 지도적 지침은 인민대중에 의거하는 방법, 실정에 맞게 하는 방법 등이라고 설명하고 있다.

 7. 브루스 커밍스(Bruce Cumings, 1943~) 시카고 대학의 석좌교수. 전공은 한국근현대사와 동아시아 국제관계로서 '비판적 아시아학'의 대표적 인물이다. 브루스 커밍스 교수가 1982년과 1990년에 펴낸 『한국전쟁의 기원』 1, 2권은 미국 정부의 방대한 미공개 자료를 토대로 수정주의적 관점에서 동족상잔의 원인과 배경을 분석한 책이다. 남침설과 북침설이 맞서온 한국전쟁 연구에 새 시각을 제시, 1980년대 국내 소장학자들의 진보적 한국사 연구에 동인을 제공했다.

 8. 마르크스주의(Marxism) 19세기 독일의 철학자·경제

학자·언론인·혁명가였던 마르크스와 엥겔스에 기반을 둔 사회이론 및 정치 행위이다. 레닌에 따르면 마르크스의 사상과 학설의 체계인 마르크스주의는 19세기의 3가지 정신적 주조(主潮), 즉 독일의 고전철학, 영국의 고전경제학 및 프랑스의 혁명적 학설과 결합된 프랑스 사회주의를 그 원천 또는 구성부분으로 하고 있다.

소련의 『철학교정』에 따르면 마르크스의 철학적 유물론과 변증법적 유물론은 그의 학설의 모든 구성부분을 꿰뚫고 있으며, 레닌은 경제학의 전체를 근본으로부터 개조하는 일, 즉 역사·철학·자연과학 및 노동계급의 정책과 전술 등에 유물론적 변증법을 적용하는 일이 마르크스와 엥겔스의 가장 큰 관심사였다. 그러므로 마르크스는 노동가치설을 설명원리로 삼고 잉여가치론을 분석장치로 삼아 자본주의의 경제적 운동법칙을 밝힘으로써 그 필연적 멸망을 증명하는 데에 반생을 바쳤다.

이 같은 이론체계에 입각해 마르크스는 노동자계급이야말로 혁명의 유일한 주체세력이라고 믿었으며, 이 계급의 계급투쟁으로 폭력에 의한 혁명을 일으킴으로써 계급이 없는 이상사회를 건설할 수 있다고 주장했다. 마르크스주의는 그의 사후 K.카우츠키에 의한 사회민주주의와 레닌에 의한 마르크스-레닌주의로 갈라졌다. 마르크스-레닌주의는 1956년 소련공산당 제20차 대회의 수정과 그에 이은 유러커뮤니즘의 강력한 비판으로 결정적 시련에 봉착했다. 사회민주주의는 1951년 7월 프랑크푸르트 선언을 계기로 새로 등장한 민주사회주의에 의해 전면적으로 대치됐다. 따라서 지난 1세기 이상을 두고 사회사상·정치사상·혁명사상에 커다란 영향을 끼쳐온 마르크스주의는 종언을 고하게 됐다.

9. 칼 포퍼(Karl Raimund Popper, 1902~1994)　　오스트리아

빈 출신의 영국 철학자로, 런던 정치경제대학의 교수를 역임했다. 최초의 저서 『탐구의 논리』(1934)에서, 과학(지식)은 합리적인 가설의 제기와 그 반증(비판)을 통해 시행착오적으로 성장한다는 '비판적 합리주의'의 인식론을 제창했다. 그 후 이러한 기본사상을 바탕으로 사회과학론·역사론·인간론 등을 전개했는데, '실수로부터 배움'으로써 진리에 접근한다는 생각은 현대의 지적(知的) 세계에 광범한 영향을 미쳤다. 특히 비판적 합리주의에 입각해 파시즘과 마르크시즘을 정면으로 비판했다. 이 밖에 『열린 사회와 그 적들』『추측과 반박』『객관적 지식』 등의 저서가 있다.

10. 『자본론(Das Kapital)』 마르크스가 독일에서 저술한 정치경제학 논문. 자본주의와 당대 경제학자들의 이론들을 분석한 책으로 주로 영국의 고전파 경제학과 영국 사회에 대한 비판을 담고 있는데, 내용은 1859년 발간된 마르크스의 저서 『정치경제학 비판을 위하여』의 연장선상에 놓여 있다.

『자본론』은 총 3권으로 구성되어 있는데, 1권은 자본의 생산과정, 2권은 자본의 유통과정, 3권은 자본주의적 생산의 총과정이 부제로 붙어 있다. 1권은 1867년 나왔으며, 2, 3권은 엥겔스가 마르크스의 유고를 모아 집필, 각각 1885년과 1894년 발간됐다. 전체가 엄밀한 변증법적 논리에 의해 전개되고 있으며, 자본주의 사회의 경제적 운동법칙을 명확히 함을 목적으로 하는 것으로, 그것을 가장 간단하고 추상적인 경제학의 범주인 상품분석에서부터 시작하고 있다. 자본주의 사회의 세포적 존재인 상품 속에 사회의 모순이 집약적으로 제시되어 있다고 생각했기 때문이다.

11. 『공산당 선언』 국제적 노동자 조직인 '공산주의자 동

맹'의 의뢰로 1847년 마르크스와 엥겔스가 저술한 이론적 · 실천적 강령. 이듬해 2월 런던에서 독일어로 정식 출판됐으며, 전 4장으로 구성되어 있다.

『공산당 선언』은 생산방식이 사회 제도의 성격을 규정하며 정치와 사회적 사상의식의 기초로 된다는 유물사관의 원리가 천명되어 있으며, 자본주의 사회의 기본 모순, 자본주의 멸망의 불가피성과 사회주의 · 공산주의 승리의 필연성을 주장하고 있다. 본 강령은 프롤레타리아 혁명을 포함해 무산계급 사회를 겨냥한 일련의 행동을 권장했다. 이는 1917년 러시아에서 레닌에 의해 가장 탁월한 방식으로 발현됐다. 『공산당 선언』은 제2차 세계대전 이후, 1960~1970년대 사이 냉전이 한창이던 시기 지식인층을 대상으로 전 세계로 퍼져나갔다.

12. 『독일 이데올로기(German Ideology)』 1845년에서 1846년 사이에 엥겔스와 마르크스가 공동 집필한 저서. 청년헤겔학파의 철학비판을 통해, 마르크스주의의 역사관인 유물사관의 골격을 확립했다. 『독일 이데올로기』는 마르크스와 엥겔스의 이전 저작인 『경제학 · 철학 초고』와 『신성가족』의 연장으로, 이 저작에서 비로소 역사 이해를 위한 유물론적 방법론이 사회 구조 및 역사 발전의 일관된 체계로서 서술됐다. 이 책에 이르러 완성된 형태로 나타난 사적 유물론을 두고 엥겔스는 후에 사회주의를 공상에서 과학으로 바꾸는 중차대한 역할을 수행한 이론이라고 말한 바 있다.

13. 헤겔(Georg Wilhelm Friedrich Hegel, 1770~1831) 관념철학을 대표하는 독일의 철학자. 슈투트가르트 출생으로 뒤빙겐 대학 신학과를 다녔으며, 1801년 예나 대학 강사가 됐다. 1807년에 최초의 주저 『정신현상학』을 내놓아 독자적 입장을 굳혔으며, 두 번째 저서

『논리학』(1812~1816)은 뉘른베르크의 김나지움 교장으로 간 이후, 세 번째 저서 『엔치클로페디』(1817)는 하이델베르크 대학 교수로 재직시 저술했다. 마지막 주저 『법철학 강요』(1821)는 베를린 대학 교수가 된 후 내놓았는데, 이때 유력한 헤겔학파가 형성되어 그의 철학은 국내외에 널리 전파됐다.

헤겔 철학의 역사적 의의는 18세기의 합리주의적 계몽사상의 한계를 통찰하고 '역사'가 지니는 의미에 눈을 돌린 데 있다. 헤겔은 현실이란 인간이 마음대로 바꿀 수 있는 것이 아니며, 역사의 발전 과정은 그 자신의 법칙에 의해 필연적으로 정해졌다고 생각했다.

헤겔은 이러한 근본사상을 바탕으로 장대한 철학체계를 수립했다. 그 체계는 논리학·자연철학·정신철학의 3부로 구성됐는데, 이 전 체계를 일관하는 방법이 모든 사물의 전개를 정(正)·반(反)·합(合)의 3단계로 나누는 변증법(辨證法)이었다. 헤겔에 의하면 정신이야말로 절대자인 반면 자연은 절대자가 자기를 외화(外化)한 것에 불과하다.

14. 「밤길」: 김남주의 시　　나를 보더니 보자마자 고선생이/남주야 남주야 다급하게 부르더니/다짜고짜 나를 데리고 근처 다방으로 갔다/거기 어디 구석지고 으슥한 데에 나를 앉혀놓고/은밀하게 타일렀다//너 말이야 앞으로 조심 좀 있어야겠더라/어제 말이야 우연히 저쪽 사람 하나를 만났는데 말이야/그 사람 말을 그대로 옮겨볼 것 같으면 말이야/감옥에서 나와서까지 남주가/그런 식으로 말을 하고 다니고/그런 식으로 글을 쓰고 하면/우리들이 곤란하다고 그러더라/출옥하고 나서 그동안 2년 동안/나는 이런 소리를 여러 차례 들어왔다/ …… /오늘은 어디 싸구려 여인숙에나 가서 자고 갈까/이런 계산을 하면서 나는 나에게 물어보았다/어떤 식으로 내가 글을 쓰고 말을 하고 다녔길래 그들을 곤란하게 했을까/어떤 식으로 내가 말을 하

고 글을 써야 그들을 곤란에서 벗어나게 할 수 있을까

15. 고은(高銀, 1933~)　　본명은 고은태(高銀泰). 시인이자 소설가. 군산중학교 4학년에 다닐 무렵 한국전쟁이 발발해 학교를 그만둔 이후 그 어떤 교육기관에도 적을 두지 않았다. 1952년 입산해 일초(一超)라는 법명을 받고 불교의 승려가 된 이후 10년간 참선과 방랑을 거듭하며 시를 쓰기 시작했다.

1958년 『현대시』에 「폐결핵」을 발표하며 등단한 이후, 1960년 첫 시집 『피안감성(彼岸感性)』을 내고 1962년 환속해 본격적인 시작활동에 몰두했다. 1974년 펴낸 『문의마을에 가서』를 기준으로, 그의 전기 시들은 허무의 정서, 생에 대한 절망, 죽음에 대한 심미적인 탐닉이 주를 이루는 반면 후기 시들은 시대상황에 대한 비판과 현실에 대한 투쟁의지를 담고 있다.

세계 각국에서 그가 잘 알려진 것은 노벨문학상 후보라는 것 이전에 그의 시가 20여 개국에 번역되어 많은 영감을 주고 있다는 점 때문이다. 주요 시집으로 『피안감성』 『새노야』 『문의마을에 가서』 『고은 시선집』 『조국의 별』 『전원시편』 『만인보(萬人譜)』 『독도』 등이 있다.

16. 「진짜 노동자」: 박노해의 시　……　//죽어라 생산하는 놈/인간답게 좀 살라고 몸부림쳐도/죽어라 쇳가루만 날아들고 콱콱 막히고/골프채 비껴찬 신선놀음 허는 놈들/불도자처럼 정력 좋은 이 윤추구에는 비까번쩍 애국갈채/제기랄 세상사가 왜이리 불평등한지// …… //비암이라고 다 비암이 아니여/독이 있어야 비암이지/센방이라고 다 센방이 아녀/바이트가 달려야 센방이지/노동자라고 다 노동자가 아니제/동료와 어깨를 꼭 끼고 성큼성큼 나아가/불도자 밀어제께 우리 것 찾아 담은/포크레인 삽날 정도는 되어야/진짜 노동자지

17. 셰익스피어(William Shakespeare, 1564~1616)   영국의 극작가이자 시인. 그의 작품은 영어로 된 작품 중 최고라는 찬사를 받으며, 셰익스피어 자신도 최고의 극작가로 손꼽힌다. 청년 시절에 런던으로 와서 배우가 됐으나 1593년『비너스와 아도니스』로 시적인 재능을 인정받아 희곡을 쓰기 시작했다.

주요 작품으로는『햄릿』『리어 왕』『오셀로』『맥베스』등 4대 비극과『베니스의 상인』『로미오와 줄리엣』『헨리 6세』『템페스트』등이 있다. 지금까지 전해지는 작품은 희곡 38편, 154편의 소네트, 2편의 이야기 시와 몇 편의 다른 형식의 시가 있다. 그의 작품은 거의 모든 주요 언어로 번역되고 공연됐다.

18.『시기심(*Envy*)』   미국의 작가이자 에세이스트인 조셉 엡스타인(Joseph Epstein)이 2003년 옥스퍼드 대학 출판부에서 펴낸 저서. 심리 전문가인 저자는 시기심이 질투 또는 분노와 어떤 차이가 있는지, 어떤 상황에 어떤 대상을 향해 분출되는지, 그리고 남자의 시기심과 여자의 시기심이 어떻게 다르며 개인의 자질과는 어떤 연관이 있는지 등 시기심의 정체를 파헤쳤다. 프로이트와 쇼펜하우어, 니체, 마르크스, 셰익스피어 등 위대한 사상가와 예술가들이 통찰한 시기심의 흥미로운 면면들이 소개됐고, 세계사 속 나치의 맹렬한 반유대주의, 9·11 테러 등 시기심이 역사와 정치에 개입됐던 내밀한 현장이 다루어져 있다.

19. 베트남 전쟁   공산주의와 민족주의를 내세운 북베트남이 독립의 쟁취를 위해 프랑스와 치른 제1차 전쟁, 미국의 비호를 받는 남베트남과 치른 제2차 전쟁으로 구분된다. 제2차 전쟁부터 라오스와 캄보디아까지 전장이 확장되어 인도차이나 전쟁이라고도 불린다.

1945년 8월 일본이 패망하자 베트민이라고 알려진 공산주의자들은 하노이를 장악하고, 9월 2일 호치민이 베트남민주공화국을 선포했다. 1946년 말 하이퐁에서 베트민과 프랑스와의 직접적 무력충돌이 벌어져 제1차 베트남 전쟁(또는 제1차 인도차이나 전쟁)이 일어났는데, 1954년 프랑스가 패배할 때까지 9년간 지속됐다.

전쟁 이후 중국과 소련은 공산세력의 확대를 희망하며 베트민에게 1956년에 실시될 총선 이전까지 위도 17도선을 기점으로 국경을 분할할 것을 요구했고, 북베트남은 이를 받아들였다. 한편 1955년 남베트남에서는 미국의 후원을 받아 응오 딘 디엠을 대통령으로 하는 베트남공화국이 건국됐다. 디엠 정권은 제네바 협정에서 합의된 베트남 남과 북의 총선 실시 조항을 거부하고 남베트남 내 공산당 당원과 그 지부에 대한 군사적 공세를 시작했다. 1958년 12월 1일 대학살이 자행됐고, 반공법이 시행됐다.

베트남 전쟁의 제2막은 디엠 정권에 대항하고, 남베트남 내의 세력 구축을 위해 1960년 12월 남베트남민족자유전선(NLF)이 설립되면서부터다. NLF는 남부 농촌지방에서의 세력 확장을 꾀하며 사이공 정부를 압박했는데, 이들은 라오스와 캄보디아를 관통하는 이른바 호치민 트레일을 통해 남부로 군수물자를 지원하고, 게릴라 요원을 직접 파견했다.

1963년 11월 디엠 대통령의 암살로 인해 남베트남 정국은 더욱 혼란스러운 국면으로 치닫게 됐고, 1964년 8월 통킹 만 사건으로 미국이 베트남 전쟁에 참전하게 됐다. 미국은 1965년 북폭을 개시했으며, 1968년까지 미 지상군의 투입도 54만 명으로 확대했다. 한편 1968년 5월부터 평화교섭을 위한 파리 회담이 계속됐으나, 전황은 캄보디아(1970)·라오스(1971)로 확대되어 제2차 인도차이나 전쟁의 양상을 띠기에 이르렀다.

1973년 1월에 있은 파리 평화협정에서 미국은 정전협정에 합의하고, 미군 전쟁포로를 석방해줄 것을 북베트남에 요구했다. 1975년 초 북베트남은 남베트남에 대한 총공세를 벌였고, 마침내 4월 30일 사이공이 함락되면서 전쟁이 끝났다.

베트남 전쟁에 미국은 4만7천365명의 군 병력을 파견했는데, 그중 1만1천 명이 사망했다. 남베트남 군은 25만 명 이상 사망했고, NLF군도 정확한 통계는 없지만 1백만 명가량이 전사한 것으로 추정된다. 베트남 전체의 민간인도 2백만 명 이상이 사망하거나 부상당한 것으로 집계됐다. 또한 베트남 전쟁으로 인해 라오스에 공산당 정권이 탄생했고, 캄보디아도 1960년대에 들어서서 공산주의자들이 득세함으로써 인도차이나 지역에는 공산주의가 확산됐다.

20. 절대빈곤　인간으로서 최소한의 생활도 영위해나갈 수 없는 빈곤 상태. 빈곤은 저개발의 결과임과 동시에 인간의 지적 능력과 체력을 훼손해 저개발의 요인이 되기도 한다. 신체적 건강과 효능을 유지하기 위해서는 필수적인 영양을 섭취해야 한다. 따라서 절대빈곤의 개념은 주로 생계비와 영양에 의해 파악된다. 그런데 오늘날의 빈곤은 사회적 기준에 의해 규정된다.

빈곤 책정의 기술은 영국에서 20세기 초에 C. 부스와 B. S. 라운트리가 조사한 '빈곤선(poverty line)'의 책정을 많이 사용하고 있다. 이는 빈곤으로부터 인간을 구제하는 데 필요한 최소의 재화량(財貨量)을 말한다.

21. 6월 민주화 항쟁　1987년 6월 10일부터 6월 29일까지 대한민국에서 전국적으로 벌어진 민주화 운동이다. 대통령 선거인단이 대통령을 뽑는 간접선거를 골자로 한 기존 헌법에 대한 전두환 대통령의 호헌 조치와, 경찰의 박종철 고문치사 사건, 이한열이 시위 도

중 최루탄에 맞아 사망한 사건 등이 원인이 되어 6월 10일 이후 전국
적인 시위가 발생했다. 이에 6월 29일 노태우의 수습 선언으로 마무리
되어, 대통령직선제로의 개헌이 이루어졌다. 노태우 민주정의당 대표
의 6·29 수습 선언 이후 직선제 개헌이 본격적으로 추진됐고, 제6공
화국 새 헌법 개정을 위한 국민투표를 거쳐 1987년 10월 대통령 직선
제로의 개헌이 이루어졌다.

22. 스탈린(Iosif Vissarionovich Stalin, 1879~1953)   레닌의
후계자로서 소련공산당 서기장·수상·대원수를 지냈다. 일찍이 비밀
결사대에 가담했지만 티플리스의 그리스도 정교회신학교에서 추방당
하고, 1901년 직업적 혁명가가 되어 지하활동을 전개했다.

「마르크스주의와 민족문제」라는 논문으로 인정을 받아 1912년 당
중앙위원이 됐고, 『러시아 뷰로』의 책임자로서 처음으로 '스탈린(강철
의 사나이)'이란 필명을 사용했다. 1913년 체포되어 시베리아로 유형됐
으며, 그곳에서 3월혁명을 맞고 1917년 페트로그라드로 돌아왔다. 4
월 레닌이 망명에서 귀환하자 그의 '4월 테제'를 재빨리 지지했고, 신
정권의 민족인민위원이 되어 '소련방'의 결성에 진력했다. 1919~1922
년 국가통제위원을 역임하고, 이어서 초대 당 서기장이 되어 죽을 때
까지 그 자리를 유지하면서 반세기 동안 독재적으로 전(全) 소련을 통
치했다.

1941년 비로소 정치 정면에 나섰는데, 그로부터 1개월 후에 독일의
기습을 받아 독·소전쟁(1941~1945)에 돌입했다. 그는 국방회의 의장,
적군(赤軍) 최고사령관이 되어 개전 초에는 패배했으나 급속히 국내의
임전체제를 갖추고 연합국(미국·영국)과의 공동전선을 형성, 독일을 굴
복시키는 데 일익을 담당했다.

1945년에 대원수가 되어 그 명성은 레닌을 능가했고, 동구(東歐)제

국에 대해 헤게모니를 잡고 미국과 대항함으로써 냉전의 중심인물이 됐다. 국내적으로는 반대자에 대한 탄압을 계속했다. 1953년 뇌일혈로 급사했다. 그가 죽은 뒤, 1956년 제20차 당대회에서 흐루쇼프의 '스탈린 비판'은 복잡한 반응을 일으켜 '중·소 논쟁' '헝가리 사건' 등을 유발했고, 국제공산주의운동을 심각한 혼란 속에 몰아넣었다. 특히 1991년의 소련정변 이후 스탈린에 대한 인민들의 평가는 종전의 신(神)적 숭배에서 독재자로 격하됐다.

23. 마오쩌둥(毛澤東, 1893~1976) 중국의 공산주의 이론가·군인·정치가. 가난한 농부의 아들로 뒤늦게 샹샹 중학에 다니다가, 동맹회 『민립보(民立報)』에 실린 반청론(反淸論)이나 혁명론에 많은 영향을 받았다. 1911년 10월 신해혁명이 일어나자 혁명군에 입대했다. 제대한 뒤 제1사범학교에 다니면서 교사 양창지로부터 유물론적 철학과 윤리학 강의를 받았고, 비밀학생단체들과 접촉하면서 마르크스주의로 기울게 됐다.

1922년 7월 상하이의 중국공산당 창립대회에 참가했으며, 후난성 대표로서 중국공산당 제1차 전국대표대회에 출석했다. 이후 여러 공석을 거쳐 1931년 장시성 루이진의 중화 소비에트정부 중앙집행위원회 주석이 됐으며, 1949~1959년 중화인민공화국의 국가 주석을 지냈다. 국가 주석을 사퇴한 이후에는 1976년 사망할 때까지 당 주석을 역임했다.

마오쩌둥이 현대사에 큰 영향을 끼쳤다는 데에는 이견이 없으나, 오늘날까지도 그의 평가에 대해 논쟁이 분분하다. 중화인민공화국에서는 마오쩌둥에 대해 장제스를 격파하고 중국을 강대국으로 이끈 혁명가이자 전략가로 평가하고 있다. 한편, 대약진 운동과 문화대혁명으로 대표되는 그의 급진적인 정책이 불러온 중국의 문화·사회·경제·

외교관계에 입힌 피해 및 광대한 인명피해는 비판받기도 한다.

24. 『난장이가 쏘아올린 작은 공』   주인공 난장이네 가족을 통해 1970년대 도시 빈민층의 삶을 통해 좌절과 애환을 다룬 조세희의 연작소설이다. 1975년에 발표한 작품 「칼날」을 시작으로 1978년 「에필로그」까지 12편으로 완성됐다. 1978년 책으로 출간된 이 소설은 1979년 제13회 동인문학상을 수상했으며, 1996년 100쇄를 넘어섰다. 작가는 왜소한 모습의 난장이를 통해 산업시대에 접어든 우리 사회의 허구와 병리를 적나라하게 폭로하면서 사람이 사람답게 살아야 할 꿈과 자유에의 열망을 보여주었다.

25. E. H. 카(E. H. Carr, 1892~1982)   영국의 정치학자이자 역사가. 케임브리지 대학을 졸업했으며, 1916년부터 20년간 외교관으로 활약했다. 1936년 웨일스 대학 교수로서 국제정치학을 강의하다가 1947년에 물러났다. 그 후 국제연합의 세계인권선언의 기초위원회 위원장으로 활약했다.

저서로 『위기의 20년』『역사란 무엇인가』『평화의 조건』『러시아 혁명사』 등이 있는데, 특히 1961년 출간한 『역사란 무엇인가』는 "역사란 현재와 과거 사이의 대화"라는 유명한 명제를 담고 있는 책이다. E. H. 카가 1961년 모교 케임브리지 대학 강단에서 '역사란 무엇인가'라는 제목으로 강연한 것을 묶어 같은 해 출판한 것이다. 이 책에서 역사 서술의 방법론에 중점을 둔 비판적 역사철학으로서의 카의 현대문명에 대한 시각을 느낄 수 있다.

26. 카스트로(Fidel Castro (Ruz), 1926~)   쿠바의 혁명 지도자. 법학 전공 시절부터 정치활동을 했으며, 졸업 후 변호사가 됐다.

1953년 당시 쿠바의 독재자 바티스타 정권을 전복시키기 위해 쿠바의 몬카다 병영을 습격했으나 체포되어 15년형을 선고받았다. 1955년 5월 특사로 풀려나 아바나로 돌아오자마자 멕시코로 망명, 바티스타 정권 타도 계획을 세웠다. 1956년 오리엔테 주에 숨어들어 게릴라전을 전개하다가 1959년 바티스타 정권을 무너뜨리고 공산독재정권을 세워 총리가 됐다. 총리에 취임한 후 토지개혁을 실시하는 한편, 미국을 비롯한 외국의 자본을 몰수하는 등 사회개혁을 단행했으며, 그해 제1차 아바나 선언을 발표해 라틴아메리카 해방을 제창했다. 1961년 1월 미국과 국교를 단절했다.

그는 1965년 쿠바 공산당 제1비서가 되어 쿠바를 일당 사회주의 공화국으로 만들었다. 1976년 각료회의 의장과 더불어 국가평의회 의장에 취임했고, 또 쿠바군의 최고위 군사직인 최고사령관에 올랐다. 이후 장출혈로 내장 수술을 받자 2006년 7월 31일 자신의 직위를 제1부통령인 동생 라울 카스트로에게 이양했다. 2008년 2월 24일 쿠바 국회는 라울 카스트로를 대통령으로 선출했다. 피델 카스트로는 아직 공산당 제1비서직을 가지고 있다.

27. 볼셰비키 혁명 1917년 10월 러시아에서 발생한 프롤레타리아 혁명으로서, 1917년 2월 혁명에 이은 러시아 혁명의 두 번째 단계이다. 레닌의 지도하에 볼셰비키들에 의해 이루어졌으며, 마르크스의 사상에 기반한 20세기 최초의 공산주의 혁명이었다. 하지만 사회주의 10월 혁명의 진짜 주체는 레닌 등의 공산주의 이론가들이 아닌, 민중들이었다. 그래서 모스크바에 특파원으로 와 있던 일본 언론인은 민중혁명의 기운이 달아오른 모습에 대해 "노동자와 사병들이 근위병들의 탄압에도 혁명가를 부르고 있었다"고 보도했다. 레닌 자신도 "혁명이 이렇게 빠르게 올 줄은 몰랐다"고 했다고 한다.

28. 『태백산맥』 소설가 조정래가 쓴 대하소설. 원고지 1만6천5백 장의 방대한 분량으로서 전체 4부, 전 10권으로 구성됐다. 광복 이후부터 한국전쟁 때까지 치열했던 이념 대립과 민중들의 한(恨)을 묘사해, 출판 당시 우파진영으로부터는 좌파에 치우친 이적물이라는 비난을 받았다. 지식인들의 대화에서는 모두 표준말을 사용하기는 했지만, 대다수 주인공들의 대사에서는 전라도 사투리를 사용하고, 전남 보성군 벌교읍을 그림 그리듯이 자세히 표현해 지역고유의 문화를 잘 드러내었다.

29. 앙드레 지드(Andre Gide, 1869~1951) 프랑스의 소설가이자 비평가. 틀에 박힌 학교 교육을 싫어해 중퇴하고, 19세부터 창작을 시작해 1891년 처녀작인 『앙드레 왈테르의 수기』를 발표했다. 아프리카 여행에서 돌아와 『팔뤼드』 『지상의 양식』 『배덕자』 『사전꾼들』 등을 발표했다. 주요 작품으로는 1909년에 발표한 『좁은 문』 『이자벨』 『교황청의 지하도』 등이 있으며, 제1차 세계대전 후에 발표한 『전원교향곡』 『보리 한 알이 죽지 않으면』 등이 있다. 1927년 발표한 『콩고 기행』은 비평가로서의 그를 높이 인정할 수 있는 작품이며, 소련을 여행한 후 쓴 『소련 기행』은 좌파 언론계의 공격을 받기도 했다. 그는 일찍이 쇼펜하우어·데카르트·니체 등의 철학서와 문학서를 읽고, 로마 가톨릭 교회와 개신교의 영향을 받았다. 1947년 노벨 문학상을 받았다.

30. 파리 코뮌(The Paris Commune) 프랑스 정부에 대항해 파리에서 일어난 봉기(1871. 3. 18~5. 28). 프랑스-프로이센 전쟁에서 프랑스의 패배와 나폴레옹 3세의 제2제정(1852~1870)이 몰락하는 과정에서 일어났다. 1871년 2월 프로이센과의 평화조약을 체결하기 위해 소집된 국민의회는 지방의 보수적 성향 때문에 왕당파가 다수를 차지했

다. 공화주의적인 파리 사람들은 베르사유에서 열리는 국민의회가 왕
정을 부활시키지 않을까 염려했다. 임시 국민정부의 행정 수반을 맡고
있던 아돌프 티에르는 파리의 질서유지를 위해 국민방위군을 무장해
제시키기로 결정했다. 3월 18일 시(市) 수비대의 대포들을 치우려 하자
파리에서 저항이 일어났다. 그 뒤 3월 26일 수비대 중앙위원회가 조직
한 자치선거에서 혁명파가 승리했고, 이들은 코뮌 정부를 세웠다.

내부적 분열에도 불구하고 코뮌이 채택한 강령은 1793년을 연상시
키는 조치들(종교에 대한 지원 폐지, 혁명력 사용)과 제한된 사회개혁 조
치(10시간 노동, 제빵공의 야근 철폐)를 추구했다. 리옹·생테티엔·마르세
유·툴루즈 등지에서 일어난 코뮌은 곧바로 진압됐으므로 파리 코뮌은
홀로 베르사유 정부와 맞서야 했다. 그러나 코뮌 병사들은 군사조직
을 갖추지 못해 공세를 취할 수가 없었고, 5월 21일 정부군의 방비가
없는 곳을 통해 파리로 들어왔다. 뒤따른 '피의 일주일' 동안 정규군은
코뮌의 반발을 진압했다. 반란자들은 방어를 위해 길에 방책을 치고
공공건물에 불을 질렀다. 반란자들 약 2만 명과 정부군 750명가량이
죽었다. 코뮌이 와해된 뒤 정부는 무자비한 탄압을 가해 약 3만 8,000
명을 체포하고 7,000명 이상을 추방했다.

31. 크메르 루주(Khmer Rouge)　　크메르 루주는 캄보디아
사람을 뜻하는 '크메르'와, 적색을 의미하는 프랑스어 '루주'의 합성어
이다. 1967년에 결성된 크메르 루주는 농촌지역에 대한 대대적인 세력
확장을 통해 마침내 1975년 4월 수도 프놈펜을 장악함으로써 정권을
잡았다. 정식 명칭은 캄보디아 공산당이다.

크메르 루주는 흔히 사형과 기아 그리고 노동으로 150만 명을 학살
한, 또는 인구의 1/3을 학살한 정권으로 기억된다. 크메르 루주의 지
도자 폴 포트는 캄보디아의 극단주의적 형태의 사회주의화를 통해 개

혁을 시도했다. 전체 인구가 집단농장에서 노동에 종사해야 하는 급진적인 사회주의식 농업개혁으로 수많은 사람들이 살해되거나 숙청되어, 20세기에 가장 가혹한 정권으로 기록됐다. 초기에는 베트남식 사회주의를 시도하려고 했으나, 폴 포트를 비롯한 프랑스 유학파들에 의해 프랑스식 혁명을 진행했다. 1960년 이후로는 자신들만의 독자적인 정치적 이데올로기를 개발했다.

1979년 베트남의 침공으로 크메르 루주는 제거되고, 온건한 친베트남 공산주의자로 대체됐다. 태국에 기지를 두고 1990년대까지 레지스탕스 운동으로 서캄보디아에 살아남아 있다가 1996년 평화협정에 의해 폴 포트가 정식으로 귀순했다. 폴 포트는 1998년 사망했으며, 재판에 회부되지 못했다.

32. 『서구의 몰락』 20세기 초 제1차 세계대전 당시, 시대의 징후를 예민하게 감지하고 서구 문명의 몰락을 예견했던 독일 철학자 오스발트 슈펭글러의 저서. 슈펭글러는 이 책에서 '문명이란 한 문화의 불가피한 종결이며 운명'이라고 선언했다. 세계대전과 러시아 혁명 등으로 혼란스러웠던 당대 서구의 상황이 발전의 정점에 이르렀다가 곧 쇠퇴의 길로 접어들었던 옛 그리스·로마 문화가 보여준 양상과 유사하다는 점을 역설하고, 서구 문화의 '종결'을 예언했다. 이 책은 역사와 철학 분야를 자유로이 넘나들며 전위적인 사유를 전파하는 독존적 사상가로서 슈펭글러의 면모를 유감없이 보여주었다.

| 제2부 |

33. 고르바초프(Mikhail Sergeyevich Gorbachyov, 1931~) 스타브로폴 지방에서 농부의 아들로 태어났으며, 모스크바 대학 법과

대학 재학시절 공산당에 입당해 활약했다. 졸업 후 지구당 제1서기, 소련공산당 중앙위원 등을 거쳐 1985년부터 1991년도까지 소련공산당 서기장, 1985년부터 1990년 3월까지는 소비에트 연방의 국무총리를 역임했으며, 1990년 노벨평화상을 수상했다. 그가 추진한 페레스트로이카는 소련을 비롯한 동유럽 옛 공산주의 국가들의 개혁과 개방, 민주화에 큰 영향을 주었다.

그는 사회주의 계획 경제의 문제점을 해결하기 위해서 시장경제를 받아들였고, 모스크바에 최초의 시장을 세우기도 했으며, 언론의 자유를 주창했다. 그래서 고르바초프의 집권 후, 텔레비전 방송에는 자본주의 국가의 영화가 방영되기도 했으며, 사회주의나 소련공산당에 대한 비판과 교회의 종교활동도 허용했다.

1990년 3월 총리직에서 물러났으나 다시 소비에트 연방의 국가수반인 대통령에 선출됐다. 그러나 이에 반발한 보수파들이 1991년 8월 쿠데타를 일으켜 고르바초프를 실각시키고 구체제로 환원하려 했다. 이런 보수파의 쿠데타 기도는 옐친을 비롯한 급진 개혁파들과 민중의 저항으로 3일 만에 실패했고, 4일 뒤 그는 다시 권좌로 복귀할 수 있었다. 이후 소련 정부와 공산당의 지도력은 걷잡을 수 없이 땅에 떨어져 결국 12월 소련은 해체됐다. 고르바초프는 소비에트 연방의 대통령직과 공산당 서기장을 사퇴했으며, 소련의 각 공화국들은 느슨한 독립국가 연합을 구성하기는 했지만 결국 모두 별개의 주권국가로 분리독립했다.

34. 이문열(李文烈, 1948~) 소설가. 초등학교 졸업을 제외하고는 모두 검정고시이며, 서울대학교 국어교육과를 다니다가 1970년 사법고시를 준비하기 위해 중퇴했다. 그러나 여러 이유로 뜻을 접는데, 그의 이런 생활이 기초가 되어 자전적 소설인 『젊은날의 초상』

을 쓰게 된다. 1977년 단편 「나자레를 아십니까」가 『대구매일신문』에 당선되면서 등단했고, 1979년에는 『동아일보』에 「새하곡(塞下曲)」이 당선됐다. 같은 해 중편 『사람의 아들』로 '오늘의 작가상'을 받으면서 왕성한 창작활동을 전개해 1980년대에 많은 독자를 확보한 작가의 한 사람으로 꼽힌다. 주요 작품으로는 『젊은날의 초상』 『황제를 위하여』 『영웅시대』 『변경(邊境)』 『사람의 아들』 『그해 겨울』 『금시조』 『우리들의 일그러진 영웅』 등이 있다.

35. 김석범(金石範, 1925~)　　일본 오사카 출생 재일동포 소설가. 교토 대학 문학부를 졸업한 후 조총련계 학교에서 교사로 근무 했고, 『조선신보』 기자생활을 했다. 1976년 첫 소설 『까마귀의 죽음』에 이어 『고국행』 『땅그림자』 등을 발표했다. 특히 제주도 4·3항쟁을 다룬 대하소설 『화산도』를 1976년 『문학계』에 연재하기 시작해 22년 만에 전 7권으로 완간했다. 조총련이 그를 자유주의자라 낙인 찍어 그의 작품을 검열하려 하자 조총련과 결별하게 됐다. 이때부터 김석범은 북한에서는 민족의 반역자, 남한에서는 조총련계로 분류되어 남·북한 모두에게 배척당했다. 그러다가 1988년 민족문학작가회의의 초청으로 처음으로 남한 땅을 밟았다.

36. 이회성(李恢成, 1935~)　　재일동포 소설가. 사할린 출생. 와세다 대학 러시아문학과를 졸업한 뒤 조총련에서 근무하며 창작을 시작했다. 일본인 작가로서는 표현할 수 없는 독특한 언어를 구사해 조국 분단으로 고뇌하는 재일한국인 가족을 묘사한 장편 『또 다른 길』(1969)로 『군상(群像)』지 신인문학상을 수상했다. 이후 민족의 주체성을 주제로 한 『우리들 청춘의 길 위에서』 『가야코를 위하여』 등과 기행문 『사할린 여행』 등을 발표했으며, 1972년 당면한 정치적 문제를 어

머니에 대한 회상으로 피력하는 내용의 『다듬이질하는 여인』으로 제66회 아쿠타가와상[芥川賞]을 받았다.

37. 염상섭(廉想涉, 1897~1963) 소설가. 호는 횡보(橫步). 한국 근대문학의 선구자로서 일본 게이오 대학 유학 시절 3·1운동에 가담한 혐의로 투옥됐다. 귀국 후 『동아일보』 기자가 됐고, 1920년 『폐허』 동인에 가담해 문학의 길로 들어섰다. 1921년 발표한 단편소설 「표본실의 청개구리」는 한국의 첫 자연주의 소설이라는 평가를 받았다. 김동인·현진건과 함께 자연주의와 사실주의 문학을 이 땅에 뿌리내린 작가로서 큰 공적을 남겼다. 1922년에는 최남선이 주재하던 주간종합지 『동명』에서 기자로 활약했으며, 그 후 1946년 『경향신문』 창간과 동시에 편집국장, 한국전쟁 때는 해군 정훈국에 근무했다. 주요 작품으로 『만세전』 『금반지』 『삼대』 등이 있다.

38. 나프 전일본무산자예술동맹(NAPF)의 약칭. 일본의 사회주의 혁명을 위해 '전위예술가동맹'과 '일본 프롤레타리아예술동맹'이 합병해 1928년 3월 창립된 조직이다.

39. 조선프롤레타리아예술가동맹(Korea Artista Proleta Federatio) 통칭 카프(KAPF)는 1925년 8월에 결성된 사회주의 문학단체이다. 1919년 3·1운동 이후 일제의 식민지정책이 문화정치로 전환하고, 러시아혁명의 영향으로 사회주의 사상이 광범위하게 확산되면서 새롭게 등장한 프롤레타리아 문예운동 단체이자 한국 최초의 전국적인 문학예술가 조직이다. 창립 당시 구성원은 박영희·김기진·이익상·이상화·송영·조명희·이기영·박팔양 등이다.
  본격적인 활동은 1926년 준기관지 성격의 『문예운동』을 발간하고 다음해 9월 조식 개편과 함께 체제를 정비하면서 시작됐다. '예술운동의 볼셰비키화'를 주장하며 예술운동 전 부문에 걸쳐 확대해 전문적·기술적 전국동맹으로 만들 것을 제안했으나 조선총독부의 재조직 중지, 검거사건, 역량부족 등으로 실행되지 못했다.

1931년 8~10월에는 조선공산당협의회 사건과 연루된 세칭 '카프 1차사건'을 겪었다. 도쿄에서 발행된 『무산자』의 국내 배포와 영화 '지하촌' 사건으로 김남천 등 11명의 동맹원이 체포됐다. 카프 1차사건을 계기로 조직활동이 정체됐다가 1933년 '신건설사 사건'으로 이기영·한설야·윤기정·송영 등 23명이 체포되는 2차 검거사건을 겪으면서 급속도로 와해되기 시작했다.

결국 "다만 얻은 것은 이데올로기요, 상실한 것은 예술이다"는 유명한 전향문을 쓴 박영희와 백철 등이 조직에서 이탈하면서 극심한 혼란에 빠지게 됐다. 더구나 일제로부터 직접적으로 해산 압력까지 받은 지도부는 1935년 5월 카프 해산계를 제출함으로써 공식적으로 해체됐다.

40. 주사파(主思派) 1980년대 중반부터 세력을 떨친 우리나라 운동권 학생들의 일파. 김일성의 주체사상을 지도이념과 행동지침으로 내세웠으므로 '주사파'라고 하며, 한편으로는 북한의 남한혁명노선이라고 하는 민족해방 민중민주주의혁명론을 추종해 특히 민족해방(national liberation)을 강조했기 때문에 'NL파'라고도 불렸다. 민족해방, 즉 통일을 지향하면서 당시 정통성을 인정받지 못했던 제5공화국 정부를 타도하는 데 앞장섬으로써 많은 학생들의 호응을 받아 그 세력이 한때 크게 확장됐다. 그러나 지나치게 북한의 노선에 치중·동조해 우리나라가 반봉건사회이며 미 제국주의의 식민지라고 주장하는 등의 현실인식은 일반 학생들의 견해와는 동떨어진 것이었다. 더구나 1986

년 10월 건국대학교에서 무리하게 애국학생 민족해방투쟁총연맹(약칭 : 애학투련)을 결성하려다가 대규모 공권력의 투입에 의해 좌절됨으로써 조직이 상당한 타격을 받았다.

이듬해인 1987년 대통령 선거를 앞두고 직선제로 개헌해야 한다는 국민의 여망이 무시되자 전국 각지에서 대학생들을 중심으로 반정부 투쟁이 전개됐다. 이를 틈타 주사파 세력은 운동권의 전면에 나서면서 학생단체들을 주도했다. 이 6월항쟁을 통해 대통령 직선제 개헌을 쟁취하고 이어 제6공화국 정부가 들어서면서 어느 정도 민주화가 이루어지자, 그 뒤로 통일문제에 관심을 기울여 1989년 7월 평양에서 개최된 한민족 축전에 전대협 대표를 파견함으로써 세간의 주목을 끌었다. 1993년 문민정부 이후 학생운동이 침체하면서 주사파의 활동 역시 표면에 드러나지 않았으나, 1995년 박홍 서강대 총장이 기자회견을 갖고 주사파에 대한 경각심을 환기시킴에 따라 다시 세인의 관심을 불러일으켰다.

41. 폴 포트(Pol Pot, 1925~1998) 캄보디아의 공산주의 정당이었던 크메르 루주의 지도자이자, 1976년부터 1979년까지 민주캄푸치아공화국의 총리였다. 그는 재임 기간 동안 원리주의적 공산주의에 따라, 강제적인 농업화 정책을 시행해 많은 국민들을 기아와 고문 등으로 죽게 만든 킬링필드로 유명하다. 1979년 베트남군의 침공으로 정권을 잃고 북쪽 국경 밀림지대로 달아나 게릴라전을 수행했으며, 1998년 가택연금 상태에서 사망했다.

폴 포트 정권은 "썩은 사과는 상자째로 버리지 않으면 안 된다!"라고 주창하고, 정치적 경쟁자를 탄압했다. 통화는 폐지되고 사유재산은 몰수됐으며, 교육은 공립학교에서 종료했다. 더욱이 국민을 '구인민'과 '신인민'으로 구분하여 장기간 크메르 루주의 구성원이었던 '구인민'은 공동체에서 배급을 받아 스스로 식재료를 재배할 수 있었지만, 프놈펜 함락 후에 도시로부터 강제이주된 신인민은 끊임없이 반혁명의 혐의를 두고 숙청의 대상으로 여겼다. 프놈펜은 기아와 질병, 농촌 강제이주에 의해서 유령도시로 바뀌었고, 의사나 교사 등도 발견되면 '재교육'이라는 명목으로 불려가 살해됐다. "안경을 쓰고 있다!" "글을 쓸 수 있다!"는 이유만으로 처형된 사례도 있었다. 이 결과 지식층은 괴멸됐고, 캄보디아의 사회기반은 소생불능의 타격을 받았다. 대외적으로는 중국·북한과의 관계를 강화하고, 폴 포트 자신도 적극적으로 외교순방을 했다.

42. 야스에 료스케(安江良介, 1937~1998)   일본의 출판인. 가나자와 대학을 졸업하고 『세카이』 편집부에 입사한 야스에는 1972년부터 『세카이』 편집장, 이후 이와나미 서점의 사장으로 재직했다. 사회주의적 성향이 강했던 그는 한국의 인권문제와 군축문제를 전문적으로 다루는 등 한국문제에 관한 전문가로 알려져 있다.

43. 삼위일체(三位一體)   성부·성자·성령 3위의 격(格)이 단일신성 안에서 하나라는 그리스도교 교리. 하느님 아버지[聖父]인 유일신(唯一神)은 그의 독생자(獨生者 : 聖子)를 이 세상에 보내어 성령(보혜사)으로써 인류를 구원한다는 것이다. 이 교의는 325년 니케아공의회(公議會)에서 교회의 정통 신조로 공인됐으며, 451년 칼케돈 공의회에서 추인됨으로써 그리스도교의 정식 교의로 확립되어 오늘날까지 그대로 유지되고 있다.

44. T. K. 生   1973~1988년 일본의 월간지 『세카이』에 유신과 군부독재가 저지른 인권 탄압상을 폭로한 글 「한국으로부터의 통

신」의 필자의 필명. 한림대 석좌교수인 지명관은 2003년 자신이 T. K. 生임을 밝혔다. 『사상계』 주간이었던 지명관 교수는 도쿄에 머물며 이 칼럼을 썼는데, 15년간의 원고는 2만 장에 이른다. T. K. 生은 당시 이 칼럼이 게재된 『세카이』지 편집장 야스에 료스케가 지어준 필명이 었다.

45. 리콴유(李光耀, 1923~)   싱가포르의 정치인. 제2차 세 계대전 중 일본의 군 보도부에서 근무한 뒤, 1949년 영국의 케임브리 지 대학 법학과를 졸업했다. 이듬해 귀국해 1951년부터 변호사로 활동 하면서 정치적 기반을 구축했다.

1954년 인민행동당 창당 사무총장을 거쳐, 이듬해 구헌법 아래 실 시된 최초의 총선거에서 입법평의회 의원이 됐다. 1959년 싱가포르 자 치정부 총리를 지낸 뒤, 1963년 9월 말레이시아연방 발족에 따라 싱가 포르 주정부의 총리가 됐고, 1965년 8월 싱가포르가 말레이시아에서 분리·독립함에 따라 독립 싱가포르 총리로 취임했다.

이후 1990년 11월까지 26년간 총리로 있다가 퇴임한 뒤에도 두 번 째 총리인 고촉통 내각에서도 수석 총리로서 정치에 관여했다. 현재 그는 싱가포르의 세 번째 총리가 된 그의 아들 리셴룽 총리를 조언하 는 특별직에 재직하고 있다.

그는 인구 300만의 작은 나라 싱가포르를 '아시아의 작은 용'으로 일으켜 세운 인물이자, 냉철한 현실감각과 능수능란한 정치술, 대중적 인기에 영합하지 않는 확고한 신념을 가진 지도자로서, 20세기 세계의 지도자 가운데 한 사람으로 꼽힌다.

46. 야스쿠니 신사(靖國神社)   일본 도쿄도 지요다 구에 있 는 신사로, 천황을 위해 싸우다 목숨을 잃은 사람들을 신으로 모시고

제사를 지내는 곳이다. 일본에 있는 신사 중에서 가장 규모가 크다. 1869년(메이지 2년), 군 희생자의 넋을 달래기 위해 설립한 쇼콘샤가 그 전신이다.

지금의 이름인 '야스쿠니(靖國)'는 "나라를 안정케 한다"는 뜻을 담고 있다. 즉 호국신사이자 황국신사로서 제2차 세계대전 당시에는 전몰자를 호국의 영령으로 제사하고, 여기에 천황의 참배라는 특별한 대우를 해줌으로써 전쟁 때마다 국민에게 천황숭배와 군국주의를 고무·침투시키는 데 절대적인 역할을 했다. 또 전몰자들은 천황을 위해 죽음으로써 생전의 잘잘못과 상관 없이 신(神)이 되어 국민의 예배를 받았다.

전쟁이 끝난 뒤 연합군 총사령부는 야스쿠니 신사의 특수한 기능인 전몰자 추도시설 기능을 완전히 박탈하지 않았다. 1947년 일본은 신헌법에서 정교 분리를 규정한 뒤에도 야스쿠니 신사가 종교시설이자 전몰자 추도시설임을 인정했고, 1960년대 말부터는 야스쿠니 신사를 국가의 관리 아래 두자는 법안을 계속 발안했다.

비록 여론에 밀려 번번이 실패하기는 했지만, 갈수록 이러한 주장들이 설득력을 얻기 시작했고, 급기야 1978년에는 도조 히데키를 비롯한 A급 전범 14명이 합사되는 일이 발생하자 국제적인 주목을 받았다. 1985년에는 나카소네 야스히로가 총리로서는 처음으로 공식 참배한 이후 여러 총리가 공식 참배하는 등 일본 군국주의의 망령을 부활시키고 있어 주변국뿐 아니라 국제적인 비난을 받고 있다.

47. 괴링(Hermann Göring, 1893~1946) 독일의 군인·정치가. 제1차 세계대전 때는 공군장교로 공적을 세웠다. 1922년 히틀러를 만나 나치스에 가입하고, 곧 나치스 돌격대 대장으로 승진했다. 1923년 히틀러의 반란에 참가해 중상을 입고 국외로 망명했다가 나중에 나

치스 국회의원 단장이 됐으며, 1933년 히틀러가 정권을 잡자 무임소 장관을 역임했다. 이어 프로이센 총리가 되어 관료와 경찰의 나치스화를 강행했으며, 국가비밀경찰과 강제수용소 등을 만들어 반대파를 체포·학살했다. 1935년 독일 공군을 건설해 사령관이 됐고, 1936년 전시(戰時)경제를 위한 4개년 계획을 맡아 경제상의 독재권을 행사했으며, 군사물자 생산을 강행해 전쟁준비를 추진했다.

그는 히틀러 다음의 실력자로서 개인적으로는 뇌물을 좋아하고 사치스러워 타인과 잘 어울리지 못했다. 제2차 세계대전이 일어나자 공군을 지휘, 처음에는 승리를 거두었지만 결국 패배해 종전 직후에 체포됐다. 뉘른베르크 국제군사재판에서 사형이 선고됐으나 형 집행 직전에 감방에서 음독자살했다.

48. 난징대학살(南京大虐殺)　중일전쟁 도중, 난징을 점령한 일본군이 중국인을 학살한 사건이다. 1937년에서 1938년, 1941년에 발생했는데, 이로 인해 약 5만 내지 30만 명의 중국인들이 학살됐다. 최근 중화인민공화국에서는 7만 평 규모의 난징대학살 역사관을 설립해 일본의 만행을 국제적으로 홍보하고 있으며, 유네스코 세계문화유산에 등록하려 하고 있다.

몇몇 중국인의 증언에 따르면, "일본군은 남녀노소 가릴 것 없이 모두 학살했으며, 어린이는 물론 늙은 노인까지 잔인하게 강간한 뒤 잔인하게 살해했다"라고 전해진다. 하지만 일본에서는 일부 양심적 지식인을 제외하고는, 극우 인사가 난징대학살은 없었다고 주장하거나 심지어는 교과서에서 난징대학살을 언급하지 않고 있어서 중국 정부와 대립하고 있다.

49. 정신대(挺身隊)　일본군 위안부. 약 20만 명으로 추정

되는 이들은 1930년대부터 1945년 일본이 패망하기까지 강제로 전선으로 끌려가 일본 군인들의 성노예로 인권을 유린당했으며, 전후에도 육체적·정신적 고통으로 힘겨운 생활을 하고 있다. 한국·일본·중국·필리핀·인도네시아 등 여러 나라 여성들이 강제로 동원됐는데, 당시 일본의 식민지였던 한국 여성들이 가장 많았다. 각국 피해자들과 민간단체 및 정부, UN을 비롯한 국제기구가 일본에 진상규명과 정당한 배상을 요구하고 있으나 일본 정부는 이를 거부하고 있다.

50. 유신헌법(維新憲法)　한국 헌정사상 7차로 개정된 제4공화국의 헌법이다. 1972년 5월 초부터 개헌작업이 구체적으로 추진되기 시작해 같은 해 10월 17일 비상계엄령의 선포, 국회해산, 정당 및 정치활동의 금지, 헌법의 일부 효력정지와 비상국무회의에 의한 대행, 새 헌법개정안의 공고 등을 내용으로 하는 '대통령 특별선언'이 발표됐으며, 10월 27일 평화적 통일 지향, 한국적 민주주의의 토착화를 표방한 개헌안이 비상국무회의에서 의결·공고됐다. 이에 따라 11월 21일 유신헌법에 대한 국민투표가 실시되어 투표율 92.9%에 91.5%의 찬성으로 확정됐다. 12월 27일 박정희가 대통령에 취임하는 한편 유신헌법을 공포함으로써 유신체제는 수립됐다. 이로써 정치체제가 대폭 정비되고 통제기제가 강화되어 집권세력은 막강한 사회통제력을 보유하게 됐다.

전문과 12장 126조 및 부칙 11조로 되어 있는 유신헌법은 삼권분립, 견제와 균형이라는 의회민주주의의 기본원칙에 대한 전면부정과 대통령에게 권력 집중 및 반대세력의 비판에 대한 원천봉쇄를 그 특징으로 하고 있다. 주요 내용은 법률 유보조항으로 국민기본권의 대폭 축소, 입법부의 국정감사권 박탈과 연간회기 제한, 통일주체국민회의의 간선에 의한 국회의원 1/3 선출, 사법적 헌법보장기관인 헌법재판소

를 정치적 헌법보장기관인 헌법위원회로 개편, 긴급조치권 및 국회해
산권 등 대통령에게 초헌법적 권한 부여, 6년으로 대통령 임기 연장과
중임제한 조항 철폐, 통일주체국민회의에서 대통령 간선, 헌법 개정절
차의 이원화, 통일 이후로 지방의회 구성 보류 등이다.

51.『전쟁론』 프로이센 태생의 장군 클라우제비츠가 남
긴 전쟁에 관한 저서.『전쟁론』은 광범위하게 전쟁 자체의 현상, 구조,
내재적 역학, 그리고 전쟁과 사회의 관계 등에 대한 본질적인 문제들
을 다룬 점에서 선구적이었다. 또한 시대를 초월, 항구적 가치가 있는
이론들을 밝힌 것으로 높이 평가받고 있다.『전쟁론』은 총 8편 128개
장절로 구성되어 있다. 각 편의 논제들을 살펴보면 제1편 전쟁의 본
질, 제2편 전쟁이론, 제3편 전략일반론, 제4편 전투, 제5편 군사력, 제
6편 방어, 제7편 공격, 제8편 전쟁계획이다. 제1편에서 전쟁이란 무엇
인가를 주로 정치·사회적 측면에서 논하고, 제2편에서는 전쟁을 이론
적으로 어떻게 분석할 수 있는가를 다루었다. 제3편부터 제7편까지는
전쟁을 어떻게 수행할 것인가, 즉 전략과 전술에 초점을 맞추었다. 제
8편은 결론부분으로서 제1편에서 제기한 핵심 주제를 재조명하고, 전
쟁과 정치의 관계를 보다 더 명확히 규명했다.

52. 핵우산(核雨傘, nuclear umbrella) 핵무기가 없는 나라
가 국가의 안전 보장을 위해 의존하는 핵무기 보유국의 핵전력을 비유
적으로 이르는 말. 동맹국 간의 신뢰를 바탕으로 핵을 보유하지 않은
국가가 적대국의 핵무기 공격을 받을 경우 핵보유 동맹국이 그 적대국
을 핵무기로 공격한다는 전제로 성립된 개념이다. 핵을 보유한 강대국
이 핵우산으로 비핵 동맹국들의 안전을 보장하겠다는 가장 큰 이유는
핵 확산을 방지하기 위해서이다. 핵무기를 보유하지 못한 국가는 국가

안보를 위해 핵무기를 개발하려 하고, 핵무기를 보유한 국가들은 더 이상 핵이 확산되지 않기를 바란다. 핵 보유국은 국제체제의 안정을 위해서 핵 확산을 막는 것이 바람직하다는 논리를 가지고 있으며, 핵 우산을 제공하는 조건으로 핵무기의 개발을 막는 것이다. 한국은 한미 상호방위조약에 의해 실질적으로 미국의 핵우산 밑에 들어가 있다.

┃ 제3부 ┃

53. 관념소설(觀念小說)   사상·종교·관념 등을 전달하기 위한 소설이다. 그 관념의 의미 변화에 따라서 사상적 소설, 정치적 소설로 분류되며, 표현주의적 내지 실존주의적 소설까지 분류할 수 있다.

54. 플라톤(Plato, BC 427~BC 347)   고대 그리스의 철학자. 아테네 출생. 스승 소크라테스가 사형당하는 것을 보고 정치에 대한 미련을 버리고 인간 존재의 참뜻을 추구하는 필로소피아(philosophia, 愛知, 철학)를 탐구하기 시작했다. BC 387년경 아테네의 근교에 학원 아카데메이아(Akademeia)를 개설하고 각지에서 청년들을 모아 연구와 교육생활에 전념했다.

생전에 간행된 30여 편의 저서는 그대로 현재까지 보존되고 있는데, 1편을 제외하고는 모두가 일종의 희곡작품으로서 여러 가지 논제(論題)를 둘러싸고 철학적인 논의가 오간 것이므로 『대화편(對話篇)』이라 불린다. 소크라테스가 주요 등장인물이다. 연대에 따라 ① 소크라테스를 중심으로 주로 '덕(德)이란 무엇인가'를 논하고, 아포리아(aporia)로 마무리되는 전기 대화편(前期對話篇 : 『소크라테스의 변명』 『크리톤』 『메논』 『프로타고라스』 『고르기아스』 『라케스』 『카르미데스』 등), ② 영혼의 불멸에 관한 장려(壯麗)한 미토스(mythos : 神話)로 꾸며지고 소크라테스에 의해 이데아론(論)이 펼쳐지는, 문예작품으로서는 가장 원숙한 중기 대화편(『파이돈』 『파이드로스』 『향연』 『국가론』 등), ③ 철학의 논리적 방법에 대한 관심이 농후하고, 영혼과 이데아설이 소크라테스의 모습과 함께 점차 사라지는 것처럼 보이는 후기 대화편(『파르메니데스』 『테아이테토스』 『소피스테스』 『폴리티코스』 『필레보스』 『티마이오스』 『노모이』 등)으로 나눈다.

55. 쇼펜하우어(Arthur Schopenhauer, 1788~1860)　독일의 철학자로서 염세사상의 대표자로 불린다. 그의 철학은 칸트의 인식론에서 출발해 피히테·셸링·헤겔 등의 관념론적 철학자를 비판했다. 그러나 그 근본적 사상이나 체계의 구성은 같은 '독일 관념론'에 속한다.

　1813년 『충족이유율의 네 가지 근거에 관하여』라는 논문으로 예나대학에서 박사학위를 받았고, 1816년 괴테에게서 자극을 받아 색채론을 연구해 『시각과 색채에 대하여』를 저술했다. 그 뒤 1819년 약 5년간에 걸쳐 구상하고 집필한 주저 『의지와 표상으로서의 세계』를 출판했다. 그의 철학은 만년에 이르기까지 크게 인정받지 못했으나 19세기 후반 염세 사조에 부합해 크게 보급됐다.

56. 에로티시즘　성적인 이미지를 의식적 또는 무의식적으로 환기하는 경향. 어원은 그리스 신화에 나오는 사랑의 신 에로스에서 유래한다. 성행위는 그 자체로는 그다지 에로틱하지 않지만, 그것을 환기하거나 이미지에 의해 암시하는 것이 에로틱한 것이다. 사랑이 성의 감정적 측면이라고 한다면, 에로티시즘은 성의 감각적 측면이라고 할 수 있다. 역사적으로 볼 때 에로티시즘은 주로 문학과 미술로 표현되어 왔는데, 그것은 일종의 문화적 전통, 즉 신화·종교·풍속 등에 깊이 뿌리내리고 있다.

중세에 이르러 정신적인 가치를 중시하는 그리스도교에 의해 이들 본능의 승화가 저지되고 나체의 표현이 금지됐는데, 어떤 면에서 당시의 에로티시즘은 점점 망집적인 형태를 띠어 악마숭배·마녀박해의 강박관념으로 표출됐다는 견해도 있다. 이후 르네상스는 나체를 회복시켰지만, 에로티시즘이라는 견지에서 회화나 조각이 정점에 도달한 것은 마니에리스모에서라고 할 수 있다.

서양의 에로티시즘의 역사는 18세기의 자유사상과 함께 종교적인 속박에 도전한 스페인 설화의 주인공인 돈 후안, 성의 전면적 자유와 개인주의를 주장한 사드 백작, 카사노바와 같은 인물들이 나타나면서부터 근본적인 변화가 생겼다. 특히 사드는 에로티시즘 역사의 분수령을 이루었으며, 그 영향은 현대의 G. 바타유에게까지 미쳤다. 사드 이후 19세기 부르주아 사회는 성의 터부가 강해져 위선적 경향이 짙어졌다. 오스트리아의 자허 마조흐가 성도착을 의식적으로 표현한 것(후에 매저키즘이라 불림)은 19세기 말이었다.

20세기는 가히 프로이트의 세기라 할 만한 시대로, 이 시대의 에로티시즘은 그의 리비도 학설과 억압의 이론에 의해 크게 좌우됐다. 모든 인간의 행위에서 성적인 동기를 찾으려는 프로이트의 이론이 회화에 나타난 전형적인 예는 초현실주의라고 할 수 있다. 한편 19세기 말부터 크라프트 에빙 등의 의학자에 의해 개척된 성과학이 하나의 학문으로 자리잡은 것은 20세기 이후의 일이다. 대중사회로 불리는 현대의 특징 중의 하나는 에로티시즘의 대중화이다. 그것은 영화·텔레비전·활자 등 모든 미디어와 스트립 쇼, 누드 사진 등의 섹스 산업과 패션 등의 풍속현상에 의해 세계에 널리 유통되고 있다.

57. 미학(美學, Aesthetics)　아름다움·감각·예술 등을 다루는 철학의 한 분야. 여러 학문의 상위에 있는 미 그 자체의 학문을

제창한 플라톤을 대표로 하는 서양의 전통적 미학은 초월적 가치로서의 미를 고찰한다. 미학이라는 말을 오늘날과 같은 의미로 처음 사용한 사람은 라이프니츠볼프학파의 A.G. 바움가르텐이다. 그는 그때까지 이성적 인식에 비해 한 단계 낮게 평가되고 있던 감성적 인식에 독자적인 의의를 부여함으로써 감성적 인식의 학문을 철학의 한 부문으로 수립하고, 그것에 에스테티카(Aesthetica)라는 명칭을 부여했다. 이로써 근대 미학의 방향이 개척됐다.

19세기 후반부터는 독일 관념론의 사변적(思辨的) 미학을 대신해 경험적으로 관찰되는 사례를 근거로 해 미이론(美理論)을 구축해 나가는 경향이 두드러졌다. 페흐너는 '아래로부터의 미학'을 제창하면서 심리학의 입장에서 미적 경험의 법칙을 탐구하려는 '실험미학'을 제창했다. 오늘날에는 또 미적 현상의 해명에 사회학적 방법을 적용시키려는 '사회학적 미학'이나 분석철학의 언어분석 방법을 미학에 적용하려고 하는 '분석미학' 등 다채로운 연구분야가 개척되고 있다.

58. 칸트(Immanuel Kant, 1724~1804) 독일의 철학자. 근대 계몽주의를 정점에 올려놓음과 동시에 피히테·셸링·헤겔로 이어지는 독일 관념철학의 기초를 놓았고, 종래의 경험론 및 독단론을 극복하기 위한 비판철학을 수립했다. 대표적인 저서로 『순수이성비판』(1781), 『실천이성비판』(1788), 『판단력비판』(1790)이 있다.

칸트의 철학은 3권의 비판서 간행 후 몇 년이 지나지 않아 전 독일의 대학·논단을 석권했고, 피히테에서 헤겔에 이르는 독일 관념론 철학의 선두주자로서, 또 그 모태로서 큰 역할을 했다. 그 영향은 다시 영국·프랑스의 이상주의철학에까지 미쳤으며, 특히 후일의 독일 신(新)칸트학파의 철학은 칸트의 비판주의를 직접 계승했다. 또한 신칸트학파 퇴조 후에 나타난 수많은 철학 조류도 모두 직·간접으로 칸트의 영향을 받았다고 할 수 있다.

59. 니체(Friedrich Wilhelm Nietzsche, 1844~1900) 독일의
시인 · 철학자. 1864년 본 대학에 입학해 처음에는 신학 · 철학을 배우
고, 후에 리첼의 지도로 문헌학을 연구했다. 1865년 라이프치히에 전
학한 후 주로 그리스 문헌학을 연구하고 몇몇 논문을 발표하는 한편,
이때부터 쇼펜하우어를 읽는 동시에 바그너의 음악에도 심취했다.
1869년 바젤 대학에서 고전문헌학을 강의했고, 1870년 프로이센 · 프
랑스 전쟁에 위생병으로 종군했으나 병으로 바젤로 귀환했다. 이후에
계속해 병고에 시달리게 됐다.

1872년 처녀작 「비극의 탄생」에서 생의 환희와 염세, 긍정과 부정을
예술적 형이상학으로 쌓아올렸다. 그 후 주로 북이탈리아와 남프랑스
에 머물면서 저술에 전념해 가장 독창적인 저서를 냈다. 『여명』 『환희
의 지식』 『차라투스트라는 이렇게 말했다』 『선악의 피안』 등에서 그는
크리스트교와 이상주의의 도덕을 '약자의 도덕' '노예의 도덕' '데카당
스'라고 배격하고, '초인' '영원 회귀'의 사상을 중심으로 한 일종의 형
이상학을 수립함으로써 이후 생의 철학이나 실존철학에 큰 영향을 주
었다. 1889년 정신병의 발병으로 어둡고 괴로운 말년을 보내면서, 인
간의 삶에 대한 순수한 사랑으로 저작에만 몰두했다.

60. 버트런드 러셀(Bertrand Arthur William Russell, 1872~
1970) 영국의 수학자 · 철학자 · 논리학자. 귀족의 가문에서 태어나 케
임브리지 대학을 나와 모교의 강사가 됐으나, 제1차 세계대전 때 전쟁
을 반대하는 글을 썼다는 이유로 6개월의 구금형에 처해졌다. 그는 옥
중에서 수학의 기호 기술에 관한 『수리철학 개론』과 『정신의 분석』을
저술했다. 전쟁 뒤에는 세계 각지를 돌아다니며 철학과 수학에 관한

논문을 발표했다.

철학자 러셀의 성과는 특히 이론철학에서 현저하다. 케임브리지학파의 일원으로 19세기 말부터 영국에서도 유력한 학설이었던 관념론에 대해 실재론을 주장했다. 그의 경향은 서구적 자유를 근간(根幹)으로 하는 사회민주주의로서, 정치이론도 과학이론과 같이 이데올로기나 광신적 독단에서 해방되는 것이 필요하다는 입장이었다.

그의 철학적 경력은 길고, 또 그 다룬 주제가 다양할 뿐 아니라 그 입장도 다양한 변천을 보인다. 기호논리학의 수법으로 철학문제를 해결하려고 한 그의 영향은 20세기 철학에 유례가 없는 것이다. 그 밖의 저서로는 『외계의 지식』『물질의 분석』『의미와 진실의 탐구』『서양철학사』 등이 있다. 1950년에 노벨문학상을 받았다.

61. 군국주의(軍國主義)　강한 군사력을 국가의 주된 목표로 삼고, 국민생활의 최상위 행위를 전쟁과 그에 대한 준비 등으로 하려는 것이다. 일반적으로 나라 또는 사회에 있어서 전쟁 및 전쟁준비를 위한 배려와 제도가 반항구적(半恒久的)으로 최고의 자리를 점하고, 정치·경제·교육·문화 등 국민생활의 다른 전 영역을 군사적 가치에 종속시키려는 사상 내지 행동양식을 보인다.

군사행동은 국가기능의 일부분에 지나지 않으나 그것이 과도하게 중요시될 경우나 단계에 있어서는 군국주의가 발생한다. 군국주의의 폐해는 국가가 호전적·침략적인 성격을 갖게 되어, 국가에서 실시하는 모든 정책이 군사행동과 관련된 방향으로 진행되도록 한다는 것이다. 군국주의에 있어서는 국가가 목적을 이루기 위한 수단으로서의 군사력이나 군대정신이 그 자체 목적으로 되는 경향이 있고, 군사체제를 통상의 사태로 보는 특징이 있다. 군국주의는 또 군대의 통수권의 자립·확대에의 지향에 의해 정치적 지위의 강화를 목표로 하는 이데올로기나 운동으로서도 나타난다.

군국주의를 택한 국가로는 어린이들도 군사훈련을 받았던 스파르타와 군인황제 시기에 군인들이 정치에도 간섭한 로마 제국 등이며, 제2차 세계대전 때의 나치 독일과 일본 등도 군국주의 체제를 국가의 주된 목표로 삼았다. 이는 식민지가 많지 않은 상태에서 불경기를 맞아, 일본에서는 군부가, 독일에서는 나치의 입지가 강해졌기 때문이었다. 이들 국가들이 전쟁에서 패망하자, 연합국들은 독일과 일본의 군국주의를 탈나치화와 탈군국주의화로 뿌리 뽑고자 했다.

62. 나치스(Nazis)　히틀러를 당수로 한 독일의 파시스트 당. 1919년에 결성되어 반민주 · 반공산 · 반유대주의를 내세운 독일 민족 지상주의와 강력한 국가주의를 바탕으로 1933년에 정권을 잡고, 1939년 제2차 세계대전을 일으켰으나 1945년에 패전과 함께 몰락했다.

중심이론은 독일민족 지상주의와 인종론이다. 즉, 게르만족은 인류 중에서도 가장 우수한 종족이기 때문에 다른 민족을 지배할 사명을 가지고 있으며, 이와 반대로 가장 열등하고 해악적인 인종은 유대인으로, 우수한 민족은 유대인들의 열악성에 감염되지 않기 위해서 그들을 격리시키거나 또는 절멸시켜야만 한다고 주장했다.

본래 나치스의 근본사상은 국가주의적 경향, 중산계급과 지식인의 반민주주의적 · 권위주의적 · 민족주의적 경향, 특히 군부 · 관료 · 경영진 · 교회 · 교육계 등 사회 일반에 통하는 권위주의적 · 군국주의적 전통과 강렬한 국가주의 사상이었다. 나치스의 지지자로서는 항상 몰락의 위협을 받고 있던 중산계급이 중심이었으며, 거기에 다시 군인으로 복원된 병사 · 장교와 중소농민, 노동조합에 불만을 품은 노동자 · 점원 · 실업자 등이 참가해 나치스의 대중적 기초를 이루었다. 또한, 대자본가충이나 보수파 및 군부 등도 나치스와 공통의 목적, 즉 계급투쟁의 배격, 강대한 독일의 건설, 군비의 대확장과 군국주의적 국가 건설, 독재정치의 수립, 경제발전, 민주공화제의 전복, 독일의 유럽 제패 등의 목표를 가지고 있었기 때문에 적극적으로 나치스를 지지했다.

히틀러의 나치스는 폴란드와 구소련을 멸망시키고 그 지방을 세계에서 가장 우수한 종족인 게르만족의 생존권으로 하는 것이 궁극적 목적이었다. 나치스는 1945년 패전으로 연합군에 의해 금지되고, 그 금지조치는 지금까지도 계속되고 있다.

63. 괴테(Johann Wolfgang von Goethe, 1749~1832) 독일의 작가·철학자·과학자이며, 한때에는 바이마르 공국의 재상이었다. 세계 문학사의 거인으로 널리 인정되는 독일 문호로 유럽인으로서는 마지막으로 르네상스 거장다운 다재다능함과 뛰어난 솜씨를 보였다.

과학에 관한 저서만도 14권에 이를 정도로 그가 쓴 방대한 양의 저술과 그 다양성은 놀랄 만하다. 서정성 짙은 작품들에서는 다양한 주제와 문체를 능숙하게 구사했고, 허구에서는 정신분석학자들의 기초자료로 사용된 동화로부터 시적으로 정제된 단편 및 중편소설들, 『빌헬름 마이스터』의 '개방된' 상징형식에 이르기까지 폭넓음을 보여준다. 희곡에서도 산문체의 역사극·정치극·심리극으로부터 무운시(無韻詩) 형식을 취한 근대문학의 걸작 중 하나인 『파우스트(Faust)』에 이르기까지 다양하다. 『파우스트』는 그가 60년 가까이 노력해 사망하기 불과 몇달 전에 완성한 대작이다.

괴테에게는 상호 배타적인 삶의 양극을 오가는 자연스러운 능력과 변화 및 생성에 대한 천부적 자질이 있었다. 삶이란 그에게 상반된 경향들을 자연스럽게 조화시키는 가운데 타고난 재능을 실현해가는 성숙의 과정이었다.

64. **『파우스트』**   괴테가 1773년 집필을 시작해 1831년 완성한 대작으로 독일 고전주의 문학의 정수로 꼽히는 희곡. 『파우스트』는 지식과 학문에 절망한 노학자 파우스트 박사의 장구한 노정을 그리고 있다. 악마 메피스토펠레스의 유혹에 빠져 방황하던 파우스트가 잘못을 깨닫고 구원을 받는다는 내용으로, 괴테가 완성한 독일정신의 총체인 동시에 인간정신의 보편적 지향을 제시하는 고전 중의 고전이다.

65. 노블리스 오블리제(Noblesse Oblige)   프랑스어로 '귀족의 의무'를 의미한다. 보통 부와 권력, 명성은 사회에 대한 책임과 함께 해야 한다는 의미로 쓰인다. 즉, 노블리스 오블리제는 사회지도층에게 사회에 대한 책임이나 국민의 의무를 모범적으로 실천하는 높은 도덕성을 요구하는 단어이다. 초기 로마 시대에 왕과 귀족들이 보여준 투철한 도덕의식과 솔선수범하는 공공정신에서 비롯됐다. 근대와 현대에 이르러서도 이러한 도덕의식은 계층간 대립을 해결할 수 있는 최고의 수단으로 여겨져왔다. 특히 전쟁과 같은 총체적 국난을 맞이해 국민을 통합하고 역량을 극대화하기 위해서는 무엇보다 기득권층의 솔선하는 자세가 필요하다.

66. **『오셀로』**   셰익스피어가 쓴 비극. 베니스의 장군인 오셀로는 원로원 의원의 딸 데스데모나의 사랑을 받아 그를 아내로 맞는다. 그러나 부관(副官)의 지위를 캐시오에게 준 오셀로에게 유감이 있었던 기수(旗手) 이아고는 우선 캐시오를 실각시키고 그 복직 탄원을 구실로 캐시오를 데스데모나에게 접근시키는 한편, 아주 무서운 흉계를 꾸며서 오셀로에게 사실 무근한 데스데모나의 부정(不貞)을 믿도록 만든다. 의혹과 질투에 사로잡힌 오셀로는 가장 사랑하는 아내를 침실에서 교살한다. 그 직후 이아고의 간계는 폭로되지만 이미 때가 늦어

오셀로는 스스로 목숨을 끊는다.

이 작품의 흥미는 악(惡)의 천재 이아고의 활약에 있으며, 그의 행동의 동기에 대해서는 여러 차례 비평가의 논란의 대상이 됐다. 오셀로는 지나치게 단순한 주인공이라고 보이기 쉬우나 그가 자기의 가슴에 검(劍)을 박는 최후의 장면에서 참회하는 그의 심정과 다시금 데스데모나의 진실을 확신하게 된 그의 기쁨을 공감한다면 이 작품의 참 주제를 이해할 수 있다.

67. 아우슈비츠   폴란드 남부 마우폴스키에 주의 도시. 제2차 세계대전 중 독일 최대의 강제수용소이자 집단학살 수용소인 아우슈비츠 수용소가 있었던 곳으로 유명하다. 그 터는 현재 박물관이 되어 있다. 폴란드명은 오슈비엥침이다.

1940년 4월 27일 유대인 절멸을 위해 광분했던 H. 힘러의 명령 아래 나치스 친위대가 이곳에 첫번째 수용소를 세웠으며, 그해 6월 이 아우슈비츠 1호에 최초로 폴란드 정치범들이 수용됐다. 그 뒤 히틀러의 명령으로 1941년 대량학살 시설로 확대되어 아우슈비츠 2호와 3호가 세워졌다. 1945년 1월까지 나치스는 이곳에서 250만~400만 명의 유대인을 살해한 것으로 추산된다. 이로 인해 '아우슈비츠'는 나치스의 유대인 대량학살을 상징하는 말이 됐다.

68. 카르마   업(業). 원래는 행위를 뜻하는 말로서 인과(因果)의 연쇄관계에 놓여지는 것이며, 행위 자체로 단독적으로 존재하지 않는다. 현재의 행위는 그 이전의 행위의 결과로 생기는 것이며, 그것은 또한 미래의 행위에 대한 원인으로 작용한다. 거기에는 과거·현재·미래와 같이 잠재적으로 지속하는 일종의 초월적인 힘이 감득(感得)되어 있으며, 흔히 시간(時間 : kala)·천명(天命 : daiva)·천성(天性 :

svalhava) 등의 개념으로 표현되고 있다. 그러므로 그것은 어떤 사람도 피할 수가 없으며, 그림자가 형체에 따라다니듯이 업은 서 있는 자의 곁에 서 있고 가는 자의 뒤를 따라가며, 행위하는 자에게 작용을 미친다(마하바라타). 이러한 인과관계에 입각한 행위론은 당연히 선업선과(善業善果)·악업악과(惡業惡果)와 같은 윤리적인 '인과의 법칙'을 낳게 했다.

바라문교 사회에서는 어떤 특정의 카스트에 태어난다는 것도 그에 상응하는 전세(前世)의 행위가 있었기 때문이라고 믿는다. 업(業) 사상은 광범위하게 인도 제종교의 전체 속에 들어 있어서 불교 및 자이나교에서도 특색 있는 업설(業說)을 전개했으나, 인도사상의 정통인 바라문교나 힌두교에서 가장 강조됐다.

69. 전범 재판　제2차 세계대전 직후인 1945~1948년 독일의 뉘른베르크와 일본의 도쿄에서 전쟁 범죄자를 처벌하기 위해 거행된 재판. 뉘른베르크 재판은 1945년 독일 뉘른베르크에서 열린 나치 독일의 전범들과 유대인 학살 관여자들에 대해 열린 연합국 측의 국제 군사 재판이다. 당시 피고들은 침략전쟁 등의 공모와 참가, 계획, 실행과 전쟁 범죄, 비인도적 범죄(유대인 학살) 등의 이유로 기소됐다.

도쿄(東京) 전범 재판은 미국을 비롯한 연합국이 일본의 전쟁 책임을 추급하기 위해 1946년 5월 3일부터 2년 반 동안 열려 A급 전범 28명에게 교수형·종신 금고형을 선고했다. 이 재판은 미국·영국·중국·소련·프랑스·네덜란드·캐나다·오스트레일리아·뉴질랜드·인도·필리핀 등 11개국으로부터 판사·검사 1명씩 파견돼 일본의 전쟁 수행 전모를 밝혔다. 우선 일본의 아시아 식민지 강탈에 대한 책임을 규명하지 않은 것이 가장 큰 문제였다. 이 문제를 다루지 않은 것은 재판에 참가한 많은 국가가 당시 식민지를 가지고 있었기 때문에 일본에만 책임을 물을 수 없었기 때문이었다. 또 아시아 국가로는 중국·필리핀·인도 등 3개국만 참가했기 때문에 아시아 각국의 피해와 희생이 재판에 정당하게 반영되지 않았다. 사실 태평양 전쟁으로 아시아 각국의 인명 피해가 2천만 명에 달했던 것을 감안하면 일본의 아시아 식민지 지배는 분명히 재판에 회부되어야 할 사안이었다.

도쿄 전범 재판이 남긴 또 하나의 중요한 문제는 일왕에게 전쟁 책임에 대한 면죄부를 줬다는 것이다. 아무리 군부의 영향력 범위 안에 있었다 해도 일왕은 통치자였고, 그의 결정에 따라 전쟁이 개시됐음에도 불구하고 당시 미국의 정치적 의도에 따라 면책이 주어졌다. 이로 인해 일본은 쉽게 전쟁에 대한 죄의식을 털어버릴 수 있었다.

70. 헨리 제임스(Henry James, 1843~1916)　영국의 소설가. 미국 뉴욕에서 출생했으나 1915년 영국으로 귀화했다. 근대 사실주의 문학의 개척자이며, 이상한 환경·처지와 그러한 관련 밑에 놓인 일반인의 심리를 다루는 데 뛰어났다. 대표작으로 『데이지 밀러』『어느 부인의 초상』『미국인』『미래의 마돈나』 등이 있다.

71. 융(Carl Gustav Jung, 1875~1961)　스위스의 정신의학자로 분석심리학의 개척자. 목사의 아들로 태어나 가문의 전통을 이어받지 않고 바젤 대학과 취리히 대학에서 의학을 공부해 정신과 의사가 됐다. 부르크휠츨리 정신병원에서 일하면서 병원 원장이었던 오이겐 블로일러의 연구를 응용해 심리 연구를 하기 시작했으며, 이전 연구자들의 연상검사를 응용하면서 자극어에 대한 단어연상을 연구했다. 이 연상은 비도덕적이며 금기시되는 성적인 내용을 담고 있는 경우가 많아서 의식적으로 제외된다. 그는 이 상태를 설명하기 위해 처음으로 '콤플렉스'라는 단어를 사용해 이에 관련된 학설의 기초를 마련했다.

또한 프로이트와 함께 정신분석학 연구를 하기도 했지만 프로이트의 성욕중심설을 비판하고 독자적으로 연구해 분석심리학을 수립했다. 그는 인간의 내면에는 무의식의 층이 있다고 생각했고, 개체로 하여금 통일된 전체를 실현하게 하는 '자기원형'이 있음을 주장했다. 그는 자신의 경험으로부터 심리치료법을 개발해 이론화했고, 심리치료를 받는 사람들에게 '개체화'라는, 자신의 신화를 발견하는 과정을 통해 더 완전한 인격체가 될 수 있다고 생각했다.

72. 아키타이프(Archetype) 원형(原型). 어떤 민족 내지 인종이 똑같은 경험을 반복하는 가운데 일정한 정신적 반응을 보이게 돼 특유의 집단적 무의식을 갖기에 이른다. 이의 구체화가 아키타이프인데 신화(神話)나 전설에서 현저히 나타난다. 문화인류학자나 융 같은 심리학자에게 중요한 개념이며, N. 프라이 등 비평가에 의해 문학연구에도 이용돼 작품의 근원을 해명하는 수단이 됐다. 문학용어로서는 각 시대의 작품에 공통되는 발상의 기본이 되는 것을 가리킨다.

73. 프로이트(Sigmund Freud, 1856~1939) 오스트리아의 정신과 의사이자 정신분석학파의 창시자. 빈 대학 의학부 졸업 후 1876년부터 독일의 생리학자 에른스트 브뤼케 교수의 생리학 연구소에서 일하다가, 1882년 빈 대학 부속병원에서 근무했다.

이후에는 히스테리와 최면 요법에 관심을 가져 수많은 연구 끝에 1895년 『히스테리 연구』를 출판했으나 세상의 냉대를 받았다. 결국 브로이어 박사에게마저 버림을 받았으나 수집 자료들을 모아 1900년 『꿈의 해석』을 출판했다. 그리고 정신학 분석을 연구해 빈 정신분석학회를 조직했다. 이후 1938년 오스트리아가 나치 독일에게 합병되자 빈 정신분석학회가 해산당하고, 유대인이라는 이유로 책과 재산이 모두

몰수당해 영국으로 망명했다. 그리고 영국에서 1939년 미완성 원고 『정신분석학 개관』을 남겨두고 사망했다.

74. 파시즘(fascism)　국가가 권위주의적인 방식으로 개인 생활 전반을 정치·사회·문화·경제에서 통제하려 하는 현상이다. 파시스트 국가는 생산재를 제어한다. 파시즘은 자국의 국민·국가·인종이 이를 구성하는 개인·기관·무리보다 우월하다고 주장하며, 이를 찬양한다. 파시즘은 대중적 포퓰리스트 수사법을 사용해 과거의 영광 재현을 위한 영웅적인 노력을 주문하며, 단일 지도자에 대한 충성을 강요해 심지어 개인숭배에까지 이른다.

역사 과정으로서의 파시즘은 1922년에서 1943년까지 무솔리니의 지도 아래 이탈리아를 통치한 권위주의적 정치 운동을 일컫는다. 제1차 세계대전과 제2차 세계대전 사이의 기간 동안 나치즘을 비롯한 유사 이념들은 유럽 곳곳에 퍼지게 됐다.

75. 문화대혁명　1966년부터 1976년까지 중국공산당 총서기관 마오쩌둥에 의해 주도된 사회주의 운동. 그는 부르주아 계급의 요소가 당을 지배하고 있으니 이를 제거해야 한다고 주장했다. 또한 이런 것들을 제거하기 위해서는 중국의 젊은이들이 사상과 행동을 규합해 '혁명 후의 계급투쟁'을 통해 제거되어야 한다고 역설했다. 이는 중국 전역에서 벌어진 홍위병의 움직임으로 구체화됐는데, 이 운동은 전국적인 혼란과 경제적 침체를 야기한 충격적 운동이었다.

문화대혁명은 정치적·이데올로기적·사회적 세 가지 측면을 노렸다. 먼저 정치적으로는 마오쩌둥의 권위를 확립함과 동시에 린뱌오 당 부주석을 마오쩌둥의 후계자로 삼는 새로운 정치적 지도권을 확립하고자 했다. 이데올로기적으로는 문화정풍을 통해 종래의 문화나 가치의식을 전환하고자 했고, 사회적으로는 빈곤의 유토피아를 추구하여 중국 사회를 변혁하고자 했다.

그러나 이 혁명은 결국 중국 민중의 저항을 받고 중국 전통사회의 두꺼운 벽에 부딪쳐 실패하고 말았다. 1975년 항저우 사건, 1976년 천안문 사건은 마오쩌둥 정치에 대한 민중의 반란이었고, 같은 해 10월 베이징 정변으로 마오쩌둥 측근인 사인방은 실각되고 말았다. 문화대혁명은 대부분의 중국인들이나 외부인, 심지어는 중국공산당 내에서도 국가적 재난이라고 간주되고 있다. 이에 대한 다양한 견해도 존재하지만, 중국공산당은 1981년에 이를 마오쩌둥의 과오라고 공식적으로 발표했다.

| 제4부 |

76. 촛불시위　시민들이 광장 등에서 촛불을 들고 벌이는 집회이다. 주로 야간에 이루어진다. 세계 곳곳의 촛불시위는 보통 비폭력 평화 시위의 상징이며, 침묵 시위의 형태를 띤다. 대표적인 것으로 1988년 체코슬로바키아 브라티슬라바 촛불시위가 있다.

한국에서의 촛불집회는, 국내법 '집회 및 시위에 관한 법률'이 해가 진 이후에는 옥외집회 또는 시위를 금지하고 있지만 문화행사 등을 예외로 하는 점을 이용해 문화제의 형태로 특수하게 이루어지고 있다. 촛불집회는 시각적 효과가 크고, 일과를 끝낸 시민들의 참여가 용이하며, 다른 사람들의 이목을 집중시키는 장점이 있다.

1992년 인터넷 서비스망 하이텔의 유료화에 반대해 처음 열렸으며, 2002년 6월 13일 경기도 양주시 광적면의 지방도로에서 길을 가던 두 여자 중학생 신효순·심미선이 주한미군의 장갑차량에 깔려 그 자리에서 사망한 사건을 계기로 정착된 집회의 한 형식이다.

77. 세계주의(世界主義)　　철학적으로는 이성(理性)을 공유 (共有)하는 것으로서, 전 인류를 동포로 보는 입장이다. 그리스 퀴닉 학파는 당시의 국가 대립, 인종·귀천의 차별 등의 불합리한 관습에 대해 만인은 똑같이 영지(英智)의 법칙에 따라야 한다고 주장했다. 스토아학파에 있어서도 존재의 본질은 인간이성(人間理性)이고, 인간은 이성에 있어서 평등하고, 이성의 법칙에 따르고, 동일한 권리의무를 갖고 있다고 했다. 근대에 있어서는 칸트의 보편적 인류공동체의 이념이다. 이것들은 일반적으로 인류를 이성적 국가 밑에 포섭하려는 사상이다. 그리스도교의 종교적 세계주의도 모든 민족·국가·혈통·빈부의 차별을 넘어서 하나님 앞에 평등한 존재로서 인간을 본다. 정치적으로 세계주의는 내셔널리즘에 대립하는 것으로서, 현존하는 여러 국가가 해소(解消) 혹은 개혁되어서 국가간의 대립항쟁이 없어지고, 유일한 세계연방이 실현되어 전 인류가 그 시민으로 되는 것을 이상으로 하는 주의를 말한다. 따라서 국가 내지 민족의 횡적 관계에 있어서의 협조를 기초로 하고, 인터내셔널리즘과는 구별된다.

78. 사르트르(Jean-Paul Charles Aymard Sartre, 1905~1980) 프랑스 실존주의 철학자이자 작가이며, 실존주의의 대표적인 사상가이다. 파리의 명문 에콜 노르말 쉬페리외르를 졸업하고, 병역을 마친 후 루아브르의 고등학교 철학교사로 근무했다.

1933년 베를린으로 1년간 유학, E. 후설과 M. 하이데거를 연구했다. 저서 『자아의 극복』(1934)과 『상상력』(1936)은 당시 사르트르의 현상학에 대한 심취가 낳은 철학논문이다. 1938년에 간행된 소설 『구토』는 존재론적인 우연성의 체험을 그대로 기술한 듯한 특수성 때문에 세상의 주목을 끌어 신진작가로서의 기반을 다지게 됐다. 1939년 참전했다가 이듬해 독일군의 포로가 됐으나 1941년 수용소를 탈출, 파리에 돌아와서 문필활동을 계속했다.

특히 1943년에 발표한 철학논문 『존재와 무』(1943)는 무신론적 실존주의의 입장에서 전개한 존재론으로서 큰 족적을 남긴 작품이었다. 1945년 제2차 세계대전 후 『레탕모데른』지를 창간해 전후의 문학적 지도자로서 다채로운 활동을 시작했다.

사르트르는 문학자의 사회참여를 일관되게 주장했는데 개인적인 전쟁체험 이후 변화과정을 겪게 됐다. 『실존주의는 휴머니즘이다』(1946)에서 잘 드러나듯 그때까지의 개인주의적인 실존주의에 의한 사회참여의 한계를 인정함과 동시에 더욱 현실 참여적인 입장을 취하게 됐다. 1964년에 노벨문학상 수상자로 결정됐으나 수상을 거부했다.

79. 이태준(李泰俊, 1904~?)　소설가. 호는 상허(尙虛). 1904년 강원도 철원군에서 태어나 휘문고등보통학교를 거쳐 일본 상지대학에서 수학했다. 1925년 단편 「오몽녀」로 데뷔했으며, 잡지 『개벽』 등 여러 언론사에서 기자로 일하면서 구인회 동인과 문학잡지 『문장』 출간 등 순문학 계열에서 활동했다.

1930년대부터 본격적인 작품활동을 시작했으며, 「가마귀」 「달밤」 「복덕방」 등의 단편소설은 인물과 성격의 차분한 내관적(內觀的) 묘사로 토착적인 생활을 부각시켜 한국 현대소설의 기법적인 바탕을 이룩한 것으로 평가받았다.

『문장(文章)』지를 주관하다가 8·15광복 직전 철원에 칩거했으며, 광복 후에는 '조선문학가동맹'에 포섭되어 활약하다가 월북했다. 1946년 8~10월 소련을 여행하고 돌아와 소련을 찬양한 『소련기행』을 발표했다. 그 밖의 작품으로 소설집 『구원(久遠)의 여상(女像)』 『딸 삼형제』 『사상(思想)』 『해방전후』 등이 있으며, 문장론 『문장강화(文章講話)』가 있다.

80. 베를린 장벽(Die Berliner Mauer)   1961년 동독 정부가
인민군을 동원해 동베를린과 서방 3개국의 분할점령 지역인 서베를린
경계에 쌓은 콘크리트 담장. 1945년 5월 8일 나치스 독일이 연합군에
항복하자, 그해 2월에 열린 얄타 회담에서 이미 독일의 처리방법을 결
정한 대로 프랑스까지 합해 미·영 소·프 4개국이 분할 점령해 최고통
치권을 이어받았고, 동독 안에 있는 수도 베를린도 4개국이 분할 점거
하게 됐다.

이런 상황하에서 1946년 12월 미·영 양국의 점령지구가 경제적 통
합을 이룩함으로써 동서 분열의 빌미를 제공했으며, 그것이 베를린 봉
쇄 이후 최대 현안이 된 '독일문제'의 실마리가 됐다. 이후 사사건건
미국과 소련측의 의견이 대립해 충돌함으로써 1947년 4개국 외무장관
회의가 결렬되고, 이듬해 소련측이 독일관리이사회에서 탈퇴함에 따
라 그 기능도 정지되고 말았다.

이후 동·서독의 분단이 완전히 고착되자 동독에서 서독으로 월경
해 오는 사람들이 날로 늘어났다. 동독 정부는 궁여지책으로 동·서 베
를린 사이에 40여 km에 이르는 길고도 두꺼운 콘크리트 담장을 쌓았
는데, 이것이 곧 동서 냉전의 상징물이기도 했다. 이 장벽을 쌓은 후로
는 브란덴부르크 문을 통해서만 허가를 받아 왕래가 허용됐다.

소련의 공산주의 체제 붕괴에 잇따라 독일 통일이 추진되면서 1989
년에 이 장벽도 다 철거되고, 브란덴부르크 문을 중심으로 한 약간의
부분만 기념물로 남겨졌다.

81. 바울(Paulus, 10?~67?)   초기 기독교의 포교와 신학에
주춧돌을 놓은 사도. 길리기아의 다소에서 태어난 유대인으로서 본명
은 사울이다. 그는 그리스 문화의 교육을 받고, 로마 시민권을 가졌으
며, 고명한 율법박사 가믈리엘의 제자가 됐다. 처음에는 열렬한 바리

사이파로서 그리스도 교도들을 잡으러 다메색으로 가던 중 신비로운 그리스도의 출현을 경험하고, 3일간 실명 상태가 되어 소명을 받고 사도가 됐다. 3회에 걸친 전도여행으로, 로마에까지 그 발자취를 남겼다. 무려 20,000km에 이르는 거리를 돌아다닌 그의 선교여행, 그리고 신약성서 27개의 문서 중 13편에 달하는 그의 이름으로 된 서신서들은 초대 교회사에 있어서 기념비적인 업적이다.

바울은 그리스도교의 최대의 전도자였고, 또한 최대의 신학자였으며, 오늘의 그리스도교가 있게 한 그리스도교 형성사상 가장 중추적 인물이다. 그리스도교의 신학은 그에 의해서 틀이 잡혔으며, 그가 후세에 끼친 영향은 이루 다 헤아릴 수가 없다.

82. 나르시시즘(narcissism)　정신분석학적 용어. 자신의 외모·능력과 같은 어떠한 요인에 집착하여 지나치게 자기 자신이 뛰어나다고 믿거나 사랑하는 자기 중심성을 말한다. 대부분 청소년들이 주체성을 형성하는 동안 거쳐가는 하나의 과정이기도 한데, 정신분석학에서는 보통 인격적인 장애 증상으로 본다. 자기의 신체에 대해 성적 흥분을 느끼거나, 자신을 완벽한 사람으로 여기면서 환상 속에서 만족을 얻는다. 이 단어는, 물에 비친 자신의 모습에 반해서 물에 빠져 죽었다는 그리스 신화에 나오는 나르키소스의 이름을 따서, 독일의 네케가 만든 용어이다.

이 말이 널리 알려진 것은 S. 프로이트가 이를 정신분석 용어로 도입한 뒤부터이다. 그의 정신분석에 따르면 유아기에는 리비도가 자기 자신에게 쏠려 있다. 그래서 프로이트는 이 상태를 1차적 나르시시즘이라고 했다. 나중에 자라면서 리비도는 자기 자신으로부터 떠나 외부의 대상(어머니나 이성)으로 향한다. 그러나 애정생활이 위기에 직면해 상대를 사랑할 수 없게 될 때, 유아기에서처럼 자기 자신을 사랑하는 상태로 되돌아간다. 이것이 2차적 나르시시즘이다. 프로이트는 정신분열병이나 편집증을 극단적인 예로 제시했다.

83. 제로섬 게임(zero-sum game)　레스터 C. 더로 교수의 저서의 제목에서 따온 용어. '제로섬'이란 통상 스포츠나 게임에서 승패를 모두 합하면 제로가 되는 상황을 의미한다. 더로 교수의 주장에 의하면 미국사회는 제로 성장에 빠진 결과 에너지·환경·인플레 등의 난제를 해결하려고 하면 반드시 어느 계층의 이해와 충돌해 반대에 부딪쳐 문제해결이 곤란해진다고 한다. 이러한 제로섬 상황을 타파하기 위해서는 저축을 투자에 결부시켜 경제성장률을 플러스로 만들 필요가 있으며, 이를 위해 소비를 억제하는 세제의 도입이 필요하다고 더로 교수는 주장했다.

84. 남로당　남조선노동당(南朝鮮勞動黨). 1946년 11월 23일 서울에서 조선공산당, 남조선신민당, 조선인민당의 합당으로 결성된 공산주의 정당이다. 1946년 12월 2일 위원장 허헌은 기자회견에서 사회노동당을 겨냥해 "기회주의적이고 영웅주의적인 태도로 인민의 갈 바를 혼란시키는 것은 절대로 배격하는 바"라고 비난하고, "진실로 독립과 인민의 이익을 위해 싸우려는 진정한 동지는 남로당에 들어와 같이 싸울 수 있다"고 밝혔다. 1950년 4월 북조선노동당과 통합, 하나의 조선노동당이 됐다. 이후 박헌영을 리더로 월북한 남로당파는 처음에 북조선에서 상당한 세력으로 자리잡았으나, 1955년경에 김일성의 숙청 대상이 됐다. 조선노동당이 공식적으로 사라지고, 남로당파가 숙청으로 사라진 뒤에도 '남로당'이라는 이름은 대한민국에서 활동 중인 조선노동당의 지부를 가리키는 일반명사로 자리잡았다.

85. 혁명가극　북한 특유의 오페라. 사회주의 리얼리즘에 기초해 혁명적 주제를 내용으로 독창적인 표현방법에 의해 만들어진 가극을 일컫는다. 김일성이 1930년대 항일혁명 투쟁시기에 직접 썼다는 연극 각본들을 1960년대 말부터 김정일의 지도로 다시 가극으로 각색해 제작한 작품이 대종을 이룬다. 가극이 혁명적이고 사실적이어야 한다는 전제조건에 의거, 인간의 참된 생활묘사가 김일성의 주체사상에 따라 가능했다고 주장된다.

혁명가극은 음악·무용·연극 등이 종합됐다는 점에서 악극이나 오페라와 비슷하지만, 주체사상 계몽과 정치적 선동·선전을 위해 예술성보다는 규모와 무대를 중시하는 특징을 지니고 있다. 단조로운 곡조를 계속 반복하는 이른바 절가(節歌)와 무대 뒤에서 부르는 노래인 방창(傍唱)이 많이 사용되고 있다. 5대 혁명가극으로 1970년대 초에 발표된「꽃 파는 처녀」「피바다」「당의 참된 딸」「금강산의 노래」「밀림아 이야기하라」등이 있다.

86.「꽃 파는 처녀」　북한의 혁명가극. 1930년 항일유격대 시절의 김일성이 10월 혁명 13주년 기념을 위한 자체 행사에서 직접 제작해 공연했던 작품을 1972년 김정일의 지도하에 각색한 것으로 알려져 있다. 시대적 배경은 당시의 농촌이며, 가난한 머슴 가정의 순박한 처녀로서 어머니의 병간호를 위해 낮에는 지주의 집에서 일하고 밤에는 꽃을 팔면서 살아가는 '꽃분이'가 주인공이다.

1972년 영화「꽃 파는 처녀」로도 제작됐고, 1977년에는 동명 소설로 각색이 됐으며, 북조선 1원 지폐 도안의 소재로 쓰였을 만큼 사상성과 예술성과 대중성이 완벽하게 조화된 주체예술의 걸작으로 인정을 받고 있다.

북조선에서 꼽는 5대 혁명가극 중의 하나이며,「피바다」「한 자위단

원의 운명」과 함께 3대 혁명대작이라고도 한다. 「꽃 파는 처녀」가 인기를 끌면서 주인공 꽃분이를 본받고 배우자는 움직임이 일어났고, 1973년 초부터 '꽃 파는 처녀 근위대원'이 각 생산단위에 조직되는 등 사회적으로 큰 반향을 일으켰다.

87. 「피바다」 북한의 혁명가극. 원래의 제목은 김일성이 1936년 8월 만주에서 만들었다는 '혈해(血海)'라고 알려져 있다. 1971년에 피바다가극단이 첫 무대에 올렸으며, 7장으로 구성됐다. 1930년대 북간도 지방을 배경으로 순박한 농촌여성 순녀가, 지주와 일제에 항거하다 일본군에게 잔혹하게 학살당한 남편의 뒤를 이어 항일 투쟁에 나서면서 역사적 현실에 눈뜨고 혁명의 진리를 깨달아 이른바 '주체적인 여성혁명가'로 일어서는 과정을 그렸다.

「피바다」는 김일성의 주체적인 문예사상을 온전히 나타낸 북한 최고의 혁명가극이라 평가받았다. 이로부터 '피바다식 혁명가극'이라는 용어가 비롯됐으며, 혁명가극의 창작 모델이 됐다. 1969년에 영화로도 제작됐고, 1972년에 4·15문학창작단에 의해 2부작 장편소설로도 나왔다.

88. 마피아(Mafia) 이탈리아의 시칠리아 섬에서 기원한 범죄조직. 범죄세계에서는 범죄조직 중에서 시칠리아적(的)인 것을 가리키며, 범죄조직의 별명으로 해석되기도 한다.

마피아는 원래 19세기의 시칠리아 섬을 주름잡던 산적(반정부 비밀결사) 조직이었다. 그 조직의 일부가 19세기 말부터 20세기 초에 미국으로 건너가서 뉴욕이나 시카고와 같은 대도시에서 범죄조직을 만들었으며, 1920년대의 금주법으로 자금원이 생기자 급속히 세력을 확장해 나갔다. 1930년대에 들어서자 마피아 내부에도 질서가 생겼으며, 합의 제인 위원회가 조직을 운영하게 됐다. 재원(財源)은 매음·도박·마약·사금융 등이지만, 노동조합과 회사도 손을 잡고 보호라는 명목으로 이익을 올리고 있으며, 최근에는 '범죄 컹글로머리트(복합기업)'라고 불리게 됐다.

89. 『유토피아(*Utopia*)』

영국의 사상가 토머스 모어가 1516년 발표한 저작. 저자가 히스로디라는 선원(船員)으로부터 이상향의 나라 '유토피아'의 제도·풍속 등을 전해들은 것을 기록하는 형식으로 이상사회를 묘사한 작품인데, 간접적으로는 당시의 유럽, 특히 영국사회의 부조리를 비판했다. 이 공화국에서는 모든 시민이 교대로 농경에 종사하는데 노동시간은 6시간, 여가는 교양시간으로 돌리며, 필요한 물품은 시장의 창고에서 자유로이 꺼내 쓸 수 있다.

그 내용은 여러 가지이지만 대체로 르네상스 휴머니즘의 정신을 반영하고 있으며, 종교적 관용·평화주의·남녀교육의 평등 등을 주장하고 있다. 근대소설의 효시로 간주되며, 사회사상사적으로도 고전으로 여겨지고 있다. 저자가 죽은 뒤인 1551년 영역판이 간행됐으며, 제목 '유토피아'는 본시 그리스어에서 유래한 것으로 '아무데에도 없는 나라'라는 뜻이었으나 이 작품을 계기로 '이상향(理想鄕)'이라는 뜻을 가지게 됐다.

90. 보들레르(Charles Pierre Baudelaire, 1821~1867)

프랑스의 시인. 불우한 가정생활에서 기인한 심리적 불안감으로 인해 젊은 시절 댄디즘의 이상을 추구, 호화로운 탐미생활에 빠져 지냈다. 24세 때 『1845년의 살롱』을 출판해 미술평론가로서 데뷔했으며, 문예비평·시·단편소설 등을 잇달아 발표해 문단에서 활약했다. 한편 E. A. 포의 작품을 번역·소개했고, 만년에 이르기까지 17년간에 5권의 뛰어난 번역을 완성했다.

1857년, 청년시절부터 심혈을 기울여 다듬어온 시를 정리해 시집 『악의 꽃』을 출판했으나, 미풍양속을 해친다는 이유로 벌금과 시 6편의 삭제라는 판결을 받았다. 그 후 1860년에 『인공낙원』을 출판하고, 1861년에 『악의 꽃』의 재판을 간행했다. 이 무렵부터 문학가로서의 명성이 높아지기 시작했다.

보들레르의 서정시는 다음 세대인 베를렌·랭보·말라르메 등 상징파 시인들에게 큰 영향을 끼쳤으며, 죽은 지 10여 년이 지나서야 그의 문학적 위상이 확립됐다.

91. 「증오의 물통」 : 보들레르의 시 '증오'는 창백한 '다나이데스'의 물통;/필사적인 '복수'가 붉고 억센 두 팔로/사자의 피와 눈물 가득 길어/캄캄한 빈 통에 죽어라 부어도 소용없다//'악마'가 그 깊은 통 밑바닥에 몰래 구멍을 뚫어,/그리로 수천 년의 땀과 노력이 새나간다./아무리 '복수'가 제 희생물에 생기 불어넣고/피를 짜내기 위해 그들의 육신 되살려도.//'증오'는 선술집 깊숙한 곳에 도사린 주정뱅이,/마시면 마실수록 갈증이 난다./자르면 자를수록 자라나는 레른의 칠두사처럼.//—그러나 행복한 술꾼은 취해 꼬부라질 줄 알지만,/'증오'는 절대로 식탁 아래/쓰러져 잘 수도 없는 비참한 운명을 타고났다.(보들레르, 윤영애 옮김, 『악의 꽃』, 문학과지성사, 2003)

"남북작가대회때 反美 시낭송 충격 일부 진보 지식인 위험수위 넘었다"

작가 홍상화씨 소설 '디스토피아'서 비판

작가 홍상화(65·사진) 씨가 일부 진보적 지식인들의 반미(反美) 움직임과 주체사상에 대한 무비판적 수용이 위험 수위를 넘어섰다고 비판한 소설을 발표해 논란을 불러올 것으로 보인다.

홍 씨는 2일 발간된 문예지 '한국문학' 가을호에 작가와 교수 등 지식인들 간의 대화체로 전개되는 원고지 620장 분량의 소설 '디스토피아(dystopia·이상향의 반대)'를 발표했다. 이 소설은 민중문학의 대표

적 시인이었던 고 김남주 시인의 시와 작가 조정래(동국대 석좌교수) 씨의 소설 "태백산맥" 등이 젊은이들을 무분별하게 반미 감정과 좌파로 몰고 갔다고 썼다.

이제까지 공안당국이 이들 작품에 이런 혐의를 두고 조사한 적은 있지만 문학계 내에서 이 같은 비판이 나온 것은 처음이다. 기업가 출신인 홍 씨는 '거품시대' '피와 불' 등의 장편소설을 발표한 보수적 성향의 중진 작가이지만 현재 진보적 문인단체인 민족문학작가회의 자문위원을 맡고 있다.

소설은 '네미 ×' '후레자식' '숭악한 사기꾼들' 등의 어휘가 나오는 김 시인의 시 '예술지상주의'를 예로 들면서 "욕설인 그런 시가 읽히는 것은 좌파지식인들에 의해 '민중시인' '민족시인'이라는 '문학의 월계관'이 씌워졌기 때문"이라고 비판하고 있다.

소설은 또 '태백산맥'에 대해 "좌익은 양심인, 우익은 비양심인으로

---

* 2005년 「한국문학」에 처음 발표된 「디스토피아」에 대한 신문기사 3편을 소개한다.

철저하게 이분화시켰으며 일부 학자들은 이 소설이 반미 감정을 부각하고 있기 때문에 떠받들었다"고 표현했다. 소설 속 화자들은 또 '태백산맥'이 널리 읽힌 것은 "사투리 욕지거리나 심심찮게 나오는 섹스 장면 묘사로 재미를 주는 데 한몫했기 때문"이라고 말하고 있다.

또한 소설은 "김일성과 만난 야스에 료스케라는 일본인이 일본 '세카이(世界)'지를 통해 주체철학

총구 앞에서/자본가 개들의 이빨 앞에서…'가 낭송되는 것을 보고 '심하다'는 생각이 들어 2년간 써온 이 글을 급히 게재하게 됐다"고 '작가의 말'에 썼다. 그는 "소설 내용 가운데 지나치게 미국 측에 기운 부분이 있다고 비판받지 않겠느냐"라는 질문에 대해 "워낙 반미 바람이 비상식적으로 불고 있어 미국에는 긍정적인 면이 분명히 있다는 걸 보여 주려고 했다"고 밝혔다. 그는 특히 "여덟 살

"김남주 詩 읽히는건 좌파들이 치켜세운 탓
조정래 소설 '태백산맥'은 좌익=양심인 묘사"
실명 거론… 홍씨 "고소-고발 들어와도 감수"

을 미화했으며 한국 지식인들은 이를 그대로 받아들였다. '세카이'에는 익명의 한국인이 남한을 비판하는 '한국으로부터의 통신'이 실렸지만, 일본 지식인들은 좌우파를 막론하고 '그러면 그렇지 제까짓 것들이' 하면서 느긋해했을 것이다"고 썼다. 또한 "'지식 오퍼상'들이 증오심에 차서 이미 무너져 가는 좌파 사상들을 무비판적으로 받아들여왔다"고 덧붙였다.

홍 씨는 2일 "7월 남북작가대회에 참석해 백두산에 올랐을 때 행사 중에 김 시인의 시 '…양키 점령군의

손자가 '빈 라덴 따라 나도 테러리스트가 될 거야… 원자폭탄 메고 63빌딩을 폭파할 거야' 하고 노래 부르는 걸 보고 놀란 '민중문학계의 원로 시인'과 함께 '어쩌다가 이렇게까지 됐나' 하고 고민했다"고 말했다.

"소설 속이긴 하지만 실명으로 비판하는 것에 문제가 없을까"라는 질문에 홍 씨는 "논쟁의 문을 열기 위해서다. 명예훼손 등의 고소 고발이 들어온다 해도 감수하겠다. 소설이 실린 '한국문학' 가을호 1900부를 정계 법조계 종교계 인사 등에게 보낼 계획이다"고 말했다.

동아일보, 2005. 9. 3, 권기태 기자 kkt@donga.com

"남한 좌경지식인 北, 오판 부를 정도로 위험"

소설가 홍상화씨 '조정래·김남주' 實名 비판 논란

'한국문학' 가을호에 게재

소설가 홍상화(65)씨가 소설을 통해 "남한 지식인 사회에서 좌경 세력의 존재는 남북간의 화해에 도움이 되는 수준을 넘어 북한 당국의 오판을 불러일으킬 가능성이 있는 위험한 수준"이라고 해당 문인을 실명으로 비판, 논란이 예상된다.

홍씨는 자신이 주간(主幹)으로 있는 문학잡지 '한국문학' 가을호에 실린 중편 '디스토피아'에서 등장인물들의 대화를 통해 작가 조정래, 시인 김남주씨와 이들의 작품을 비판했다. 조씨의 '태백산맥'에 대한 비판은 "첫째, 좌경지식인의 미화와 반미감정이 주제고, 그렇기 때문에 그런 학자들에 의해 문학의 금자탑이라 찬양되었는지는 모르지만, 작가의 사설이 너무 강하고 많습니다. 소설에서 작가의 강한 사설은 무덤을 파는 것과 같습니다. 둘째로, 끊임없이 이어지는 구수한 전라도 사투리 욕지거리나 심심찮게 등장하는 섹스신 묘사로 독자가 재미를 느끼는 데 한몫 했지요. 그 이상도 그 이하도 아닙니다"라는 말로 표현된다.

한편 김남주 시인(1994년 타계)에 대해서는 "재능과 시심을 가진 김시인은 자신의 투쟁적 시작이 자해 행위에만 그치지 않고 예술 자체를 살해하고 있음을 깨달았을 것이고, 그것이 무엇보다 견디기 힘들었을 것"이라고 안타까움을 표하고 있다.

'디스토피아'는 소설가와 대학 교수의 대화를 통해 70년대 이후 최근까지 한국 문학의 좌경화와 반미감정, 일부 작가·평론가들의 투쟁 노선에 대한 비판을 담고 있으며 박정희와 유신에 대해서도 '불가피성'을 주장, 이 역시 논란이 예상된다. 홍씨는 "이 소설이 실린 '한국 문학' 가을호 1400부를 3부 요인과 종교 지도자, 대학 교수 등 오피니언 리더들에게 무료로 보내겠다"고 밝혔다.

조선일보, 2005. 9. 3, 박해현 기자 hhpark@chosun.com

"'좌향좌 사회' 비판, 소설로"

소설가 홍상화씨 "조정래·김남주 등은 좌경문학"

중진 소설가 홍상화(64)씨가 사회의 좌향화 현상을 본격적으로 비판한 중편 소설을 발표했다. 이 소설이 주목되는 이유는 소위 '좌파 사상'뿐만 아니라 조정래씨의 대하소설 '태백산맥'과 고 김남주 시인과 박노해 시인을 좌경 문학으로 규정짓고 이적성을 문제삼았기 때문이다. 동시대 작가가 문학의 형식을 빌어 동시대 문학의 이념성을 지적한 예는 흔치 않다. 문제의 소설은 '한국문학' 가을호에 게재됐다. 제목은 '디스토피아', 200자 원고지 600여 쪽 분량이다.

소설은 대화체 형식이다. 주인공 소설가가 교수, 작가 등 사회 지식인층과 주체사상, 마르크시즘 등을 토론하며 '남한 좌경 사상'의 뿌리와 전파 과정, 그리고 악영향을 밝혀낸다. '공산당 선언' '독일 이데올로기' 등 마르크시즘의 대표 서적을 '인간의 증오심을 부추기고 모든 세상의 기쁨을 저주하는' 사상이라고 공격한다.

문제는 소설에서 거론된 동시대 문학이다. 1970~80년대 운동권 시인으로 유명했던 고 김남주(1946~94) 시인의 시를 '민중 선동용 정치구호' '욕설의 나열' 등으로 표현하며 '이런 종류의 악담을 담은 모든 시에 문학의 월계관을 씌워준 문학 분야의 학자'도 함께 비판했다.

한국전쟁 당시 빨치산 활동을 다룬 '태백산맥'에 대해선 '최고의 문학평론들로부터 최고의 문학작품이라고 검증받았기에 청소년은 소설의 거짓이나 과장된 내용도 진실로 믿고, 이후 좌익을 흠모하여 반미 대열에 나서게 된다'며 사상적 편향이 독자에게 미치는 악영향을 우려했다.

작가는 "이 소설을 위해 2년을 꼬박 투자했다"고 말했다. 도서관에서 자료를 모으고 헤겔, 마르크스 등의 철학서, 주체사상 논문 등 관련 도서 수십 종을 공부했다. 7월 평양, 백두산 등지에서 열린 남북작가대회에 참가했던 일이 이번에 소설을 발표하게 된 계기가 됐다.

"백두산 행사에서 남측 작가가 김남주의 '조국은 하나다'를 낭송하는 것을 보고 이래선 안 된다고 생각했다. '양키 점령군의 총구 앞에서/자본가 개들의 이빨 앞에서' 등의 시구를 남한 작가가 읽어내렸다. 이러한 반미주의는 건강한 남북관계에도 도움이 되지 않는다고 생각했다."

그는 소설 발표를 '1인 운동(Personal Campaign)'이라고 불렀다. 소설이 실린 '한국문학' 1500부를 정치인, 교수 등 사회 지도층에게 무료로 배송할 계획이다. "문학적으로 고발도 감수한다"고도 했다. 순수문학 작품을 주로 발표해 온 작가는 현재 민족문학작가회의의 자문위원도 맡고 있다.

중앙일보, 2005. 9. 3, 손민호 기자 ploveson@joongang.co.kr

한국문학사 작은책 시리즈 4

디스토피아

초판 1쇄 인쇄 2015년 9월 10일
초판 1쇄 발행 2015년 9월 18일

지은이 홍상화
펴낸이 홍정완
펴낸곳 한국문학사
주간 홍정균

편집 이은영 홍주완 배성은
영업 한충희
관리 황아롱
디자인 김진희

04151 서울시 마포구 독막로 281(대흥로) 한국문학빌딩 5층

전화 706-8541~3(편집부), 706-8545(영업부) | 팩스 706-8544
이메일 hkmh73@hanmail.net
블로그 http://blog.naver.com/hkmh1973
출판등록 1979년 8월 3일 제300-1979-24호

ISBN 978-89-87527-46-8 03810